マハーバーラタ（上）

C・ラージャーゴーパーラーチャリ
奈良 毅・田中嫺玉　訳

第三文明選書9

＊本書はレグルス文庫148『マハーバーラタ（上）』（初版第七刷、二〇〇〇年七月、第三文明社）を底本としました。
本書には、現在では不適切とされる表現が一部ありますが、原本を尊重し、発刊当初のままとしました。（編集部）

装幀／クリエイティブ・コンセプト

訳者まえがき

マハーバーラタは、サンスクリット（梵語）の韻を踏んだ三十二音節の対句十万余よりなる世界最大の叙事詩である。

インドの民族的財宝とでも言うべきこの有名な叙事詩は、ヴャーサという賢者が、自分の心に浮かびくる物語を智慧の神ガネーシャに書きとってもらったということになっている。だが実際には、紀元前四百年ごろから紀元後二百年ごろに至る約六百年の間に、何人かの賢者が、何らかの歴史的事実に当時の民間口承伝説を織りまぜて物語をつくり、それに新しい要素を次々と書き加えて、今日見られるような形に仕上げていったのではないかと考えられる。

物語は、パーンドゥ家とクル家の王子たちによるバーラタ王朝内の争いを軸に、数多くの人物の性格描写や事件の記述を通じて、人間の強さと弱さ、高貴さと卑劣さ、美しさと醜さなど、人間にまつわる古くて新しい普遍的なテーマを展開させている。そして、奇抜な構想と緻密な筋の運びのなかに、王や武人のあるべき姿、人間の生き方などを説き、この物語の究極の狙いである人生規範（ダルマ）を見事に浮き彫りにしている。また物語後半の主要部分を占め、しかも物語全体のクライマックスともなっているクルクシェートラの戦いは、両家の永年の対立に最終決着をつける場として設定されているが、いよいよ戦闘開始という直前になって、親族や知人と干戈《かんか》を交えることに逡巡するパーンドゥ家の王子アルジュナに、武人のとるべき態度を説いて雄々しく戦うことを決意させるクリシュナ神の言葉は、後年、バガヴァッド・ギーター（神の歌）としてヒンドゥ教徒の最高経典の地位を獲得し、今日に至っている。

ところで、このバーラタ王朝の内訌《ないこう》も、クルクシェートラの戦いも、作者によるまったくの創作ではなく、ある程度は歴史的事実を反映しているものと考えられている。インダス河上流の東岸で、パーキスターン・イスラーム共和国の前首都ラーワルピンディの付近に、昔タクシャシーラ（タキシーラ）という都市国家が商業と学問の中心地として栄えたことがあるが、そのタクシャシーラの東南にプール族の王国が存在し、その王朝のポロという名の王子が甥と対立関係にあったことが、ギリシャ人史家の記述によってうかがわれるからである。

さらにまた、クル家とパーンドゥ家との最後の決戦場となるクルクシェートラの地も、インド共和国の現在の首都ニューデリーの北方に位置するハリアナ州の学術都市クルクシェートラがまさにその地であったと考えられており、ブラーフマナやウパニシャッドというヴェーダ文典にも、クル家とスリンジャヤ家の争いやクル家一族のクルクシェートラからの追放が暗示されていることなどから、ある程度の史実をふまえての英雄譚《たん》が物語の原型となっているものと思われる。

古代インドには、ある国の王が近隣の王国を併合ないし従属関係においた場合、その絶対支配権を天下に公認させる目的をもって、大がかりな犠牲祭《ぎせいさい》を催すのが習慣《ならわし》であったが、そうした祭に参加した人々に馳走するとともに大王の家系の偉功を讃えた物語を韻文で朗詠して聞かせるのも、大事な行事の一つであった。事実このマハーバーラタも、物語のなかに出てくる英雄アルジュナ王子の曾孫ジャナメージャヤ王が一大犠牲祭を催した際、作者ヴャーサの一の弟子ヴァイシャンパーヤナが初めて公の席で朗詠したということになっている。しかし、インドの史家によると、マハーバーラタが最初に公開の席上で披露されたのは、タクシャシーラの都市においてではなかったかと考えられているようである。

こうした英雄譚を原型としてもつマハーバーラタは、主として婆羅門僧によって後代に伝承されていく過程で、神話や道徳訓の挿入とともに次第に宗教的色彩も帯びるようになっていく。そしてやがてヴィシュヌ神の権化としてのクリシュナへの信仰が加えられることによって、単なる叙事詩としての性格を超え、ヒンドゥ教徒の生活規範を示す一つの聖典としての性格すらもつようになっていく。つまり、あらゆる人間の行為をひき起す三つの要因、すなわちカーマ（肉体的快楽）、アルタ（物質的富裕）、ダルマ（精神的・宗教的義務）という人生目的を正しく追求するための規範を種々の挿話によって例示し、人々がそれを遵守《じゅんしゅ》することで、究極目標たるモークシャ（解脱）へと達する道をこの物語は示している。

物語の概容はこうである。

ハスティナープラを首都とするクル王朝の王位は、長子ドリタラーシュトラが盲目であったため弟のパーンドゥに譲られた。しかしそのパーンドゥも行者の呪いを受けて王位を去らなければならなくなり、二人の妻とともにヒマーラヤに隠退し、そこでユディシュティラ、ビーマ、アルジュナ、ナクラ、サハデーヴァという五人の王子をもうける。パーンドゥの死とともに五人の王子は首都に連れ戻され、ドリタラーシュトラの百人の王子たちといっしょに養育される。やがて成人に達したユディシュティラは皇太子となるが、それを嫉《ねた》むドリタラーシュトラの長子ドゥルヨーダナのさまざまな奸計《かんけい》に身の危険を感じ、国を逃れて放浪の旅に出る。パンチャーラ国の王宮に身を寄せた時、そこの王女ドラウパディー妃がアルジュナを婿として選んだため、五兄弟間の約束によって妃は五王子の共有の妻となる。またここで彼らは、のちに彼らの最大の友人でもありかつ味方ともなったヤドゥ族の首長クリシュナと親交を結ぶ。

ドリタラーシュトラは五王子をふたたび呼び戻し、自らは王位を捨てて国土を二分し、半分を自分の息子たちに、あとの半分をパーンドゥの息子たちに与えた。後者はデリーからほど遠からぬインドラプラスタを首都に定める。しかしこの処置に満足できぬドゥルヨーダナは、一計を案じてユディシュティラを賭博に誘い、骰子《さいころ》の名人たる叔父のシャクニの助けを借りて、ユディシュティラから全領土と兄弟の共有の妻たるドラウパディーすら捲きあげてしまう。しかし一応示談が成立し、パーンドゥ一族は十三年間、王国を放逐されるが、十三年目の最後の一年間を世間の誰にも姿を見られぬように過ごすことができたならば、ふたたび自分たちの領土をとり戻せるということがとり決められる。

十三年間が過ぎ、五王子が約束にもとづいて領土の返還を求めたが、ドゥルヨーダナは耳をかさなかったので、パーンドゥ兄弟はドゥルヨーダナ一族との戦いを決意した。クル家とパーンドゥ家はそれぞれ遠近の王国の加勢を頼み、クルクシェートラの地において両連合軍の一大決戦の火ぶたが切って落とされた。戦いは十八日間つづき、わずかパーンドゥ家の五王子とクリシュナを除き主な武将はすべて屍と化した。その後ユディシュティラは正式に王位に即き、他の兄弟と力を合わせて王国を治め、その国に繁栄をもたらす。

やがてユディシュティラは、王位をアルジュナの孫であるパリクシトに譲り、兄弟全員と妻を伴ってヒマーラヤへ旅立つ。メール（須弥）山に登る途中、兄弟は次々と倒れていくが、ユディシュティラだけはダルマという犬とともにただ一人頂上に達し、神の国に入る。

さて、以上のような内容をもつバーラタ王朝の大叙事詩を、現代のインド人大衆に、そして間接的にせよ世界の物語愛好者に、平易な形で英語で語り直してくれたのが、チャクラヴァルティ・ラージャーゴーパーラーチャリである。インドの人々はこの作者をラージャージーという敬称か、あるいは頭文字をとったC《シー》・R《アール》という短い愛称で呼ぶのが常であるが、その略歴はつぎのとおりである。

一八七八年十二月、英領インド時代のマドラス州（現在のタミルナドゥ州）のサーレム県ホズール郡トラパッリ村の村長の三男として生まれたラージャージーは、マドラス（現在のチェンナイ）の大学を卒業したのち弁護士を開業するが、アニー・ベサント、サロージニ・ナイドゥ、マハートマ・ガンジー等の影響を受けてインド独立運動に参加するようになり、一九二二年より四二年までの二十年間、インド国民会議派の運営委員をつとめている。

彼はまた、一九三七〜三九年にマドラス州の首席大臣をつとめたほか、インド独立後の一九四七年には西ベンガル州の州知事、一九四八〜五〇年にインド総督、一九五一年にインド中央政府内務大臣を歴任したのち、一九五二〜五四年ふたたびマドラス州の首席大臣に就任している。ラージャージーは、自らはバラモンの出身でありながらカースト制度に反対し、一九三九年に寺院法を発令して不可触賤民にもヒンドゥ寺院の門戸を開放せしめ、禁酒法や農民の借財救済法などを制定して下層農民の生活保護・改善を図ろうとした。また国民意識の育成をめざしてヒンドゥスターニー語の学習を学校教育のなかに導入することを提案したが、のちにヒンドゥ語の国語化による弊害を察知するや、英語の重要性を再評価し英語教育の継続を奨励するようになる。

このように政治家としても行政官としても数多くの業績をあげたラージャージーであるが、第二次世界大戦中、英国政府へ協力すべきか否かについて、インド国民会議派の他の幹部たちと意見を異にして以来、主流派から離れていく。ことにムスリム連盟との提携問題をめぐり独立後のインド・パーキスターン連合政府構想を提唱するに至って、統一的政府を主張するガンジーと決定的に対立するに至った。また組合を通じての農民の自主的社会・経済活動をはじめ、企業家の自由な経済活動が国家の繁栄をもたらすとして、インド国民会議派政府が推進しようとする国家規制型計画経済の政策を批判、一九五九年に新しい綱領にもとつくスワタントラ（自主独立）党を結成した。

ところでラージャージーは、子供のころから大変な文学愛好者で、シェイクスピアとウォルター・スコットの全著作をはじめ、トルストイやソローの著作のほとんどすべてを読破する一方、マハーバーラタやギーターなどのインド古典も愛読、長ずるにつれて英語とタミル語による数多くの物語や論文を著すようになった。こうした彼がマハーバーラタの英訳を完成したのは一九五〇年の七月であることからして、いかに著者が忙しい公務の合間を縫って翻訳を続けたかが想像つくことと思う。

ラージャージーは、政界引退後も著述と講演を通じてインドの大衆の啓蒙につとめ、その偉大な功績に対してインド中央政府は「バーラト・ラトナ」という最高功労章を贈っているが、一九七二年十二月二十五日、九十五歳の天寿を全うして、マドラスで永眠した。

ところで今回、ラージャージーのマハーバーラタを日本語に翻訳することを私に決意させてくれたのは、インドの古い友人の一人G・S・ポヘーカル氏である。同氏はボンベイにおける印日協会の名誉専務理事でもあり、かつバーラティーヤ・ヴィッデャ・バヴァンの理事をも兼ねておられるが、初め私にラージャージーのラーマーヤナの和訳をすすめられた。しかしラーマーヤナの訳はわが国において既に何人かの人によってなされているので、私としてはむしろ同じ著者のマハーバーラタのすばらしさを多くの日本人に知ってほしいとの願いをかねてより抱いていたこともあって、そうした意向を述べたところ、氏は即座に同意してくださった。

しかし、決意して訳を開始してからの私の筆は遅々として進まなかった。ポヘーカル氏の再三の催促と、これ以上遅らせてはとの配慮もあって、田中嫺玉さんに訳のお手伝いをお願いすることとした。田中さんはかつて私とコタムリト（不滅の言葉）を共訳された方であるが、今回もまた平易で的確なすばらしい訳をして、私の期待にこたえてくださった。

また、日本語訳の出版にあたり、日本人一般読者のインド古代文化の理解を助けるため挿絵をふんだんに入れることとしたが、幸いにも現代インドの最もすぐれた画家の一人であるラヴィ・パランジペ氏の御協力を得ることができた。これもポヘーカル氏の御尽力によるものである。

最後に、インド文化の紹介への深い関心から本書の出版に積極的に応じてくださった第三文明社、および発刊までのいっさいの業務にたずさわってくださった編集部の安田理夫、山田賢治の両氏に何かとお世話になったことを特にここに記しておきたいと思う。

以上の方々の御協力に心より感謝の念を捧げ、あわせて読者の皆様の御愛読を切に願う次第である。

一九八三年五月一日

奈良　毅

日本の読者に寄せて

インドの偉大なる叙事詩「マハーバーラタ」の、C・ラージャーゴーパーラーチャリによって英語で書かれた物語が、このたび日本語に翻訳・出版される運びとなりましたことは、私の無上の喜びとするところであります。著者のラージャージーは、マハートマ・ガンジーとも深い親交があり、現代インドの生んだ偉大なる息子であり、愛国者、政治家、哲学者、文学者であり、まさに精神的巨人でありました。

「ラーマーヤナ」と「マハーバーラタ」というインドの二つの偉大なる叙事詩は、インド文化の精神的支柱として、インドの人々に生きていくための励ましと導きを与え続けてきております。「マハーバーラタ」の物語は永遠不滅であり、日月が天を運行し、人間の心の中で善性の焔が燃え続けるかぎり、この物語は世界の人々に愛読されていくことでありましょう。

この物語の英語原本はK・M・ムンシ博士という著名なインド人によって創設された「印度文化研究所《バーラティーヤヴィッデャバヴァン》」から出版されておりますが、このムンシ博士も現代インドの誇り得る作家であり、法律家、政治家、哲学者であります。印度文化研究所の設立目的は、インド文化を維持・発展させ、インドの国民的統合を促進させることと、世界のあらゆる人々をそれぞれの文化や宗教の違いを超えて結びつける要素を、発見し育成していくことにあります。「人類は一家族」をその理想とし、「すばらしき思想は世界のあらゆるところから」をその標語といたしております。

英語原本の初版は一九五一年に出され、それから一九八〇年までに二十三版を重ねておりますが、それは物語の内容が単に古代インド人の数々のロマンスを描いているばかりではなく、人間の生き方の指針を示し、しかもギーターという最高の聖典をも含んでいるためであると考えられます。

私が日本の文化や思想とかかわりを持つようになってから約半世紀もの歳月が経ってしまいましたが、その間、ボンベイ市の日印協会をはじめ三十にものぼるインド各地の日印協会を通じて、私は自分の生涯を両国の友好親善・相互理解の促進に献げてまいりました。一九六四年には、中村元博士の御協力を得て、インドの哲学や宗教の精髄を集めた『インドの智慧』という題の日本語の本を出版したことがあります。

このたびの「マハーバーラタ」の日本語版の翻訳・出版は、私の友人の奈良毅博士が中心となって進めてくださいました。その労を多とするとともに、また同博士の御紹介で出版をお引き受けくださった第三文明社社長の栗生一郎氏と編集責任者の山田賢治氏に心から感謝申し上げます。また美しい挿絵を画いてくださったラヴィ・パランジペ氏と、日本語版の出版許可を即座に出してくださった印度文化研究所の事務局長S・ラーマクリシュナン氏にも心から御礼を申し上げます。

最後に、日本の若い人々がインドの文学・哲学・芸術などに深い関心を示しはじめてきた最近の傾向を心より嬉しく思い、本書がそうした人々にさらに大きな刺戟《しげき》を与えることを願ってやみません。

日印関係全国協議会会長
印度文化研究所理事

G・S・ポヘーカル

初版への序

ある民族の偉大な文学のなかに描かれた人物や出来事は、その民族の歴史に登場する実際の英雄や事件と同様の力強さで、民族の性格形成に影響をおよぼすと言っても過言ではない。いや、むしろ前者のほうが民族の理想形成にとってより重要な役割をはたす、と言えるかもしれない。なぜなら、それは民族の性格の発達をうながす力となるからである。

ドン・キホーテ、ガリバー・ド・カヴァレイ卿、フォルスタッフ、シャイロック、アーサー王、ランスロット卿、不思議の国のアリスなどをはじめ、その他いろいろな性格をおびた数多くの創作人物は、英国の人々の心のなかに、英国という国土に実際に生まれ、死に、埋葬されている男女と同様の真実さをもって受けとめられている。

文学というものは、人間の生活や性格に密接なかかわりあいをもっている。したがって、人類がいくつかの民族に分かれているかぎり、ある民族の文学に描かれた人物や出来事が、必ずしもすべての民族に同じような感動を与えるとはかぎらない。フォルスタッフやトビー叔父さんに関する一言一句は、英国人に対しては重要な世界をもたらすであろうが、他の民族に対してもそうなるわけではない。同様に、ハヌマーン、ビーマ、アルジュナ、バーラタ、シーターという名は、学識があろうとなかろうとわれわれインド人すべてにとって、ある独特の意味をもつものであるが、それを英語に翻訳した場合、他の民族に対しては、たとえその人がどんなにインドの神話や民話に関心を抱いていようとも、何分の一の意味さえも伝わり得ないであろう。

わが国の流れゆく歴史のなかで、大昔から偉大な魂はラーマーヤナとマハーバーラタの二大叙事詩によって形成され、涵養《かんよう》され、偉業をとげるべく育て上げられてきた。

大部分のインド人の家庭では、子供たちは昔から母親の膝で母国語を学びながらこれら不朽の物語を学んだものである。かくしてシーターやドラウパディーのやさしさや悲しみ、ラーマやアルジュナの剛毅《ごうき》さ、ラクシュマナとハヌマーンの情のこもった忠誠などは、インドの若者たちの人生哲学の素材となったのである。

人生の複雑化は、単純な古代の家庭生活の型をすっかり変えてしまった。しかしそれでもなお、わが国においてラーマーヤナやマハーバーラタを知らぬ人間というのはほとんどいない。もっとも物語の内容は、朗読会や映画の中での華やかな幻想に彩られ、ヴャーサやヴァールミーキの気品とか真理への手がかりといったものは、だいぶ色褪《あ》せてしまってはいるが……。

そこで数年前、私は自分の余裕のない日程のなかからわずかな暇を見つけ出しては、自分たちが幸運にも子供のころ家庭で聞いたマハーバーラタの物語を、今日のタミルの子供たちに散文の形に直して与えてやることを思いついたのである。ヴャーサの語ったマハーバーラタは、わが国の最もすぐれた文化伝統の一つであり、それを誤りなく聞きとるということは、それを愛することでもあり、かつそれによって魂が向上することでもある、と私はかたく信じている。それは魂を強化し、野望の空虚さと、怒りや憎しみの無益さを充分に胸に刻みこませてくれる。他のものではそれができないのである。

数年前、私はタミル語の雑誌に「客人崇拝」という題で、シシュパーラの物語を書いたことがあるが、編集者はそれがとても気に入ったのか、私に、タミル人のためマハーバーラタの全部を物語の形式で書いてみることを強くすすめられた。自信のないまま手をつけてみたのだが、しかし、この仕事は間もなく私を魅了してしまった。そして、今や私はこの仕事がたまらなく好きになり、わが国の超人的な英雄たちの偉業を聞こうとして熱心に群がってくる可愛《かわい》いタミルの子供たちに、自分があたかも語って聞かせてあげてでもいるような気持にすらなってしまっている。私はまた、田舎の百姓たちが一日の仕事を終え、お寺や村の集会所に社交のため集った時、この物語を読むことで村の夕べのひとときを楽しいものにしてくれることをも願っている。

私は、マハーバーラタの全体を百七の物語で記述した。そしてこの物語を記すことは、今や私の人生の一部となってしまっている神聖にして感動的なものとの触れあいを、私にふたたび思いおこさせてくれたし、一つ一つの文が、いまだ消えずに残っている過去の芳香を私にもたらしてくれた。物語自体のもつこうしたすばらしい特質を、英訳においても維持したり現出したりすることはもちろんできない。しかしそれでもなお私は、この本が何がしかの役に立つと思っている。

翻訳の相当の部分は私自身がしたが、しかしあとは私の親切な友人たちがやってくれた。ここでP・シェーシャードリ氏とS・クリシュナムールティ氏に甚深なる感謝の意を表する次第である。二人が骨折ってくださらなかったなら、この本はおそらく完成しなかったかもしれない。

最後になってしまったが、ナヴァラトナ・ラーマ・ラオ氏にも感謝したい。この方がていねいに全原稿に目を通し整理してくださったのだが、その助力は私個人への私的な愛情によるものであると同時に、民衆に対する公的な奉仕精神の貴重なあらわれであるとも言えよう。

一九五〇年七月一日

チャクラヴァルティ・ラージャーゴーパーラーチャリ

目次

挿画／ラヴィ・パランジペ
本文レイアウト／デジタルワークス・アイヴィエス

筆記者《かきとりて》としてのガナパティ

ヴェーダ文典の有名な著者である至聖《しせい》ヴャーサは、偉大《いだい》な聖者《せいじゃ》パラーシャラの息子《むすこ》であった。マハーバーラタというすばらしい叙事詩《じょじし》を世に産み出したのは、ほかならぬこのヴャーサである。

マハーバーラタを構想《こうそう》したのち彼は、この神聖《しんせい》な物語をどのようにして世に出すか、その手段についていろいろと思いめぐらした。そこで彼が創造神《そうぞうしん》であるブラフマーに想念《そうねん》を凝《こ》らしたところ、神は彼の目の前に姿を現わされた。ヴャーサは頭を下げ両手を合わせてブラフマー神にこう懇願《こんがん》した。「神様！　私はすばらしい作品を心の中に描きました。でも私の口述《こうじゅつ》を書き取れそうな人が見当たりませぬので困っております。」

ブラフマー神は、ヴャーサを賞《ほ》めたのちこう言われた。「賢者《けんじゃ》よ！ ガナパティ神の御名《みな》を唱《とな》えそなたの筆記者《かきとりて》となるよう願ってみては。」と。こう言ってブラフマー神は姿を消された。そこで聖者《せいじゃ》ヴャーサが、今度はガナパティ神を想念《そうねん》したところ、その神が目の前に姿を現わされた。ヴャーサはうやうやしくガナパティ神を迎え、その助力を乞《こ》うた。

「ガナパティ様。私はこれからマハーバーラタの物語を口述《こうじゅつ》いたしますが、それを書き取っていただくわけには参りませんでしょうか。」

ガナパティ神が答えられた。「よろしい。そなたの望みどおりにしよう。ただし、わしの筆はいったん書き出したら途中で止《や》めるということはできぬ。したがって、そなたは休むこともよどむこともなく口述《こうじゅつ》をし続けなければならぬが、それでよいかな。この条件がかなえられるなら引き受けよう。」

ヴャーサはその条件をのんだが、自分の立場を守るため、自分の方からも一つの対抗条件をもちだした。「それでけっこうでございます。ただし、私の口述《こうじゅつ》いたします文の意味をはっきりおつかみになった上でお書き取り願いとうございます。」

ガナパティ神はほほ笑まれ、この条件を承知なさった。さていよいよ聖者《せいじゃ》は、マハーバーラタの物語を詠《うた》い始めた。彼は時々ひじょうに複雑な内容の一連の詩を作り、ガナパティ神がその意味をつかむためにしばらく考えこんでおられると、その間を利用してさらに次の詩を頭の中でどんどん作っていくというやり方をとった。このようにしてマハーバーラタは、ヴャーサの口述《こうじゅつ》を通じガナパティ神によって書き取られてできたものなのである。

さて、まだ印刷術《いんさつじゅつ》の発達せぬ時代には、識者《しきしゃ》の記憶《きおく》こそが唯一の書庫《しょこ》であった。ヴャーサは初め、この偉大な叙事詩《じょじし》を自分の息子《むすこ》である聖者《せいじゃ》シュカに説いてきかせた。そしてのちには、それをさらに多くの弟子たちにも説いてきかせた。こうしたことがなければ、この書は途中で消え、後世には伝わらなかったかもしれない。

筆記者としてのガナパティ

ガナパティ神とヴャーサ

伝説によると、聖者《せいじゃ》ナーラダがマハーバーラタの物語を天人《デーヴァ》たちに伝え、シュカは乾闥婆《ガンダルヴァ》や羅刹《ラクシャ》や夜叉《ヤクシャ》たちに説き聴《き》かせたことになっている。またヴャーサの高弟の一人である有徳《うとく》の識者《しきしゃ》ヴァイシャンパーヤナが、人類のためにこの叙事詩《じょじし》を公《おおやけ》にしたことはよく知られているとおりである。つまり、パリクシト大王の息子《むすこ》ジャナメージャヤが大犠牲祭《だいぎせいさい》を催《もよお》した際、ヴァイシャンパーヤナに請《こ》うて物語を語ってもらったのである。のちに、この物語は、ナイミシャの森の聖者《せいじゃ》シャウナカの音頭《おんど》で集まった賢者《けんじゃ》たちの前で、ヴァイシャンパーヤナによって語られたとおりに、スータによって朗唱《ろうしょう》された。

スータは、賢者《けんじゃ》たちの集いに向かってこう語りかけた。「私は、ヴャーサが人類にダルマ（宗教＝人間の生き方）と人生の諸々の目的を教えるために作られたマハーバーラタという物語を聴《き》く好運《こううん》に恵《めぐ》まれました。」この言葉を聴《き》くや、行者《ぎょうじゃ》たちは身を乗り出して彼のまわりに集まってきた。

スータはさらに続けた。「私は、ジャナメージャヤ王の催《もよお》した犠牲祭《ぎせいさい》においてヴァイシャンパーヤナが語ったマハーバーラタの本筋とその中に含まれるいくつかの挿話《そうわ》を聴《き》きました。そして後程《のちほど》いろいろな聖地を巡礼《じゅんれい》し、この叙事詩《じょじし》に述べられている大いなる戦闘《せんとう》のあった場所をも訪れました。それから皆様とお目にかかるためにここへやって来たのです。」こうして彼は、この大いなる集会においてマハーバーラタの全篇を物語った。

偉大なシャーンタヌ王の死後、チットラーンガダがハスティナープラ国の王となり、さらにそのあとはヴィチットラヴィーリヤが継《つ》いだ。彼にはドリタラーシュトラとパーンドゥという二人の息子《むすこ》があったが、兄のほうが生まれつき盲目であったため、弟のパーンドゥが王位に即《つ》いた。だが、パーンドゥは、在位中ある罪《つみ》を犯《おか》して二人の妻とともに森に隠遁《いんとん》しなければいけなくなり、長い悔《く》い改めの年月をそこで過《す》ごした。

森に住んでいる間に、パーンドゥの二人の妻クンティーとマードリーは五人の息子《むすこ》を産むが、彼らはのちにパーンドゥ家の五人兄弟としてよく知られるようになった。

彼らがまだ森に住んでいる間にパーンドゥは世を去った。それで賢者《けんじゃ》たちが幼年期のパーンドゥ家五兄弟を養育《よういく》した。

長男ユディシュティラが十六歳になった時、国の聖者《せいじゃ》たちは全員をハスティナープラへ連れ戻《もど》し、年老いた祖父ビーシュマに彼らをあずけた。

またたく間にパーンドゥの子たちは、ヴェーダやヴェーダーンタ、さらには武士階級《クシャットリヤ》が身につけるべき様々な技《わざ》芸に熟達《じゅくたつ》した。そこで盲目のドリタラーシュトラの息子《むすこ》たち、つまりクル家の兄弟たちは、パーンドゥ家の兄弟たちをねたむようになり、いろいろな方法で彼らを傷《きず》つけようとした。

ついに一族の長であるビーシュマが仲裁《ちゅうさい》にはいり、両者の間に相互理解《そうごりかい》と和解《わかい》をもたらした。したがって、パーンドゥ家とクル家の両兄弟たちは、インドラプラスタとハスティナープラをそれぞれの首都《しゅと》として別々に領地《りょうち》を支配し始めたのである。

しばらくして、その当時よく行われていた武士階級《クシャットリヤ》の決闘《けっとう》の作法《さほう》に従って、クル家の兄弟とパーンドゥ家の兄弟との間で骰子賭博《さいころとばく》の勝負が争われた。そしてクル家兄弟の代表として骰子《さいころ》を振ったシャクニが、ユディシュティラに勝った。その結果、パーンドゥ家の兄弟は十三年間国外追放の憂《う》き目に遭《あ》うのである。彼らは王国を去り、彼らの忠実な妻ドラウパディーをともなって森に入った。

賭博《とばく》勝負の条件に従って、パーンドゥ家の兄弟は十二年間を森で過《すご》し、第十三年目は森の外で誰にも知られぬようにこっそりと過《すご》した。やがて彼らが国へ帰って、ドゥルヨーダナに自分たちの父からの遺産《いさん》を請求《せいきゅう》したところ、彼らのいない間に領土《りょうど》を奪《うば》ってしまっていたドゥルヨーダナは返還《へんかん》を拒絶《きょぜつ》した。結果は戦争である。パーンドゥ家の兄弟はドゥルヨーダナを負かし、彼らの父祖伝来の領土《りょうど》をとり戻《もど》した。

パーンドゥ家の兄弟は三十六年間にわたって王国を支配した。その後彼らは孫息子《まごむすこ》のパリクシトに王冠を譲《ゆず》り、ドラウパディーとともにみな質素《しっそ》な樹皮に身を包んで森へ入って行った。

以上がマハーバーラタの物語の骨子である。わが国のこの古代のすばらしい叙事詩《じょじし》には、パーンドゥ家の兄弟の運命に関する話のほかに、説話や崇高《すうこう》な教訓《きょうくん》がたくさん入っている。マハーバーラタは、実際、数えきれぬ真珠《しんじゅ》や宝石を含んだまことの大洋である。それは、ラーマーヤナと並んで、われらが母国インドの道徳と文化の生きた泉である。

第一章　デーヴァヴラタ

「そなたが誰であろうとかまわぬ。そなたをぜひとも予《よ》の妃《きさき》に迎えたい。」

偉大なるシャーンタヌ王は、目の前に人間の姿をとって現われたガンガー女神に対し、彼女のこの世のものとも思えぬ美しさにすっかり魅《み》せられて、こう言った。

王は、彼女の愛を熱心に求めるあまり、自分の領土《りょうど》、財産《ざいさん》、彼のもつすべてを、自分の生命をすら捧《ささ》げようとした。

ガンガーはそれに応《こた》えて言った。「王様、では私はあなた様の妃《きさき》になりましょう。でもいくつか条件がございます。まず、あなた様であろうと他のどなた様であろうと、決して私が誰であるか、私がどこから来たかをお聞きになってはなりません。また私がするどんなことにも、善《よ》いことであろうと悪いことであろうと、邪魔《じゃま》をなさってはいけませんし、たとえどんな理由があるにせよ、私を怒ってはいけません。さらに私を不愉快にさせるようなことを一言もおっしゃってはなりません。もしこれらの条件をお守りになれない場合は、私は即座《そくざ》にあなた様のおそばを立ち去ります。よろしいですか。」

夢中になってしまっている王は、こうした条件を守ることを誓《ちか》ったので、彼女は彼の妃《きさき》となり、いっしょに住むこととなった。

王の心は、彼女の慎《つつし》み深さとしとやかさ、そしてまた彼女の注《そそ》ぐゆるぎない愛情のこまやかさに、すっかりとりこになってしまった。シャーンタヌ王とガンガー妃《ひ》は、時の経《た》つのも忘れてまったく幸せな日々を送っていった。

彼女はたくさんの子供を産んだ。だが新しい赤ん坊が生まれるたびにガンジス河へ運んでいき、川の中へ投げこんでは笑顔《えがお》で王のもとへ戻《もど》ってきた。

シャーンタヌ王は、そうした悪鬼のような振舞《ふるまい》に、恐怖と苦悶《くもん》に心を満たされたが、自分のした誓《ちか》いを思いおこして、じっと耐《た》えていた。幾度《いくど》となく彼は妃《きさき》がいったい何者なのか、どこから来たのか、なに故凶悪残忍《きょうあくざんにん》な女魔法使《まほうつか》いのように振舞《ふるま》うのかを知りたいと思ったが、自分の立てた誓《ちか》いの言葉に縛《しば》られていたのと、彼女に対するなにものにも代え難《がた》い愛の故に、非難《ひなん》や諫《いさ》めの言葉は一言も発しなかった。

こうして彼女は七人の子供を殺した。だが八番目の子供が生まれ、彼女がまたもやそれをガンジス河に捨てようとした時、シャーンタヌはもはや我慢《がまん》できなくなってしまった。

彼は叫《さけ》んだ。「止《や》めよ、止《や》めよ。何故そなたは罪もない己《おの》れの赤児《あかご》を、このような恐るべき無慈悲《むじひ》なやり方で殺そうとするのじゃ。」　怒りを爆発《ばくはつ》させて王は彼女を制止《せいし》した。

「おお大王様」と彼女は答えた。「あなた様は約束をお忘れになってしまったのですね。あなた様は御心《みこころ》を御自分の子供のほうに向けられており、私をもう必要とはなさらないのですね。私は去ります。私はこの子を殺しはいたしませんが、私をお咎《とが》めになる前にどうぞ私の話をお聴《き》きください。ヴァシシュタ行者《ぎょうじゃ》の呪《のろ》いによって心ならずもこうした忌《いま》わしい役割を演じなければならぬこの私は、神にも人にも敬慕《けいぼ》されるガンガー女神なのです。ヴァシシュタは八人のヴァス天人《デーヴァ》に人間界に生まれるよう呪詛《じゅそ》をかけたので、彼らの哀願《あいがん》に心を動かされ、私は彼らの母親とならざるを得なかったのです。私はあなたのもとで彼ら八人を産みましたが、それはあなたにとってもよいことだったと思います。なぜならあなたは八人のヴァスに尽くした貢献《こうけん》により、死後、より高い世界へと進むことになるからです。私はしばらくの間あなたのこの最後の子供を育て上げ、それから私の贈物としてあなたにお返しいたしましょう。」

こう言ったのち女神は子供とともに姿を消した。後世ビーシュマとして有名になったのが、実にこの子供なのである。

ヴァスたちがヴァシシュタの呪《のろ》いを受けるようになったわけはこうである。ある休日、彼らは妻たちを伴《ともな》ってヴァシシュタ行者《ぎょうじゃ》の草庵《そうあん》の建っている山間地にやってきた。

彼らのうちの一人が、ナンディニーというヴァシシュタの飼牛《かいうし》が草を食べているのを見た。その牛の神々《こうごう》しいまでに美しい姿が彼の心を奪《うば》ってしまったので、彼はそのことを婦人たちに指摘《してき》する。婦人たちはいっせいに声をあげてその優美な動物を賞《ほ》めたたえ、そのうちの一人が自分の夫にそれを自分のために手に入れてほしいと頼《たの》んだのである。

だがその夫はこう言った。「牛乳なんてわれわれ天人《デーヴァ》たちには何の用もないのに。この牛はここの土地全体の主である賢者《けんじゃ》ヴァシシュタの持物なんだよ。人間だったらその牛の乳を飲んできっと不老不死になることだろうが、すでに不老不死の身となっているわれわれにとっては何の得にもなりはしない。気まぐれな心を満たすだけのためにヴァシシュタの怒りをこうむるなんてまったく馬鹿馬鹿しい限りさ。」

しかし、そんなことで彼女は思い止まりはしなかった。「でも、実はあたしに人間界に非常に親しい女友達が一人いるの。こんなお願いをするのも彼女のためなのよ。ヴァシシュタが戻《もど》る前に、あたしたちは牛を連れて逃げてしまいましょうよ。あなた、あたしのためにぜひやってちょうだいね。あたしの一番大切な願いなんですからね。」ついに彼女の夫は負けてしまった。ヴァスたちはみんないっしょになって、牛とその仔牛とを連れ去ってしまったのである。

ヴァシシュタが隠所《いんじょ》に戻《もど》ってきた時、彼は牛の親子のいなくなったのに気づきがっかりする。というのはそれらは毎日の儀《ぎ》礼《れい》に必要欠くべからざるものであったからである。すぐさま彼はヨガの霊眼《れいがん》で、何が起《おこ》ったかをいっさい看破《かんぱ》するに至った。急に怒りに襲《おそ》われ、彼はヴァスたちに呪《のろ》いの言葉をかけた。そして行力が唯一の財産であるこの賢者《けんじゃ》は、ヴァスたちが人間界に生まれ出るようにと強い念を凝《こ》らしたのである。ヴァスたちがこの呪《のろ》いのことを知り、もう悔《くや》んでも遅いと悟ると、賢者《けんじゃ》の憐れみを乞《こ》い、罪の許しを哀願《あいがん》した。

ヴァシシュタは言った。「呪《のろ》いはそのとおりに実現される。牛を捕《とら》えたヴァスのプラパーサは、地上に末永く生き大いに栄えるであろう。だが他のヴァスたちは地上に生まれると同時に呪《のろ》いから解き放たれるであろう。わしの出した言葉を無効にすることはできぬが、この程度にまで呪《のろ》いを和《やわ》らげてやろう。」このののちヴァシシュタはふたたび行法に専念した。というのは自分の怒りによって行力がいささか弱まってしまっていたからである。きびしい行法を修する賢者《けんじゃ》は呪詛《じゅそ》の力を身につけるが、しかしこの力をふるう度《たび》にそれまでに蓄えてきた霊徳《れいとく》を減らすことになるのである。

ほっとしたヴァスたちはガンガー女神のもとに赴《おもむ》き、こう懇願《こんがん》した。「あなた様が、私どもの母親になってはいただけませんでしょうか。私どものために、どうか地上にお降《くだ》りになり、しかるべき男性と結婚してくださいますようお願い申し上げます。そして私どもが生まれ落ちると同時に水中に投げこみ、私どもを呪《のろ》いから解き放ってください。」女神は彼らの願いをきき容《い》れ、地上にやってきてシャーンタヌの妻となったのである。

女神ガンガーがかくしてシャーンタヌのもとを去り、八番目の子供とともに消え去った時、彼はいっさいの肉体的欲求を断ち切り、行法を修するような気持で王国を治めた。ところである日のこと、彼がガンジス河の土手を散策《さんさく》していると、神々の王インドラ神のような美しい姿をもった男の子を見かけた。その子は満潮時のガンジス河をたくさんの矢でおもしろがって塞《せ》き止めようとし、やさしい母親と遊ぶ子供のように大いなるその河と戯《たわむ》れていた。その光景にびっくりして立ちすくんでいる王の目の前に女神ガンガーが身を現わし、その子を彼の息子《むすこ》であるとして差し出した。

女神は言った。「王よ。これがあなたによって私がもうけた第八番目の子供です。私は今までこの子を育ててきました。彼の名はデーヴァヴラタです。彼は武芸に熟達《じゅくたつ》し、パラシュラーマに匹敵《ひってき》するほどの武勇をもっています。彼はまたヴェーダとヴェーダーンタをヴァシシュタから学び、シュクラの知っている学芸にも精通《せいつう》しています。すぐれた射手であり、英雄《えいゆう》でもあり、かつ国政の名人でもあるこの子を、連れて帰ってください。」そう言って彼女は子供を祝福《しゅくふく》し、父親である王に子供を手渡して、姿を消した。

デーヴァヴラタを見守るシャーンタヌ

第二章　ビーシュマの誓《ちか》い

大喜びで、王はまばゆいばかりに輝《かがや》く若々しい王子デーヴァヴラタを、自分の胸にそして王国へと迎え入れ、皇太子《こうたいし》の位につけた。

四年経《た》った。ある日のこと、王がヤムナー河の土手を散策《さんさく》していると、あたりの空気が急に神々《こうごう》しい甘い香りに満たされたので、その香りのする源をたずねていくと、女神とも見まがうばかりに美しい一人の乙女《おとめ》に出会った。ある賢者《けんじゃ》が、身体から神々《こうごう》しい芳香《ほうこう》が発散するように、という乙女《おとめ》の願いを叶《かな》えてやったため、今やその香りが森中に広がっていたのである。

女神ガンガーが自分のもとを去った瞬間から王は今までずーっと肉体的感覚を抑制《よくせい》してきていたが、このすばらしく美しい乙女《おとめ》の姿を見るや自己抑制《よくせい》の縛《ばく》がちぎれ、自分を圧倒するような激しい欲望が身体中にわいてきた。彼はその乙女《おとめ》に妻になってくれと頼《たの》んだ。

乙女《おとめ》は答えた。「私は漁夫の女、漁夫頭の娘でございます。どうぞ父をお訪《たず》ねになり、承諾《しょうだく》をお取りください。」そう言う彼女の声は、姿同様にきれいで可愛《かわい》らしかった。

父親は抜け目のない男だった。

彼はこう言った。「王様。確かにこの娘は世間の娘たちと同じように、誰かに嫁《とつ》がせてやらねばなりませぬし、あなた様ならその相手としてはまったく申し分ございません。でも、この娘を娶《めと》られるためには、一つお約束をしていただかなくてはなりません。」

シャーンタヌは答えた。「もしそれが正当なものであるなら、約束しよう。」

漁夫の長が言った。「この娘から生まれる子をあなた様の次の王にさせると約束なさってくださいまし。」

情欲《じょうよく》にかられほとんど気がおかしくなりかけてはいたものの、王はしかしこのような約束をすることはできなかった。なぜなら、それは当然王位に即《つ》くことになっているガンガー女神の息子《むすこ》デーヴァヴラタをのけ者にしてしまうことを意味するからである。そんなひどい代償《だいしょう》を支払《しはら》わねばならぬとは、考えただけでも恥《は》ずかしいかぎりであった。かくして彼は、とげられぬ想いに打ち沈んだまま、首都のハスティナープラへと帰った。彼は出来事を誰にも明かさず、ただひとりで思い悩んでいた。

ある日デーヴァヴラタが父に尋《たず》ねた。「父上。父上はお望みのものは何でも手に入れられるはず。それなのにどうしてそんなに不幸《ふしあわ》せそうな顔をなさっておられるのですか。人に言えぬ悲しみで憔悴《しょうすい》しきっておられるように見受けますが、いったいいかがなさったのですか。」

王は答えられた。「息子《むすこ》よ。おまえの言うとおりじゃ。わしは今心痛《しんつう》と不安で本当に身をけずられるような思いなのじゃ。おまえはわしの一人息子《むすこ》でありながら、いつも武人としての野望《やぼう》を遂《と》げようと夢中になっておる。だが人生にはいつ何が起《おこ》るかわからぬし、しかも戦争《いくさ》は絶えず行《おこな》われている。もしもおまえの身に何か不運なことが起《おこ》ったなら、わしの一族は絶えてしまうことになる。もちろんおまえには百人の息子《むすこ》に相当するだけの力がある。だが、経典《きょうてん》に精通《せいつう》した人は、はかないこの世でたった一人の息子《むすこ》しかもっていないのは、一人の息子《むすこ》ももっていないのと同じことだと、言っておられる。わが一族の永続をたった一人の生命にかけるのは正しくないし、何よりもまず一族の永続せんことをわしは切望《せつぼう》しておる。これがわしの悩みの種なのじゃ。」自分の息子《むすこ》に出来事をありのままに知らせるのを恥《は》じた父は、このように言いまぎらした。

聡明《そうめい》なデーヴァヴラタは父のそうした精神状態には何か隠《かく》された原因があるにちがいないと悟《さと》り、王の御者《ぎょしゃ》を問いつめ、王がヤムナー河の土手で漁夫の娘と会ったことを知るに至った。彼は漁夫の長のもとへ行き、娘御《むすめご》の結婚を許してくれるよう父王になり代って懇願《こんがん》した。

漁夫はつつしんで拝聴《はいちょう》してはいたが、態度《たいど》を変えなかった。「わが娘は本当に王の配偶者《はいぐうしゃ》にふさわしい女でございます。とするならば、彼女の息子《むすこ》が王になるのに何か不都合《ふつごう》がございましょうか。しかしあなた様が既《すで》に王位第一継承者《けいしょうしゃ》となっておられますから、当然お父上のあとをお継ぎになることでしょう。これが実は障害《しょうがい》になっている点でございます。」

デーヴァヴラタはこれに対して「私は、この乙女《おとめ》から生まれる息子《むすこ》を王にさせることを、そちに約束しよう。そして、その子のために、王位第一継承者《けいしょうしゃ》としての自分の権利《けんり》を放棄《ほうき》しよう。」と言い、そのとおりの誓《ちか》いを立てた。

漁夫の長はさらに次のように言った。「ああ、バーラタ族の中で最もすぐれた方であられるあなた様は、これまでいかなる王族もなさったことのないことをなさいました。あなた様こそ真の英雄でございます。これからわが娘をあなた様の父上であられる王様のもとへ連れていってくださってもけっこうです。でも、今しばし、御辛抱《ごしんぼう》なさって、あの娘の父親として申し上げる私の言い分をお聴《き》きくださいまし。私は、あなた様が約束をお守りなさることについては何ら疑いをもってはおりません。ただあなた様から生まれるお子様たちも、果たして生得《せいとく》の長子権を放棄《ほうき》なさるかどうかについては、期待がもてないように思うのです。あなた様の御子息たちは、当然あなた様と同じような力強い勇者になられましょうし、もしその方たちが力ずくで王国を奪《うば》い取ろうとなされば、何人《なんぴと》もくいとめることはできますまい。こうした懸念《けねん》が私の心を苛《さいな》むのでございます。」

乙女《おとめ》の父親によって提出されたこのややこしい問題を聞いた時、父王の望みを叶《かな》えてやりたい一心のデーヴァヴラタは、己《おの》れのなし得る最上の放棄《ほうき》を宣言したのである。彼は、腕をまっすぐ上にあげ、乙女《おとめ》の父親に向かってこう誓《ちか》った。「私は決して結婚せず、一生純潔《じゅんけつ》を破らぬことを誓《ちか》う。」彼がこうした放棄《ほうき》の言葉を発した時、神々は彼の頭上にたくさんの花を降らせた。そして「ビーシュマよ」「ビーシュマよ」という叫び声が、空中に響《ひび》き渡った。「ビーシュマ」というのは、ものすごい誓《ちか》いを立てそれを成《な》し遂《と》げる人を意味する。その名は、この時からデーヴァヴラタの有名な渾《あだ》名《な》となった。かくしてガンガー女神の息子《むすこ》は、乙女《おとめ》サッテャヴァティーを彼の父のもとへと連れていった。

家　系　図

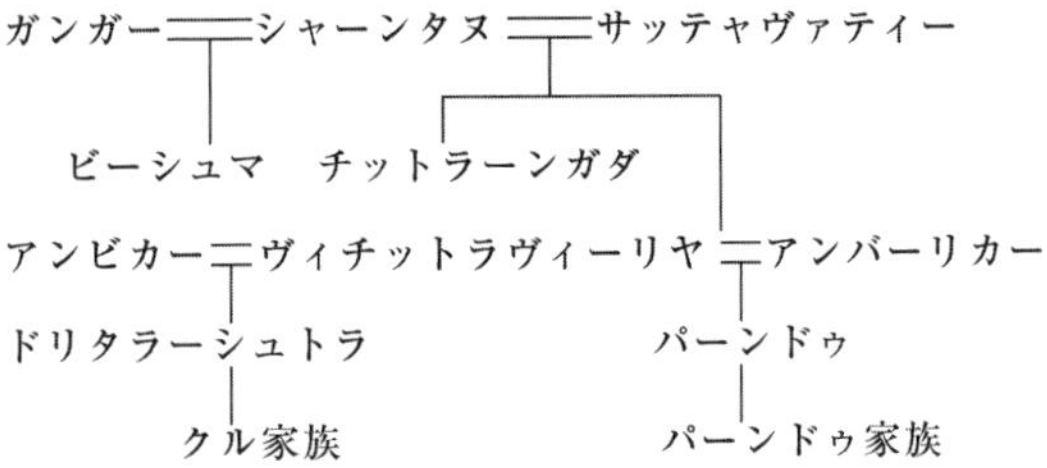

シャーンタヌとサッテャヴァティーとの間には、チットラーンガダとヴィチットラヴィーリヤという二人の息子《むすこ》が生まれ、相ついで王位に即《つ》いた。ヴィチットラヴィーリヤには、二人の王妃アンビカーとアンバーリカーからそれぞれ生まれた、ドリタラーシュトラとパーンドゥという二人の息子《むすこ》があった。百人を数えるドリタラーシュトラの息子《むすこ》たちは、カウラヴァ（クル家）として知られ、パーンドゥには五人の息子《むすこ》がいたが、パーンダヴァ（パーンドゥ家・または兄弟）として世に聞こえるようになった。

ビーシュマは、一族のおやじとしてみんなに尊敬されながら、かの有名なクルクシェートラの戦《いくさ》の最後まで、長生きした。

第三章　アンバーとビーシュマ

サッテャヴァティーの息子《むすこ》であるチットラーンガダは乾闥婆《ガンダルヴァ》との闘いで殺された。彼は子をもたぬまま死んでしまったので、弟のヴィチットラヴィーリヤが正当な継承者となり、やがて王となった。しかし彼はまだ未成年であったので、成年に達するまで彼に代ってビーシュマが王国を治めた。

ヴィチットラヴィーリヤが青春期を迎えた時、ビーシュマは彼のために花嫁をさがそうとした。そしてカーシー国の王女たちが、昔の武士《クシャットリヤ》階級のしきたりに従って婿選《むこえら》びをしようとしていると聞き、自分の異母弟のために王女たちを花嫁にしようとしてカーシーへ行った。コーサラ、ヴァンガ、プンドゥラ、カリンガ諸国の王をはじめ、ほかの国の王子や有力者たちも、最上の装いをして、婿選《むこえら》びの催《もよお》しに出るためカーシーに大勢でやって来た。姫たちのことはその美貌《びぼう》と教養で世に広く知れ渡っていたので、彼女たちをわがものにしようとする競争は熾烈《しれつ》を極《きわ》めた。

ビーシュマは武士階級《クシャットリヤ》の中で力強い闘士として有名であった。はじめは誰もが、この恐るべき勇士は単に婿選《むこえら》びの催《もよお》しを見るために来たものと考えたが、彼もまた求婚者の一人であることを知るに至って、若い王子たちは失望もし、口惜《くちお》しがりもした。彼らは、ビーシュマが本当は異母弟のヴィチットラヴィーリヤのためにやって来たことを知らなかった。

王子たちはビーシュマに向かって公然と侮辱《ぶじょく》を加え始めた。「バーラタ族の中でも、最も秀《すぐ》れ、そして賢いこの子孫は、自分がもう年をとりすぎていることも、一生独身《どくしん》を通すと誓《ちか》ったことも忘れてしまっている。この老人が、婿選《むこえら》びの催《もよお》しといったい何の関係があるというのだ。ちぇっ！　いやなこった。」　自分たちの婿選《むこえら》びをすることになっていた姫たちもこの老人をちらりと一瞥《いちべつ》しただけで顔をそむけてしまった。

ビーシュマは激怒《げきど》した。彼は、その催《もよお》しに集まっていた王子たちに、男らしさを示すための試合を申し込み、全部を打ち負かしてしまった。そして三人の姫たちを自分の二輪馬車に乗せ、ハスティナープラに向けて出発した。だがさほど遠くへ行かぬうち、アンバー姫に愛着を感じていたサウバラ国の王、シャルヴァが彼らの途を遮《さえぎ》り、邪魔《じゃま》しようとした。というのは、姫のほうでも心の中で、シャルヴァを自分の夫と決めていたからである。激しい闘いの末、シャルヴァは負けた。天下無双《てんかむそう》の弓の射手であるビーシュマを相手にしてのことだけに当然である。しかし姫たちの願いによって、ビーシュマはシャルヴァの命をとることはしなかった。

姫たちとともにハスティナープラに着いたビーシュマは、彼女たちがヴィチットラヴィーリヤと結婚式を挙げるための準備を始めた。結婚式に全員が集まった時、アンバー姫は愚弄《ぐろう》したような笑いを浮かべ、ビーシュマにつぎのように語った。「ガンガー女神の息子《むすこ》よ。あなたは経典《きょうてん》で定められていることをよくご存じのはずです。私は心の中でサウバラの王シャルヴァを自分の夫と決めておりました。それなのにあなたは力ずくで私をここへ連れてきてしまわれたのです。このことをよく弁《わきま》えた上で、経典《きょうてん》に精通《せいつう》しておられるあなたがなすべきことをおやりください。」

ビーシュマは、彼女の異議申立てをもっともなことだと思い、ちゃんとした付添《つきそい》をつけて彼女をシャルヴァのもとへ送ってやった。そうしてアンビカーとアンバーリカーという二人の姉妹とヴィチットラヴィーリヤとの結婚式が正式に挙げられた。

アンバーは喜び勇んでシャルヴァのもとへ行き事の次第を彼に説明した。「私は最初からあなた様を自分の夫と心に決めておりました。それでビーシュマは私をあなた様のもとへ送ってよこしました。経典《きょうてん》に則《のっと》ってどうぞ私を娶《めと》ってください。」

しかしシャルヴァは答えた。「ビーシュマはみんなの見ている前で私を打ち負かし、あなたを連れ去りました。私は完全に面目《めんもく》を失ったのです。ですから私は今さらあなたを自分の妻として迎えることなどはできません。彼のもとへ帰り、彼の言うとおりになさってください。」　こう言ってシャルヴァは彼女をふたたびビーシュマのもとへ送り返した。

彼女はハスティナープラへ戻《もど》り、ビーシュマに事の経緯《いきさつ》を話した。ビーシュマは、ヴィチットラヴィーリヤに彼女と結婚するようにすすめてはみたが、ヴィチットラヴィーリヤは、心が既《すで》に自分以外の人に向けられている乙女《おとめ》と結婚はできぬと婉曲《えんきょく》に断《ことわ》る。

アンバーはそこでビーシュマに向かって、ほかに頼《たの》みとする人がいない以上、ビーシュマ自身に結婚してほしいと懇願《こんがん》した。

アンバーを可哀想《かわいそう》には思ったものの、ビーシュマにとって自分の立てた誓《ちか》いを破ることはできない相談であった。何べんかヴィチットラヴィーリヤに考え直してくれるように働きかけてみたがだめだったので、彼は彼女に、もう一度シャルヴァのところへ行って彼を説得する以外に方法はないことを告《つ》げた。しかし、それは彼女のプライドが許さなかったので、初めのうちしばらくは彼女はハスティナープラに住んでいた。しかし遂《つい》に彼女はやぶれかぶれの気持になり、またシャルヴァのところへ行った。が、彼は依然《いぜん》として頑《かたく》なに拒《こば》み続けたのであった。

蓮《はす》の花のような美しい形の瞳《ひとみ》をもったアンバー姫は、悲しみと失望のうちに六年間も辛《つら》い日々を送った。心は苦悩に打ちひしがれ、彼女のうちにあったやさしさは、すべて自分の人生を台無しにしてくれたビーシュマへの怨恨《えんこん》と激しい憎悪《ぞうお》へと変わってしまった。彼女は、いろいろな国の王子たちの中から、ビーシュマと闘って殺し、彼女の仇《あだ》を討ってくれるような戦士を探し求めたが、だめだった。最強の武士たちですらビーシュマをおそれ、彼女の願いに耳をかそうとすらしなかった。ついに彼女はスブラーマニア大神の御加護《ごかご》を得んがため厳《きび》しい荒行に入った。大神はやさしく彼女の前に現われ、永遠に枯れぬ蓮《はす》の花の輪を与えてこう言われた。「その花輪を首にかける者がやがてビーシュマの敵対者となるであろう。」と。

アンバー姫はその花輪をとり上げ、ふたたび武士の一人一人に対し、六面大神スブラーマニアの授《さず》けられた花輪を受けとって、彼女のために戦ってはくれぬかと嘆願《たんがん》した。しかし誰一人としてビーシュマと敵対するほどの大胆不敵《だいたんふてき》さはもち合わせてはい

アンバーはビーシュマに結婚を願う

なかった。最後に彼女はドルパダ王のもとへ行ったが、彼もまた彼女の願いを聞きとどけてはくれなかった。そこで彼女は例の花輪をドルパダ王の王宮の門にかけ、そのまま森へと立ち去ってしまった。

彼女は森で何人かの行者に会い、自分の悲しい物語を話すと、パラシュラーマのところへ行って嘆願《たんがん》してみてはと助言してくれた。彼女はその助言に従った。

彼女の悲しい話を聞いてパラシュラーマはいたく同情し、「ではどうしたいのかね。もしそなたが望むなら、シャルヴァにそなたと結婚するように言ってあげようか。」と言った。

アンバーは答えた。「いいえ、私はそれは望んでおりません。私はもはや結婚とか、家庭とか、幸福などは欲しくありません。私にとって生涯《しょうがい》でたった一つ欲しいもの――それはビーシュマに対する復讐《ふくしゅう》です。私の求める唯一《ゆいいつ》の願いごとは、ビーシュマの死なのです。」

彼女の苦悶《くもん》に心を動かされたのと、婆羅門《バラモン》階級として常に武士階級《クシャットリヤ》に対して抱き続けてきた彼自身の憎しみの念から、パラシュラーマは彼女の言い分を支持し、ビーシュマに戦いを挑んだ。当時最高の勇者であった二人の間の果し合いは、えんえんとして互角《ごかく》の勝負が続いたが、ついに最後になってパラシュラーマのほうが敗北を認めざるを得なかった。彼は彼女に言った。「私はできるだけのことをしたが、失敗した。そなたはビーシュマに憐《あわ》れみを乞《こ》うがよい。それがそなたに残された唯一《ゆいいつ》の道じゃ。」

悲しみと怒りで憔悴《しょうすい》しきってはいたものの、僅《わず》かに復讐《ふくしゅう》への情熱だけで生きながらえたアンバー姫は、いっさいの人間的試《こころ》みが失敗した今となっては、シヴァ神の恩寵《おんちょう》に頼《たよ》るほかはないと、ヒマーラヤ山中に入っていっそうきびしい苦行を始めたのである。やがてシヴァ神が現われ、彼女の願いを聞きとどけ、今度生まれかわった時に彼女はビーシュマを殺すであろうと告《つ》げられた。

アンバー姫は、彼女の望みが叶《かな》えられる来世が待ち切れなくなった。そこで彼女は自分で火葬用の薪《たきぎ》を積み、火の中に己《おの》が身を投じた——燃え盛る薪《たきぎ》の火の熱さにも劣らぬ焔《ほのお》を彼女の胸から噴き出しながら。

シヴァ神のおかげにより、アンバーはドルパダ王の娘に生まれた。生後数年経って彼女は、例の永遠に枯れぬ花輪が依然《いぜん》として王宮の門にかかったまま、恐れで誰もまだ手をつけずにいるのを見つけた。彼女はそれをとって自分の首にかけた。父親ドルパダ王は娘の無鉄砲さに大いに狼狽《ろうばい》し、自分に対してビーシュマの怒りを招くのではないかと恐れた。王はそれで彼女を都から森へ追放した。彼女は森で苦行を積み、やがて男子に変身し、シカンディンという名の武士として知られるようになった。

のちにこのシカンディンを自分の戦車の御者《ぎょしゃ》として、アルジュナはクルクシェートラの戦場でビーシュマを攻撃《こうげき》した。ビーシュマはアンバーが女として生まれたことを知っていたので、騎士道《きしどう》精神を忠実に守り、いかなる状態にあってもアンバーと戦おうとはしなかった。だからこそアルジュナはシカンディンを楯《たて》として戦い、ビーシュマを打ち負かすことができたのである。またビーシュマのほうでも、地上における自らの、長いうんざりするような修行《しゅぎょう》期間に終わりが来たことを知り、すすんで打ち負かされたのである。最後の戦闘で、ビーシュマの身体にはたくさんの矢がささったが、その中で最も深く突きささった矢だけを抜き出してビーシュマは、「これはアルジュナの矢であって、シカンディンのではない。」と言った。かくして偉大なる戦士は倒れたのである。

第四章　デーヴァヤーニーとカチャ

　昔、提婆《デーヴァ》と呼ばれる正神と阿修羅《アスラ》と呼ばれる邪神との間に、三界の主権をめぐって熾烈《しれつ》な闘争がもち上がった。交戦者のどちら側《がわ》も高名な指導者をいただいていた。即ち、ヴェーダ聖典《せいてん》の知識に関して卓越《たくえつ》していたブリハスパティ師が提婆側《デーヴァがわ》の指導者であり、もう一方の阿修羅側《アスラがわ》はシュクラ師のもつ深い学識《がくしき》を頼《たよ》りとしていた。しかしシュクラ師のみが、死人を甦《よみがえ》らせることのできる秘法《ひほう》を有していたことで、阿修羅《アスラ》側は絶対的優位《ゆうい》に立っていた。つまり戦場で倒れた阿修羅《アスラ》たちは、何べんでも生き返って提婆《デーヴァ》たちと戦いつづけたのである。かくして提婆《デーヴァ》たちは、宿敵阿修羅《アスラ》たちとの果《は》てしなくつづく戦《いくさ》において、大変不利な立場に立たされていた。

そこで彼らはブリハスパティ師の息子《むすこ》カチャのもとへ行き、彼の助力を懇願《こんがん》した。彼らはカチャに、何とかしてシュクラ師のお気に入りとなり、是が非でもその弟子になってくれるようにと頼《たの》みこんだ。なぜなら、ひとたび師と親密《しんみつ》になり信頼をかち得たならば、カチャはいかなる手段を用いてでもサンジヴィニの秘法《ひほう》を習得《しゅうとく》し、提婆《デーヴァ》たちのこうむっている大きなハンディキャップをとり除いてくれると、考えたからである。

カチャは彼らの願いを聞きいれ、阿修羅《アスラ》たちの王ヴリシャパルヴァンの首都《しゅと》に住むシュクラ師に会いに行った。カチャはシュクラ師の家へ行き、うやうやしく礼をしたのち、つぎのように語りかけた。「私はカチャと申し、賢者《けんじゃ》アンギラスの孫、ブリハスパティの息子《むすこ》でございます。あなた様の御指導のもとに真の知識を求めたいと願う独身《どくしん》学生であります。」と。分別《ふんべつ》のある教師は、自分のもつ知識を求めて来る優秀《ゆうしゅう》な生徒を決して断《ことわ》らぬというのが、当時の慣例《しきたり》であった。そこでシュクラ師は願いを聞いてこう言われた。「カチャよ、そちはまことに立派な家柄《いえがら》の出じゃ。わしはそちを喜んで弟子にしようぞ。そうすることによってわしはそちの父君ブリハスパティ師に敬意《けいい》をはらいたいと思う。」と。

カチャは、言いつけられた師匠《ししょう》の家の様々《さまざま》な仕事を完全にこなしながら、シュクラ師のもとで長い年月を過《す》ごした。シュクラ師は、デーヴァヤーニーという可愛《かわい》い娘を一人もっており、彼女をこよなく愛していた。カチャは彼女をも歌や踊りやいろいろな遊戯《ゆうぎ》で喜ばし、こまめに仕《つか》え、彼女の愛情をわがものとすることに成功した。しかしながら決して独身《どくしん》生活の誓《ちか》いを破るような真似《まね》はしなかった。

阿修羅《アスラ》たちがこのことを知るに及んで、彼らはひどく心配《しんぱい》になった。というのは、カチャの目的はシュクラ師から何とかしてサンジヴィニの秘法《ひほう》をだまし取ることにあるのではないかと疑ったからである。そこで当然《とうぜん》、彼らはそうした災難《さいなん》を防《ふせ》ごうと努《つと》めた。

ある日、カチャが師匠《ししょう》の牛に草を食べさせていると、阿修羅《アスラ》たちは彼をとらえて細かく切り裂《さ》き、その肉を犬に喰《く》わせてしまった。飼牛《かいうし》がカチャを伴《ともな》わずに帰って来たので、デーヴァヤーニーは心配《しんぱい》で胸が一杯《いっぱい》になり、声をあげて泣きながら父親のもとへ走っていった。「日も沈んでしまったし」と、彼女は泣きながら言った。「お父様の夜の献火《けんか》も済んでしまったというのに、カチャはまだ家へ帰って来ないのよ。飼牛《かいうし》たちがひとりで帰って来たから、なにか大変なことがカチャに起《おこ》ったと思うの。あたしは彼なしで生きていけないわ。」

娘に甘《あま》い父親はサンジヴィニの秘法《ひほう》を使って、死んだ若者を呪文《じゅもん》で呼び出した。するとたちまちカチャは生き返り、にこやかに笑って師匠《ししょう》に挨拶《あいさつ》をした。デーヴァヤーニーに、どうして遅《おく》れたのかと訳をきかれると、彼は彼女に、放牛《ほうぎゅう》していた時、突然阿修羅《アスラ》たちが自分を襲《おそ》い、殺してしまったのだと説明した。そして、どうやって生き返ったのかは知らないが、ともかくこうして蘇生《そせい》してここにいるのですと答えた。

またほかのある時、カチャがデーヴァヤーニーのために花を摘《つ》みに森へ行くと、ふたたび阿修羅《アスラ》たちが彼をとらえて殺し、彼の身体をたたきつぶして、糊状《のりじょう》に練《ね》り上げ、海水の中に混《ま》ぜてしまった。いくら経《た》ってもカチャが帰って来ないので、デーヴァヤーニーは前回と同様《どうよう》父親のもとへかけて行った。父親はふたたびサンジヴィニの秘法《ひほう》でカチャの生命《いのち》をとり戻《もど》し、いっさいの出来事を彼から聞いた。

三度目もまた、阿修羅《アスラ》たちはカチャを殺したが、こんどは利口《りこう》にも——と彼らは考えたのだが——彼の身体を焼き、その灰を酒に混《ま》ぜてシュクラ師にお酌《しゃく》をした。師は少しも疑うことなくその酒を飲んでしまわれた。またもや飼牛《かいうし》どもが、番人なしで家に帰って来たので、デーヴァヤーニーはふたたび父親のもとへ行き、泣いてカチャの蘇生《そせい》を懇願《こんがん》した。

シュクラ師は娘を慰《なぐさ》めようとしたがだめだった。「わしは何度も何度もカチャを生き返らせたが」と師は言った。「阿修羅《アスラ》たちはどうしても彼を殺す決意らしい。所詮《しょせん》死は人間誰しも避《さ》け得ぬもの。ならばおまえのような思慮分別《しりょふんべつ》のある人間がそれを悲しむのはいかがなものかのう。若さと美しさと人々の好意とに満たされた自分の人生を、おまえは充分楽しみ味わえばそれでいいではないか。」と。

デーヴァヤーニーは深くカチャを愛していたし、それに、この世始まって以来、死別による心の痛手《いたで》を格言《かくげん》が癒《い》やしたということはいまだかつて一度もない。彼女はこう言った。

「アンギラスの孫であり、ブリハスパティ師の息子《むすこ》であるカチャは、非の打ちどころのない立派な青年で、絶《た》えず献身的《けんしんてき》にあたしたちに仕《つか》えてくれました。あたしはそうした彼をせつに愛してきました。その彼が殺されてしまった今、人生などあたしにとっては、もの寂《さび》しい耐《た》えがたいものにすぎません。ですから、あたしも彼のあとを追います。」こうしてデーヴァヤーニーは断食《だんじき》を始めた。

娘の悲しみを見て悲嘆《ひたん》にくれてしまったシュクラ師は、阿修羅《アスラ》たちにひどく腹を立て、婆羅門《バラモン》を殺したという極悪《ごくあく》の罪《つみ》は彼らの運命に重くのしかかるであろうと感じた。彼はサンジヴィニの秘法《ひほう》を使ってカチャに出てくるよう呼びかけた。酒に混《ま》じって分散したまま、まだその時シュクラ師の身体の中にはいっていたカチャは、サンジヴィニの秘法《ひほう》の力によって生命をとり戻《もど》したものの、変な場所にいるため外へ出てこられず、名を呼ばれたのにただ、はいと返事することしかできなかった。シュクラ師は怒《いか》りと驚《おどろ》きの声をあげられた。「おっ！　弟子よ、そなたはいったいどのようにしてわしの身体の中に入りこんだのじゃ。これもまた阿修羅《アスラ》たちの仕業《しわざ》なのか。これはいかになんでもちとひどすぎる。阿修羅《アスラ》たちを即座《そくざ》に殺して提婆《デーヴァ》たちに加勢《かせい》したいような気持にさえなってきたが、ともかく事の次第《しだい》を説明してくれ。」カチャは、自分のいる場所の窮屈《きゅうくつ》さにもかかわらず、事の次第《しだい》をすっかり説明した。

ここでヴァイシャンパーヤナはこのように語りつづけている――「高貴《こうき》な魂《たましい》をもち、厳格《げんかく》で、測《はか》り知れぬほど偉大《いだい》なシュクラ師は、自分が騙《だま》されて酒を飲んでしまったことにひどく腹を立て、人類のためを思ってつぎのように宣言《せんげん》された。『分別《ふんべつ》なきまま酒を飲む者は徳《とく》を失い、世の蔑《さげす》みの的《まと》となるであろう。これは、人類に対するわが警《けい》告《こく》であり、聖典《せいてん》で定められたる絶対の戒律《かいりつ》と受けとるべし。』」と。それから同師は娘デーヴァヤーニーのほうを向いて言われた。「娘や、ここでおまえがぶつからねばならぬ一つの難問《なんもん》がある。カチャが生き返るためには、わしの腹を裂《さ》いてそこから出てこなくてはならぬ。だがそれはわしの死を意味する。つまりカチャの生命は、わしの死によってのみとり戻《もど》せるのじゃ。」と。デーヴァヤーニーは泣きだして言った。「ああ、そのいずれもあたしにとっては死を意味しますわ。だって、カチャにせよ、お父様にせよ、どちらが亡《な》くなられても、あたしは生きておられませんもの。」と。

そこでシュクラ師が、この難局《なんきょく》からの逃げ道を探《さが》し求めているうちに、うまい解決《かいけつ》策《さく》がぱっと心の中にひらめいた。師はカチャに言われた。「ブリハスパティ師の息子《むすこ》よ。わしは今や、そちが何の目的でわしのところへやって来たかがわかった。そしてその目的をそちは本当に達成《たっせい》したのじゃ。わしは、デーヴァヤーニーのためそちを生き返らせなければならぬし、わしも娘のため同じように死んではならぬのだ。そこでたった一つの方法は、そちが出るためにわしの腸が破れてわしが死んだあと、こんどはそちがわしを生き返らせるようサンジヴィニの蘇生術《そせいじゅつ》を伝授《でんじゅ》するしかない。これからそちに伝える知識を用いて、そちはわしを生き返らせ、デーヴァヤーニーがわれわれのどちらのためにも悲しむことのないようにしなければならぬぞ。」と。こうしてシュクラ師はサンジヴィニの術《じゅつ》をカチャに伝授《でんじゅ》された。ただちにカチャは、雲間《くもま》から現われる満月のようにシュクラ師の身体から出て来たが、その一方では偉大《いだい》なる師はずたずたに切り裂《さ》かれて息が絶《た》えてしまった。

しかしカチャは即座《そくざ》に習いたてのサンジヴィニの術《じゅつ》を使ってシュクラ師を蘇生《そせい》させた。カチャはシュクラ師に深く礼をして、「無知なる者に知識を授《さず》けられたる師は、その者にとっては父親も同然《どうぜん》であります。さらに私はあなた様の体内から出ましたので、私の母親と同じでもあります」と申し上げた。

カチャはその後も多くの年月をシュクラ師の指導のもとに過《す》ごした。誓約《せいやく》の期間が終わった時、彼は神の世界へ戻《もど》るべく師匠《ししょう》に暇乞《いとまご》いをした。いよいよ出発しようという時、デーヴァヤーニーはカチャに恥《は》ずかしげにつぎのように呼びかけた。「ああ、アンギラスの孫であられるあなた様は、その非の打ちどころのない生活態度、偉大な学識《しき》、出身の高貴《こうき》さによって、完全に私のハートをつかんでしまわれました。私はあなた様をずーっと心よりお慕《した》いしてまいりました。あなた様が独身修行《どくしんしゅぎょう》の誓《ちか》いを忠実に守っておられた間中そうだったのでございます。ですからあなた様は、今や私のそうした恋心にお応《こた》えになり、私を娶《めと》って幸せにさせてくださいませ。お父上のブリハスパティ様もあなた様も、私が尊敬《そんけい》するだけの価値を充分お持ちの方たちですもの。」と。

その当時、智慧《ちえ》も学識《がくしき》もある婆羅門《バラモン》の娘が自分の気持を率直《そっちょく》に口に出すことは、ごく普通のことだったのである。しかしカチャは、こう答えた。

「ああ、完全無欠《かんぜんむけつ》な人格を備《そな》えていらっしゃるあなたは、私の師匠《ししょう》のお嬢《じょう》さんであり、私の尊敬してやまぬ貴いお方です。私は、あなたのお父様の身体から生まれて息を吹き返しました。ですから私はあなたの弟ということになります。お姉様であるあなたが、私にあなたと結婚されるように願われるのは、正しいことではありません。」と。

デーヴァヤーニーは、いろいろと説得《せっとく》を試《こころ》みたが、だめであった。「あなた様はブリハスパティ様の御子息《ごしそく》であって」と彼女は言った。「決して私の父親の子ではありません。もし私があなた様の蘇生《そせい》を助けたとするならば、それは私があなた様を心からお慕《した》いしていたからなのです。本当に私はいつもあなた様のことを想い、あなた様を私の夫にと考えておりました。私のように罪がなく、あなた様を熱愛《ねつあい》している女をお見捨《みす》てになるなどということは、あなた様にとってふさわしいやり方とも思われませぬ。」と。

カチャは答えた。「私に不正を犯《おか》すようすすめないでください。あなたはお美しい。お腹立ちで頬《ほお》を紅潮《こうちょう》させた今のあなたは、本当に魅惑的《みわくてき》です。しかし私はあなたの弟なのです。どうぞ私に行けとおっしゃってください。そして私の師匠《ししょう》であるシュクラ師に、落度《おちど》一つなくいつまでもお仕《つか》えください」と。こう言ってカチャは、おだやかな方法で自らを自由の身となし、諸神の王インドラ天の御住居《みすまい》へ向かって出発した。

シュクラ師は娘を宥《なだ》め、いたわった。

第五章　デーヴァヤーニーの結婚

暖かいある日の昼下《ひるさが》り、森で遊んで心地よく疲《つか》れたデーヴァヤーニーと阿修羅《アスラ》たちの王ヴリシャパルヴァンの娘らは、森の中の池へ冷たい水を浴びに行き、衣を土手の上に脱《ぬ》いで水の中へと入っていった。ところが一陣《いちじん》の強風《きょうふう》が吹いて娘たちの衣をごちゃまぜにしてしまったので、彼女たちが池から上がってそれを拾《ひろ》い上げようとした時、当然のことながらある間違《まちが》いが起《おこ》ってしまった。王の娘であるシャルミシュター姫がデーヴァヤーニーの衣を身につけてしまったのである。デーヴァヤーニーは腹を立て、半《なか》ば冗談《じょうだん》に師匠《ししょう》の娘の衣を弟子の娘が着《き》る非《ひ》をなじった。

こうした言葉はもちろん冗談《じょうだん》半分に口に出されたのではあるが、シャルミシュターはものすごく怒《いか》り、傲慢《ごうまん》にこう言った。「あんたは、自分の父親が毎日あたしの父親である王にうやうやしくお辞儀《じぎ》をしているのを知らないの？　あんたは、私の父親のお恵《めぐ》みで生きている乞食《こじき》の娘じゃなくって？　あたしは誇りをもって施《ほどこ》しをする王族の出で、あんたは物乞《ものご》いをして施《ほどこ》しを受ける一族の出であることを忘れているんじゃないの。だからあんたはあたしにそんな口がきけるのね。」と。シャルミシュターは話を続ければ続けるほど怒《いか》りがつのってきて、ついには興奮《こうふん》の極《きょく》に達し、デーヴァヤーニーの頬《ほほ》を打ち、彼女を水涸《みずが》れのした空井戸の中へ突き落としてしまった。いっしょにいた阿修羅《アスラ》の娘たちはデーヴァヤーニーが生命をおとしてしまったものと考え、王宮へと帰っていった。

しかしデーヴァヤーニーは、井戸に落ちたことで死にはしなかった。だが、けわしい井戸の側面を登ることができず、泣きたいような状態《じょうたい》におかれていた。そこへ運のいいことに、同じ森で狩《かり》をしていたバーラタ族のヤヤーティ大王が、のどの渇《かわ》きをいやすため水を求めて、ちょうどこの地点にやって来た。井戸の中をちらっとのぞくと、何やら光るものが見えたので、なおもよく目をこらしてみると、何と驚《おどろ》いたことに、井戸の底に美しい乙女《おとめ》が横たわっているではないか。

大王は尋《たず》ねた。「おお、光る耳輪《みみわ》と赤い爪をした麗《うるわ》しい乙女《おとめ》よ。そなたは何者じゃ。そなたの父親は？　そして家柄《いえがら》は？　いかにしてこの井戸に落ちたのじゃ。」と。

彼女は答えた。「私はシュクラ師の娘でございます。父は私が井戸に落ちたことは存《ぞん》じておりませぬ。どうぞ引き上げてくださいませ。」と、両手を差し出した。ヤヤーティは彼女の片手をつかみ、井戸から這《は》い出るのを助けてやった。

デーヴァヤーニーは阿修羅《アスラ》王の都へ帰りたいとは思わなかった。シャルミシュター姫のしたことを考えれば考えるほど、そこへ行くのは安全ではないと感じたからである。そこで彼女はヤヤーティ大王に言った。「あなた様は乙女《おとめ》の右手をおつかみになりました。したがってあなた様はその乙女《おとめ》を娶《めと》らねばなりませぬ。あなた様はすべての点で私の夫として申し分のない方だと存《ぞん》じます。」と。

ヤヤーティは答えた。「愛らしき女《ひと》よ。だが予《よ》は武士階級《クシャットリヤ》の出で、そなたは婆羅門《バラモン》の乙女《おとめ》ではないか。どうして予《よ》がそなたを娶《めと》ることなどできようぞ。全世界の師ともなり得べきシュクラ師の娘が、予《よ》のごとき武士の妻となることに甘んじることなど、できるはずはあるまい。尊きお方よ、どうぞ家へお戻《もど》りください。」と。こう言ってヤヤーティは自分の首都へと帰っていった。

昔の習慣《しきたり》によると、武士階級《クシャットリヤ》の娘が婆羅門《バラモン》の男と結婚することはできたが、婆羅門《バラモン》の娘が武士階級《クシャットリヤ》の男と結婚することは道に反することとされていた。女性の社会的身分を下げないようにすることが大事なこととされていたからである。つまり、アヌローマすなわち女性が自分より上位の身分の男性と結婚することは合法とされたが、逆の場合はプラティローマといって、女性が自分より低い身分の男性と結婚することは、聖典《せいてん》のきまりからいって違法《いほう》とされていた。

デーヴァヤーニーは家へ帰ろうとする気などさらさらなかった。彼女は森の樹蔭《こかげ》で悲しみに打ち沈んでいた。

シュクラ師はデーヴァヤーニーを自分の生命よりも深く愛していた。女友達と遊びに行った自分の娘の帰りを待ちわびて、彼は一人の女に娘を捜《さが》しにやらせた。命ぜられた女はほうぼう捜《さが》し廻《まわ》ったあげく、やっと木のそばにいる彼女を見つけ出したが、彼女は怒《いか》りと悲しみで眼を真っ赤にしたまま、気落ちしたように坐《すわ》っていた。女は、いったいどうしたのかと彼女に尋《たず》ねた。

デーヴァヤーニーは言った。「ねえ、すぐ行ってお父様に告《つ》げてちょうだい。あたしはヴリシャパルヴァンの都へは二度と足を踏《ふ》み入れませんから、と。」こうして彼女は女をシュクラ師のもとへ送り返した。

娘の哀《あわ》れなさまにひどく心を痛めたシュクラ師は、急いで彼女のもとへやって来た。彼は、彼女をやさしく撫《な》でながらこう言った。「人々が幸せになるのも不幸せになるのも、自分自身が善《よ》い行《おこな》いをするか悪い行《おこな》いをするかによってきまるのじゃ。他人の善悪など、わしらには何の関係もない。」と。こうした分別《ふんべつ》ある言葉で彼は娘を慰《なぐさ》めようとした。

彼女は悲しみと怒《いか》りの混《ま》じった声で答えた。「お父様、あたしの長所や短所のことはおかまいくださいますな。それは結局《けっきょく》あたし自身に関することなのですから。しかしこのことはどうなのでしょう——ヴリシャパルヴァンの娘であるシャルミシュターがあたしに向かって、お父様は王を誉《ほ》め讃《たた》えて歌うお抱えの詩人にすぎないなどと言いましたが、本当なのでしょうか。彼女はまたあたしを、お世辞《せじ》を使って得た施《ほどこ》し物で生活する乞食僧《こつじきそう》の娘だとも言いました。この傲慢無礼《ごうまんぶれい》さにもまだ飽《あ》き足らず、彼女はあたしに平手打ちをくらわせ、そばにあった坑《あな》にあたしを放りこんだのですよ。ですから、あたしは彼女の父親の領内《りょうない》のどこにも居《お》れないのです。」と。こう言ってデーヴァヤーニーははげしく泣きだした。

シュクラ師は堂々《どうどう》と身をまっすぐに立て、「デーヴァヤーニーよ」と威厳《いげん》をもって言った。「おまえは王宮お抱《かか》えの即興詩人《そっきょうしじん》の娘では無論《むろん》ないし、おまえの父親もお世《せ》辞《じ》でもらう賃金《ちんぎん》などで生活などは決してしておらぬ。おまえは世間のすべてから尊敬《そんけい》されている者の娘なのじゃ。諸神の王インドラ天もこのことを知っておられるし、ヴリシャパルヴァン王とてわしに対する恩義《おんぎ》を忘れておるわけではない。しかし立派な人物の中で、自分のことを誉《ほ》めそやすような者はおらぬし、わしとてこれ以上自分のことを言いたくはない。さあ立ちなさい。おまえは女の中の女、一族に幸福をもたらす比類《ひるい》なき貴い存在なのじゃ。こらえなさい。さあいっしょに家へ帰ろう。」と。

ここで至聖《しせい》ヴァーサは、シュクラ師が娘に語ったつぎのような助言《じょげん》の言葉を通して、人類一般《じんるいいっぱん》を諭《さと》しておられる。

「隣人《りんじん》の悪口を我慢《がまん》強く耐《た》える人は世界を征《せい》す。騎手《きしゅ》が荒馬《あらうま》を御《ぎょ》するがごとく、自らの怒《いか》りを抑《おさ》える人こそが真の御者《ぎょしゃ》であり、ただ手綱《たづな》をとり馬の行くままにまかす人は御者《ぎょしゃ》にあらず。蛇が皮を脱ぎ捨てるがごとく自らの怒《いか》りを捨てる人こそ、真の勇者なり。他人によって最大の苦痛を与えられたにもかかわらず、少しも心の動揺《どうよう》せぬ人は、己《おの》が目的を達成《たっせい》する。決して腹を立てぬ人は、聖典《せいてん》できめられた犠牲祭《ぎせいさい》を百年間にもわたって忠実に執行《しっこう》する形式主義者《けいしきしゅぎしゃ》より、はるかにすぐれている。召使《めしつかい》も、友も、兄弟も、妻子も、徳も真理も、怒《いか》りに身をまかせてしまう人からはすべて離《はな》れていってしまう。賢《かしこ》き人は、年端《としは》もゆかぬ者どもの言葉などは気にもせぬもの。」

デーヴァヤーニーはつつしんで父親にこう告《つ》げた。「私はまだほんの少女にすぎませんが、お父様がお説きになった偉大な真理がわからぬほど自分が幼《おさな》いとは思いません。でも、礼儀作法《れいぎさほう》というものを全然弁《わきま》えぬ人間といっしょに住むのはいかがなものでしょう。賢《かしこ》き人は、自分の一族を悪しざまに言う人々と交わりはしないはずです。たとえどんなに金持ちであろうとも、礼儀《れいぎ》知らずの人間はカースト（社会身分制度）の枠《わく》にも入らぬ真正のチャンダーラ（不可触賤民階級）と同じです。徳高き人はそうした人と交わるべきではありません。私の胸は、ヴリシャパルヴァンの娘の侮辱《ぶじょく》によっておこされた怒《いか》りの火で燃え立っております。武器によって加えられた傷口《きずぐち》は時が経《た》つと塞《ふさ》がるかもしれません。火傷《やけど》の跡《あと》もやがて癒《い》えることでしょう。しかし人の言葉によって負わされた傷《きず》は、その人が生きている限《かぎ》り痛みつづけるものです。」と。

シュクラ師はヴリシャパルヴァンのもとへ行き、彼を見据《みす》えたまま厳《おごそ》かに言った。

「王様、人が犯《おか》した罪はたとえすぐ罰《ばっ》せられるということはないかもしれませぬが、遅《おそ》かれ早《はや》かれ、必ずやその人の繁栄《はんえい》の芽《め》を摘《つ》みとってしまうものでございます。ブリハスパティ師の息子《むすこ》カチャは、独身修行僧《どくしんしゅぎょうそう》として肉体感覚《にくたいかんかく》を完全に抑制《よくせい》し、いかなる罪も決して犯《おか》しませんでした。彼は誠実《せいじつ》に私に仕《つか》え、決して人の道からはずれることがありませんでした。しかるにあなたの家来《けらい》たちは彼を殺そうとした。だが、私はそれを我慢《がまん》した。ところがこんどは、自分の名誉《めいよ》を大事にしているわが娘が、あなた様の娘御《むすめご》の発した侮辱《ぶじょく》の言葉を聞くはめになったのです。しかも彼女はあなた様の娘御《むすめご》によって井戸に突き落とされてしまいました。彼女はもはやあなた様の領土《りょうど》に住むことはできないと申します。彼女なしで私もここにいることはできません。したがってただ今よりあなた様の王国を出てまいります。」と。

この言葉を聞いて阿修羅《アスラ》の王はまったく困惑《こんわく》してしまい、こう言った。「予《よ》の責任が問われているその科《とが》については予《よ》のまったく知らぬこと。そなたが予《よ》を見捨てるなら、予《よ》は火にとびこんで死ぬかもしれぬぞ。」と。

シュクラ師は答えた。「私にとっては、あなた様や御家来衆《ごけらいしゅう》の阿修羅《アスラ》の運命よりも、娘の幸福のほうがもっと大事なのです。なぜなら、彼女は私の持てる唯一《ゆいいつ》のものであり、私にとっては生命よりも大切なものだからです。もしもあなた様が彼女を宥《なだ》めることができるのでしたら、それにこしたことはありません。さもないと私は立ち去ります。」と。

ヴリシャパルヴァンとその家来《けらい》たちはデーヴァヤーニーの立っている木のもとへ行き、彼女の足許《あしもと》にひれ伏して嘆願《たんがん》した。

デーヴァヤーニーは強情《ごうじょう》を張《は》って言った。「あたしを乞食《こじき》の娘だと言ったシャルミシュターが、あたしの召使《めしつかい》となり、あたしの父があたしを嫁《とつ》がせる先方の家で身の廻《まわ》りの世話をしなくてはなりません。」と。

ヴリシャパルヴァンはその条件《じょうけん》に同意し、家来《けらい》を遣って娘のシャルミシュターを連れてこさせた。

シャルミシュターは自分の非を認め、従順《じゅうじゅん》に頭を下げた。彼女は言った。「あたしの友達のデーヴァヤーニーが望むとおりにさせてやってください。あたしの犯《おか》した過《あやま》

ヴリシャパルヴァンはデーヴァヤーニーの足許にひれ伏し……

ちにより父君が御自身の教師を失うようなことになりませぬよう、あたしは彼女の召《めし》使《つかい》となります。」と。デーヴァヤーニーはやっと怒《いか》りを鎮《しず》め、父親とともに家へ戻《もど》っていった。

その後もう一度デーヴァヤーニーはヤヤーティに偶然《ぐうぜん》出会うことがあった。彼女はヤヤーティに、自分の右手を握《にぎ》ったのだから自分を妻として迎えてほしいという願いを、ふたたびくり返した。しかしヤヤーティのほうもまた、武士である自分は、婆羅《バラ》門《モン》の女性を正式に娶《めと》ることはできないのだという反対の理由をくり返し述べた。しかし、とうとう二人はシュクラ師のもとに行き、彼らの結婚の許《ゆる》しを得た。これはプラティローマと呼ばれる結婚の形式で、例外的《れいがいてき》な手段に訴《うった》えたものである。聖典《せいてん》は、疑いもなく正しいことを規定《きてい》しており、正しくないことは禁じているのであるが、結婚は一度行《おこな》われてしまうと無効《むこう》にすることはできない。

ヤヤーティとデーヴァヤーニーはかくして長い月日を幸福に過《す》ごした。シャルミシュターも、召使《めしつかい》としてデーヴァヤーニーのところにいっしょにいた。ある日のこと、シャルミシュターはヤヤーティと人目を忍《しの》んで会い、自分をも彼の妻にしてくれるようにと熱心に頼《たの》んだ。彼はその熱心さにほだされ、デーヴァヤーニーに知られぬようにこっそりと彼女と契《ちぎ》った。

しかしそれはやがてデーヴァヤーニーの知るところとなり、彼女は当然怒《とうぜんいか》り狂《くる》った。父親に言いつけたので、シュクラ師も怒《いか》ってヤヤーティに呪《のろ》いをかけ、年若いまま彼を老人にしてしまった。

男盛りなのにこうして急に年老いてしまったヤヤーティは、心から許しを乞《こ》うたので、彼がデーヴァヤーニーを井戸から救《すく》い上げたことを忘れていなかったシュクラ師は、やっと怒《いか》りを和らげてくれた。

そして言った。「ヤヤーティ王よ。そなたは若さというすばらしきものを失《な》くされた。呪《のろ》いを解《と》くことはできぬが、もしそなたが誰かを説得《せっとく》してその男の若さと自分の老いとを交換《こうかん》させることができるなら、その交換《こうかん》は効力《こうりょく》を発揮《はっき》するであろうぞ。」と。こう言って彼はヤヤーティに祝福《しゅくふく》を与え、別れを告《つ》げた。

第六章　ヤヤーティ

ヤヤーティ大王は、パーンドゥ一族の祖先《そせん》の一人である。彼は負けというものを知らなかった。彼は一心に経典《きょうてん》の教えを守り、神々を崇《あが》め、祖先《そせん》を敬《うやま》った。彼はまた家《け》来《らい》たちの面倒《めんどう》をよく見る支配者としても有名になった。

しかし前章で述べたように、彼は自分の妻デーヴァヤーニーを不当に扱《あつか》ったため、シュクラ師の呪《のろ》いにあい、壮年でありながら老人になってしまっていた。マハーバーラタの詩人の言葉をかりるなら、「ヤヤーティは、美しさを壊《こわ》し、みじめさをもたらす老齢《ろうれい》に達した」のである。若者が突然枯《か》れ果《は》てて老人になってしまう悲惨《ひさん》さは述べるまでもないことであるが、失ったという事実に対する恐怖感《きょうふかん》は、失ったものを思い出す苦痛《くつう》によってさらに強調されるものである。

突然老人にさせられてしまったヤヤーティは、しかしまだ肉欲《にくよく》にさいなまれていた。彼には品行方正《ひんこうほうせい》で教養《きょうよう》の高い五人の息子《むすこ》がいたので、それらを呼び、痛ましい口調《くちょう》で彼らの愛情に訴《うった》えて言った。

「おまえたちの祖父《そふ》であるシュクラ師の呪《のろ》いは、にわかに予《よ》を老《ふ》けさせてしまった。だが予《よ》は人生の楽しみというものをまだ満喫《まんきつ》してはいない。というのは、こんな運命が自分を待っているなどつゆ知らなかったため、正式に認められた楽しみをすら慎《つつし》み、もっぱら節制《せっせい》の生活を送ってきたからである。したがっておまえたちのうちの誰かが、予《よ》の老《お》いの重荷《おもに》を代りに背負い、自分のもっている若さを予《よ》に与えてほしいのだ。この申し出を受け入れ、予《よ》に自分の若さを与えてくれた者は、予《よ》の王国の支配者となるであろう。予《よ》は精力《せいりょく》あふるる若さで人生を楽しみたい。」と。

彼はまず初めに長男に頼《たの》んだが、長男はこう答えた。「おお、大王よ。もし私が父上の老齢《ろうれい》を引き受けたといたしますと、女や召使《めしつかい》どもは私を嘲笑《ちょうしょう》するでありましょう。そんなことは私にできません。この私などよりもっともっと可愛《かわい》い弟たちに頼《たの》んでみられては……。」

そこで次男に話をもちかけると、彼はつぎのような言葉でやんわりと断《ことわ》った。「父上、あなたは私に、力や美しさだけでなく、智慧《ちえ》さえも壊《こわ》してしまう老齢《ろうれい》を引き受けよと言っておられるのですね。しかし、私はそんなことができるほど強い心はもっておりませぬ。」

三男はこう答えた。「老人は馬や象に乗ることはできませぬし、言葉もはっきりしなくなります。そんな情《なさ》けない状態ではどうしようもありません。私はお引き受けしかねます。」と。

王は、三人の息子《むすこ》が自分の希望《きぼう》を受け入れるのを断《ことわ》ったことに立腹《りっぷく》しかつ失望《しつぼう》もしたが、四男に期待して言った。「おまえが予《よ》の老齢《ろうれい》を引き受けてくれぬか。予《よ》の老《お》いとおまえの若さを取り替えてくれるなら、しぼらくしてふたたび若さをおまえに返し、予《よ》が呪《のろ》われた老《お》いを自分のもとへ引き取ろう。」四男は、そんなことは自分にはとてもできそうにないことなので、勘弁《かんべん》してほしいと頼《たの》んだ。老人になると自分の身体を清潔《せいけつ》にしておくことさえ他人の世話にならなければならず、こんな哀《あわ》れなことはない。父親を愛してはいたものの、彼にはとうていできない相談だった。

ヤヤーティは四人の息子《むすこ》の拒否《きょひ》にあい、悲しみに打ちひしがれていた。しかしそれでも万一を頼《たの》んで、今まで一度も父の願いに逆《さか》らったことのない一番下の息子《むすこ》に懇願《こんがん》してみた。

「予《よ》を助けてくれ。予《よ》はシュクラ師に呪《のろ》われたため、皺《しわ》や無気力や白髪をともなう老《お》いに苦しんでいるが、その辛《つら》さは大変なものだ。もしおまえがこうした老《お》いの状態を引き受けてくれるなら、予《よ》はほんの少しの間快楽《かいらく》の生活を送ったあとおまえにその若さを返し、ふたたび自分の老《お》いとそれに伴うすべての悲哀《ひあい》を身につけよう。だから、どうかおまえの兄たちのように断《ことわ》らないでおくれ。」

一番年下の息子《むすこ》プルは、親子の情《じょう》に動かされてこう言った。「父上、私は喜んで私の若さをあなたに差し上げましょう。そして父上を老《お》いの悲しみから救《すく》い、国政の面《めん》倒《どう》も見ることにいたしましょう。どうぞ御安心ください。」と。この言葉に、ヤヤーティは息子《むすこ》を抱きしめた。そしてその身体に触《ふ》れるやいなや、ヤヤーティは若者となった。一方、父親の老《お》いを引き受けたプルは、王国を治《おさ》め、偉大《いだい》なる名声を博《はく》したのである。

ヤヤーティはかなり長い間楽しい生活を送ったが、それだけでは満足せず、クベーラ神の園へ赴《おもむ》いて天女《てんにょ》たちと何年もいっしょに遊び過《す》ごした。快楽《かいらく》にふけることで色欲《しきよく》の炎を消そうと長い間もがいたのち、ヤヤーティはようやく真理の光を見出《みいだ》した。プルのところに戻《もど》って来ると言った。

「息子《むすこ》よ。肉欲《にくよく》の炎は、それにふけることで消し去ることなどできぬ。それはかえって火に油を注《そそ》ぐようなものだ。私はそれについて聞いてもいたし読んでもいたが、しかし、今の今まで本当にそうだとは知らなかった。欲望《よくぼう》のいかなる対象物《たいしょうぶつ》も――食物であろうと金であろうと牛であろうと女であろうと――いずれも人間の欲望《よくぼう》を満足させることはできぬ。われわれは好《す》き嫌《きら》いを超越《ちょうえつ》した心の平衡《へいこう》によってのみ、絶対安心《ぜったいあんしん》の境地に到達《とうたつ》できる。それがブラーマン（梵）の境地なのだ。さあ、おまえは若さをとり戻《もど》し王国を立派に治《おさ》めておくれ。」

こう言うと、ヤヤーティはふたたび老《お》いを身につけた。若さをとり戻《もど》したプルは、こうして森に隠退《いんたい》したヤヤーティによって王にさせられ、ヤヤーティ自身は森で修行《しゅぎょう》の日々を送り、やがて至福《しふく》の境地を体得した。

第七章　ヴィドゥラ

念力と経文《きょうもん》の知識を体得した賢者《けんじゃ》マーンダッヴャは、修行《しゅぎょう》と真理実践《じっせん》の日々を過《すご》していた。彼は都市の郊外《こうがい》の森にある草庵《そうあん》に住んでいた。

ある日のこと、彼が草庵《そうあん》の外にある木の蔭《かげ》で黙想《もくそう》していると、盗賊《とうぞく》の一味が王の役人たちに追いかけられ、森の間を縫《ぬ》って逃げてきた。逃亡者《とうぼうしゃ》たちは賢者《けんじゃ》の修行所《しゅぎょうじょ》をちょうどよい隠《かく》れ場所になると考えて中へ入り、掠奪品《りゃくだつひん》を庵《いおり》の隅において身を隠《かく》した。やがて彼らの足跡《あしあと》をたどって兵士たちが修行所《しゅぎょうじょ》にやって来た。

兵士たちの指揮官《しきかん》は、深い瞑想《めいそう》に入っていたマーンダッヴャに横柄《おうへい》な命令《めいれい》口調《くちょう》で尋《たず》ねた。

「おまえは盗賊《とうぞく》が通り過ぎるのを見たであろう。やつらはどこへ行った？　われらが追いかけて捕《つか》まえられるようすぐ答えろ！」　しかしヨガに没頭《ぼっとう》していた賢者《けんじゃ》は、ただ黙《だま》っていた。指揮官《しきかん》は尊大《そんだい》な態度で質問をくり返した。

だが、賢者《けんじゃ》には何も聞こえてはいなかった。そうこうするうちに部下の数人が修行《しゅぎょう》所《じょ》の中に入り、盗品《とうひん》に目を留《と》めた。彼らはこれを指揮官《しきかん》に報告した。こんどは全員で中に踏みこみ、盗品《とうひん》と隠《かく》れていた盗賊《とうぞく》の一味を見つけ出した。

指揮官《しきかん》は考えた。「この婆羅門《バラモン》僧がなぜ無言の賢者《けんじゃ》のふりをしていたかがやっとわかったぞ。こやつは本当は盗賊《とうぞく》の一味の首領《かしら》なのだ。こいつが盗《ぬす》みをそそのかしていたにちがいない。」と。そこで指揮官《しきかん》は兵士たちにその場所を見張っているように命じたのち王のもとへ行き、賢者《けんじゃ》マーンダッヴャが盗品《とうひん》とともに逮捕《たいほ》されたことを報告した。

王は、世間を欺《あざむ》くため婆羅門《バラモン》僧をよそおっていた盗賊《とうぞく》の首領《かしら》の大胆不敵《だいたんふてき》さに、大いに立腹《りっぷく》した。そして報告の真偽《しんぎ》を確かめることもなく、この腹黒い犯罪人を串刺《くしざし》の刑にするよう命令《めいれい》した。

指揮官《しきかん》は草庵《そうあん》に戻《もど》り、マーンダッヴャを槍《やり》で串刺《くしざし》にしてから盗品《とうひん》を王に引き渡した。

有徳《うとく》の賢者《けんじゃ》は、槍《やり》で串刺《くしざし》にされたものの、死にはしなかった。彼は刺された時ヨガの状態にあったので、その力で生きながらえていたのである。森のほかの場所に住んでいた賢者《けんじゃ》たちがマーンダッヴャの草庵《そうあん》にやって来て、なぜこんなひどい目に陥《おちい》ったのか尋《たず》ねた。

「いったい誰を非難《ひなん》したらいいのでしょう。世の人々を守る王の家来《けらい》たちがこの罰《ばつ》を私に科したのですが。」とマーンダッヴャは答えた。

槍《やり》で刺されたまま賢者《けんじゃ》は依然《いぜん》として生きており、森に住むほかの賢者《けんじゃ》たちに取り囲まれていることを耳にした時、王は驚《おどろ》くとともに恐怖《きょうふ》を感じた。王は従者たちと森へ急ぎ、ただちに賢者《けんじゃ》を槍《やり》の穂先《ほさき》からおろすよう命じた。そして賢者《けんじゃ》の足下にひれ伏したまま、あさはかにも自分が犯《おか》してしまった罪《つみ》を許してくださるよう懇願《こんがん》した。

マーンダッヴャは、王を怒《おこ》らなかった。そのかわり正義を受け持つ神ダルマのもとへまっすぐに行き、王座にいるその神に尋《たず》ねたのである。「こうした苦痛を受けなければならない私はどんな罪《つみ》を犯《おか》したのでしょうか?」と。

賢者《けんじゃ》の偉大《いだい》な力を知っていたダルマ神は、大いにへりくだりながら答えた。「賢者《けんじゃ》よ、あなたはかつて鳥や蜂《はち》をいじめたことがあります。善《よ》かれ悪《あ》しかれ、たとえどんなに些細《ささい》なことでも、すべての行為は必ずそれ相応《そうおう》の結果を生むものであることを、あなたはご存じないのですか。」

マーンダッヴャはダルマ神のこうした返答に驚《おどろ》き、さらに尋《たず》ねた。「いつ私はその罪《つみ》を犯《おか》したのでしょう?」

「あなたがまだ子供のころです。」

その言葉に、マーンダッヴャはダルマ神を呪《のろ》って言った。「あなたが定められた罰《ばつ》は、何も知らぬ子供の犯《おか》した過《あやま》ちに対する報《むくい》としては、少しひどすぎはしませんか。いっそのこと、あなたなぞ人間界に生まれ落ちるがいい！」

賢者《けんじゃ》マーンダッヴヤに呪《のろ》われたダルマ神は、ヴィドゥラという人間の姿をとり、ヴィチットラヴィーリヤの妻アンバーリカーの侍女《じじょ》の子として生まれ落ちた。

この話は、ヴィドゥラがダルマ神の化身《けしん》であることを示すために作られたものである。世の偉人《いじん》たちはヴィドゥラを、人間の正しい生き方、聖典《せいてん》、国の治《おさ》め方について他に並《なら》ぶ者のないほどすぐれた知識をもち、かつ執着心《しゅうちゃくしん》や怒《いか》りの感情をまったく捨てきったマハートマ（偉大なる魂の持主）であると見なしていた。ビーシュマはヴィドゥラを、まだ彼が二十歳も満たぬ若さのころ、王ドリタラーシュトラの主席顧問《こもん》に任命《にんめい》した。

ヴャーサも、三界に誰一人としてヴィドゥラに並《なら》ぶほどの徳と知識をもった人はいなかったと主張している。王ドリタラーシュトラが骰子《さいころ》による賭《か》けに許可を与えた時、ヴィドゥラは王の足許《あしもと》に伏して真剣にこう抗議《こうぎ》した。「王様、私はこの行為を承服《しょうふく》するわけにはまいりませぬ。これをやりますと、あなたのお子様たちの間に必ずや争いが起《おこ》ることでありましょう。どうかお許しにはなりませぬように。」と。

　これを聞いてドリタラーシュトラも、邪心《じゃしん》をもった自分の息子《むすこ》をいろいろな方法で止《や》めさせようと努力した。彼は息子《むすこ》に言った。「この賭《か》けは止《や》めておくれ。われらのためをいつも思ってくれている高い知性の持主ヴィドゥラも、このことには反対じゃ。彼は、この賭事《かけごと》は必ずや激《はげ》しい憎《にく》しみを生じ、遂《つい》にはわれわれや王国までを滅《ほろ》ぼしてしまうと言っておるぞ。」 しかし、ドゥルヨーダナは父王のこの意見に耳をかさなかった。息子《むすこ》に対する溺愛《できあい》の情《じょう》に流されてドリタラーシュトラは己《おの》れの正しい判断《はんだん》を捨ててしまい、賭《か》けへの宿命的な招待状《しょうたいじょう》をユディシュティラのもとへ送ってしまったのである。

第八章　クンティー姫

クリシュナ神の祖父シューラは、ヤドゥ族の誇《ほこ》るべき子孫であった。彼の娘プリターはその美しさと徳の高さで人々に知られていた。しかし彼の従弟《いとこ》のクンティボージャには子供がいなかったので、シューラは娘のプリターを養女としてくれてやった。それ以来彼女は、養父の姓《せい》にちなみクンティーという名で呼ばれるようになった。

クンティーがまだ少女のころ、賢者《けんじゃ》ドゥルヴァーサスが彼女の父の家に客としてしばらく滞在《たいざい》したことがあるが、その時彼女は一年間にわたり、心を配《くば》り、辛抱強《しんぼうづよ》く献《けん》身的《しんてき》に賢者《けんじゃ》の世話をした。賢者《けんじゃ》は彼女の世話を心から喜び、彼女に真言《マントラ》を伝授《でんじゅ》した。

彼はこう言った。「もしそなたがこの真言《マントラ》を唱《とな》えながらいかなる神様の名を呼ぼうとも、その神様は必ずそなたの前に姿を現わし、そなたに神様と同じくらいの栄光をもたらす息子《むすこ》を一人お授《さず》けくださるであろう。」賢者《けんじゃ》が彼女にこうした特別の恩恵《おんけい》を授《さず》けたのは、ヨガの力によって、彼女の将来《しょうらい》の夫に起《おこ》る不幸を予見していたからである。

ところが、少女特有の好奇心《こうきしん》を抑《おさ》えきれず、クンティーは真言《マントラ》の効果のほどをすぐその場で試《ため》したくなってしまった。彼女は真言《マントラ》を唱《とな》え、大空に光り輝《かがや》く太陽神の御名《みな》を呼んだ。すると即座《そくざ》に大空は雲で暗くなり、太陽神が雲の覆《おお》いをつけたまま、美しいクンティー姫に近寄ってきて、熱《あつ》い、魂《たましい》を焦《こ》がすような讃美《さんび》の眼差《まなざ》しで彼女を見つめて立った。クンティーは、この神々《こうごう》しい訪問者《ほうもんしゃ》の輝《かがや》かしい姿に圧倒《あっとう》されながら尋《たず》ねた。「おお神様、あなた様は何という名の神様でいらっしゃいますか？」

太陽神は答えられた。「乙女《おとめ》よ、われは太陽神なるぞ。われはそなたの唱《とな》えた息子《むすこ》授与《じゅよ》の真言《マントラ》の力によって、そなたのもとへ引き寄せられて参《まい》った。」

クンティーはびっくり仰天《ぎょうてん》して言った。「私はいまだに父親に養《やしな》っていただいている未婚《みこん》の乙女《おとめ》でございます。私にはまだ母親になる資格はございませんし、そうなることも望《のぞ》んでおりません。私はただ、賢者《けんじゃ》ドゥルヴァーサス様よりいただきました特別の恩恵の力を試《ため》したかっただけでございます。どうぞお引き取りになり、私のこうした幼《おさな》い愚行《ぐこう》をお許しくださいませ。」しかし太陽神はそう言われても、真言《マントラ》の力が同神を逃げないように押《おさ》えつけているため、もとへ帰ることはできなかった。一方、彼女のほうとしても人の子として世間に非難《ひなん》されることを恐《おそ》れていた。そこで太陽神はふたたび彼女にこう言われた。「いかなる非難《ひなん》もそなたに浴《あ》びせられることはない。わが息子《むすこ》を産《う》みたるのち、そなたはふたたび処女《しょじょ》になるのだから。」

全世界に光と生命を与える太陽神の恩寵《おんちょう》を受け、クンティーは身ごもった。九ヵ月というつんざりするほど長い妊娠《にんしん》期間を経《へ》ることなく、ただちに出産が始まった。彼女は、神授《しんじゅ》の甲冑《かっちゅう》と耳輪《みみわ》を身につけ、太陽のように美しく輝《かがや》くカルナという子供を産《う》んだ。やがてこのカルナは世界中で最も偉大《いだい》な英雄《えいゆう》の一人となる。子供を産んだのち、クンティーは太陽神の特別の恩恵《おんけい》により、ふたたび処女《しょじょ》となった。

　しかし彼女は、いったいこの子供をどうしたらいいのか思い惑《まど》った。自分の過失《あやまち》を隠《かく》すため、彼女は封《ふう》をした箱のなかに子供を入れ、河に流した。すると、子供のいない御者《ぎょしゃ》がたまたま水に浮かんでいる箱を見つけ拾《ひろ》い上げたところ、なかにまばゆいばかりに美しい子供が入っていたので驚《おどろ》きかつ喜んだ。彼はその子供を妻に渡し、彼女は母親としての愛情をその子に惜《お》しみなく注《そそ》いだ。こうして太陽神の息子《むすこ》カルナは御《ぎょ》者《しゃ》の子として育てられることになったのである。

　やがてクンティーを結婚《けっこん》させる時期がやってきた時、クンティボージャは近隣《きんりん》のすべての王子を招《まね》き、彼女に夫を選ばせるため、スワヤンヴァラを催《もよお》した。彼女はその美貌《びぼう》と徳の高さで広く世に知られていたので、熱心《ねっしん》な求婚者《きゅうこんしゃ》が数多くスワヤンヴァラに集《つど》ってきた。クンティーはバーラタ族のすばらしい代表であるパーンドゥ王の首に花輪《はなわ》をかけた。パーンドゥ王の人柄《ひとがら》は、そこに集《つど》ったほかのどんな王子の輝《かがや》きにも勝《まさ》っていたからである。結婚式《けっこんしき》が厳《おごそ》かに執《と》り行《おこな》われ、彼女は夫とともに都のハスティナープラへ向かった。

ビーシュマの助言《じょげん》とその当時の慣習《しきたり》に従い、パーンドゥはマドラの国王の妹マードリーを第二夫人に迎《むか》えた。昔、国王たちは単なる快楽《かいらく》のためではなく、確実《かくじつ》に子孫をもうけるため第二、第三の夫人を娶《めと》ったものである。

わが子を河に流そうとするクンティー

第九章　パーンドゥ王の死

ある日、パーンドゥ王は狩《かり》に出かけた。ある賢者《けんじゃ》とその妻も鹿の姿をして森のなかで戯《たわむ》れていた。パーンドゥはそれが賢者《けんじゃ》の姿を変えたものだということを知らずに、矢で雄鹿を射《い》た。傷《きず》ついて死んだ賢者《けんじゃ》はパーンドゥをこう呪《のろ》った。「罪人《つみびと》よ、そなたはこののち妻と契《ちぎ》りを交《か》わすや否《いな》や死ぬことになるであろう。」と。この呪《のろ》いを聞いたパーンドゥは悲嘆《ひたん》にくれ、王国をビーシュマとヴィドゥラの二人にゆだねたのち二人の妻とともに森のなかへ引きこもり、完全《かんぜん》な禁欲《きんよく》の生活を送った。パーンドゥが子孫を欲しがっているのを見て――それは賢者《けんじゃ》の呪《のろ》いで叶《かな》うべくもなかったが――クンティーは彼女がドゥルヴァーサスから授《さず》かった真言《マントラ》の話を秘かに夫に告《つ》げた。

彼はすぐにクンティーとマードリーの二人にこの真言《マントラ》を使わせた。かくして五人のパーンドゥ家の王子が神々の子としてクンティーとマードリーに授《さず》かったのである。王子たちは修行者《しゅぎょうしゃ》たちにまじって森のなかで育てられた。パーンドゥ王は二人の妻と子供たちとともに長い年月を森のなかで過《す》ごした。

春のことであった。ある日パーンドゥとマードリーは、楽しげな花や草や鳥や獣《けもの》たちなど二人をとりまく生々《いきいき》とした動きに感応《かんのう》し、自分たちの悲しむべき状態のことなど一時《いっとき》忘れてしまっていた。マードリーの必死《ひっし》の拒絶《きょぜつ》にもかかわらず、心を浮きたたせる春という季節のせいで、パーンドゥの固《かた》い決意もくずれ去ってしまった。と同時に賢者《けんじゃ》の呪《のろ》いが効力《こうりょく》を発揮《はっき》し、パーンドゥはその場で死んでしまった。

マードリーは悲しみを抑《おさ》えることができなかった。彼女は王の死を自分に責任《せきにん》があると考え、夫の屍《しかばね》を焼く火葬《かそう》用の薪《たきぎ》にわが身を投じて自害《じがい》した。しかしクンティーには、生き残って孤児《こじ》となる子供たちの母親になってほしいと懇願《こんがん》して世を去った。

森に住む賢者《けんじゃ》たちは、夫に死なれ、悲しみに打ちひしがれたクンティーとパーンドゥ家の王子たちをハスティナープラに連《つ》れていき、彼らをビーシュマの手に託《たく》した。その時、長男のユディシュティラはまだ十六歳にすぎなかった。

賢者《けんじゃ》たちがハスティナープラにやって来て、森でパーンドゥ王が死んだことを告《つ》げると、国中が深い悲しみに投げこまれた。ヴィドゥラやビーシュマ、ヴャーサ、ドリタラーシュトラをはじめ多くの人々が王の葬儀《そうぎ》を営んだ。国中の人々が肉親《にくしん》を失ったように嘆《なげ》き悲しんだ。

ヴャーサは祖母のサッテャヴァティーにこう言った。「今までは時が楽しく過ぎていきましたが、これからは多くの悲しみがやってまいります。楽しい夢のような思春期は終わり、これからは幻滅《げんめつ》、罪《つみ》、悲哀《ひあい》、苦痛《くつう》に満《み》ちた時期が始まります。時は無情《むじょう》です。お祖母《ばあ》様は、この一族にふりかかる悲惨《ひさん》や不幸をごらんになる必要はありません。余生《よせい》を森の隠居所《いんきょじょ》でお過《す》ごしになるほうがよろしかろうと思います。」サッテャヴァティーは同意し、アンビカーとアンバーリカーをともなって森に入った。これら三人の年老《お》いた王妃《おうひ》たちは、聖なる修行《しゅぎょう》を通じて高い至福《しふく》の境地にのぼり、子供たちの味わう悲哀《ひあい》から免《まぬが》れたのである。

第十章　ビーマ

パーンドゥ家の五人の息子《むすこ》とドリタラーシュトラ家の百人の息子《むすこ》たちは、ハスティナープラの都で楽しく時を過《すご》しながら成長していった。ビーマは力の強さでは誰にも負けなかった。

彼は、ドゥルヨーダナやクル家の他の兄弟たちの髪《かみ》を引っ張ったりぶったりしていつも弱い者いじめをした。水泳達者の彼はまた、池に潜《もぐ》り仲間の誰彼を腕で抱《だ》きしめ、溺《おぼ》れそうになるまで水中に引きずりこんだりもした。また、誰かが木の上に登ると、地上から木の根元を蹴《け》っては熟《じゅく》した木の実のように彼らをふるい落としたりした。

ビーマのこうした悪戯《いたずら》のせいでドリタラーシュトラの息子《むすこ》たちの身体はいつも生傷《なまきず》が絶えなかった。彼らがこうして、幼少のころからビーマへの深い怨《うら》みをつのらせていったのも不思議《ふしぎ》ではない。

王子たちが成長するにつれ、クリパ師は彼らに弓術《きゅうじゅつ》や武術《ぶじゅつ》その他、武士《ぶし》として学ばねばならぬいろいろな術《じゅつ》を教えた。ビーマに対するドゥルヨーダナの嫉妬《しっと》は彼の心を歪《ゆが》ませ、多くの誤《あやま》った行為をとらせた。

ドゥルヨーダナは、あることをひどく心配《しんぱい》していた。彼の父親は目が見えず、王国はパーンドゥによって治《おさ》められていたし、パーンドゥの死後はその長男であるユディシュティラがやがて王となるかもしれないからである。ドゥルヨーダナは目の見えぬ父親では頼《たよ》りにならず、ユディシュティラが王位に即《つ》くのを妨《さまた》げるためには、何としてでもビーマを殺す算段《さんだん》をしなければならぬと考えた。そして彼はこの決意を実行に移す準備《じゅんび》を始めた。パーンドゥ家の勢力《せいりょく》はビーマの死とともに衰《おとろ》えると思ったからである。

ドゥルヨーダナとその兄弟たちは、ビーマをガンジス河に投げ込み、アルジュナとユディシュティラを牢《ろう》につないでから王国を手に入れ支配しようと企《たくら》んだ。そこでドゥルヨーダナは自分の兄弟やパーンドゥ家の兄弟たちといっしょにガンジス河へ泳ぎに行った。彼らは水泳を終え、疲《つか》れていたのでテントに寝た。ビーマは人一倍泳いだし、彼の食物には毒《どく》が入れてあったので睡魔《すいま》におそわれ、河の土手に眠ってしまった。ドゥルヨーダナはビーマの身体を野性の蔓《つる》でしばり、河のなかへ投げ込んだ。邪《じゃ》悪《あく》なドゥルヨーダナはあらかじめその地点に先のとがった長い釘《くぎ》を置いておいた。まさにビーマが落ちた時、それに刺《さ》さって死ぬようにしかけておいたのである。しかし幸いなことに、ビーマが落ちた地点に釘《くぎ》はなかった。しかも川蛇が彼の身体を咬《か》んだので、食物に盛《も》られた毒《どく》は川蛇の毒《どく》で中和され、ビーマの身には何ごとも起《おこ》らなかった。やがて河の流れが彼を土手に打ち上げた。

ドゥルヨーダナは、毒蛇《どくへび》のうごめく河に釘《くぎ》まで置いてきたので、ビーマは死んだにちがいないと考えた。そこでほかの兄弟とともに大喜びで町に帰って行った。

ユディシュティラがビーマの行方《ゆくえ》を尋《たず》ねると、ドゥルヨーダナは、ビーマは自分たちより先に町へ向かったと答えた。ユディシュティラは彼の言葉を信じ、家へ帰るやいなや母親にビーマが帰宅《きたく》したかどうかを尋《たず》ねた。ユディシュティラの心配《しんぱい》げな質問に、ビーマはまだ帰ってきていないという答が返ってきた。彼は自分の弟に何か卑劣《ひれつ》な行為が加えられたことを感じとり、他の兄弟たちと森を隈《くま》なく探《さが》したが、ビーマはどこにも見つからなかった。彼らは悲しみに沈《しず》みながら戻《もど》ってきた。

一方、しばらくして目が醒《さ》めたビーマは、重い足どりでやっとのこと家まで辿《たど》り着いた。クンティーとユディシュティラは彼を喜んで迎《むか》え、抱擁《ほうよう》した。全身にまわった毒《どく》によって、ビーマは以前よりさらに強くなった。

クンティーは人を遣ってヴィドゥラを呼《よ》び寄《よ》せ、彼にこっそり言った。「ドゥルヨーダナは邪悪《じゃあく》で冷酷《れいこく》な性格を持っています。彼は自分が王国を支配《しはい》したくてビーマを殺そうとしているのです。私は心配《しんぱい》でなりません。」

ヴィドゥラは答えた。「あなたのおっしゃるとおりです。でもどうかこのことは、あなたの胸にしまっておいてくださいませんか。なぜなら、もし心の曲《ま》がったドゥルヨーダナが非難《ひなん》されたり罪《つみ》を負《お》わされたりでもしたら、彼の怒《いか》りや憎《にく》しみはいやが上にも高まることでありましょう。あなたの息子《むすこ》さんたちは長寿が約束されています。ですからそのことで、さほど御心配《ごしんぱい》なさるにはおよびません。」

ユディシュティラもビーマに忠告《ちゅうこく》して言った。「今回のことは黙《だま》っていなさい。しかしこれからは、われわれ兄弟はともに注意怠《おこた》ることなく、互いに助けあって自らを守っていかなければなりません。」

ドゥルヨーダナは、ビーマが生きて帰ったのを見て驚《おどろ》いた。彼の嫉妬《ねたみ》と憎悪《にくしみ》はさらにつのった。彼は深い溜息《ためいき》をつき、悲しみに打ちひしがれて憔悴《しょうすい》していった。

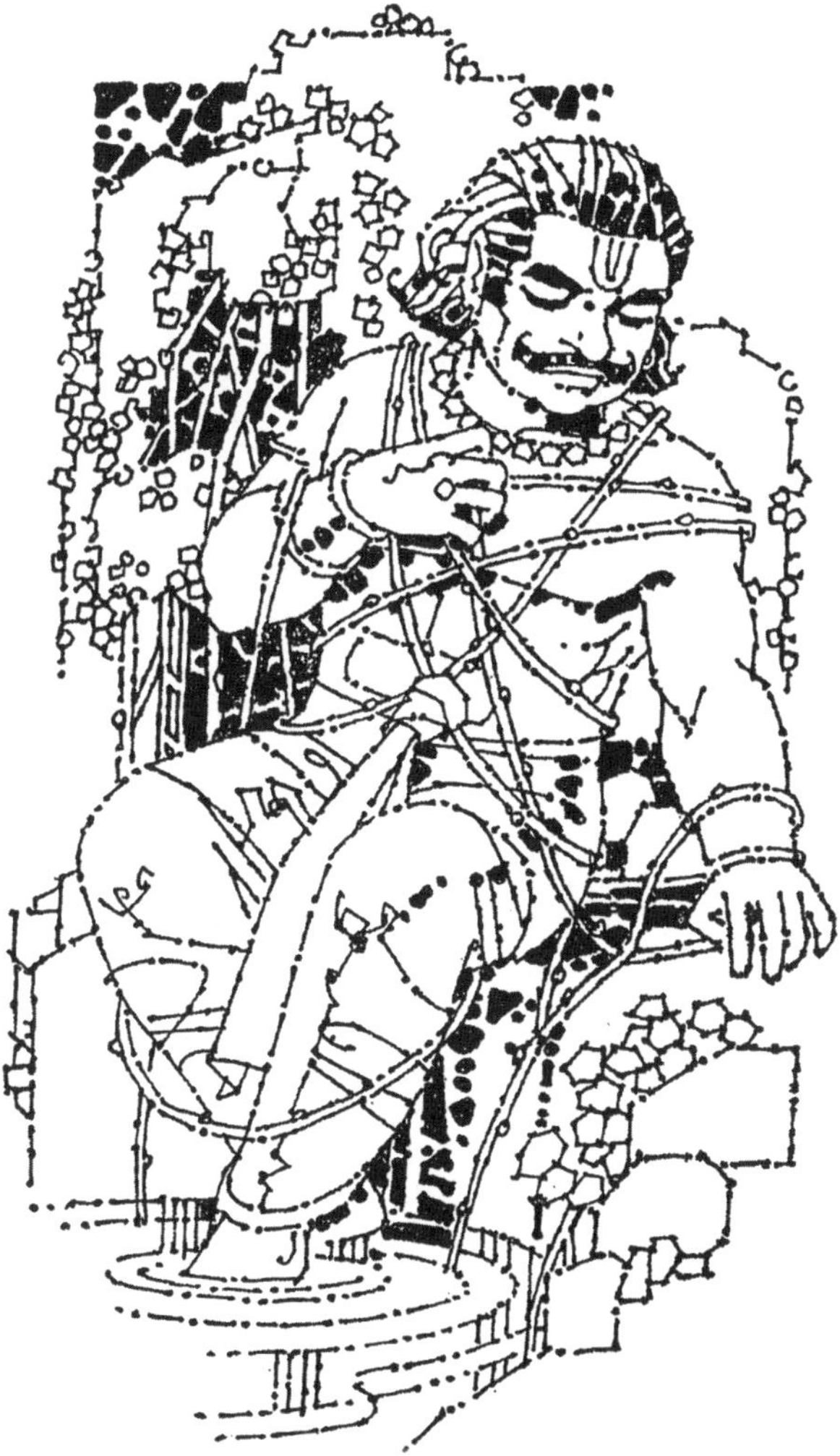

ドゥルヨーダナに巻きつけられた蔓をはらうビーマ

第十一章　カルナ

パーンドゥ家とクル家の子供たちは、初めクリパ師から、のちにドローナから武術《ぶじゅつ》を教わった。武器《ぶき》の使い方の熟達《じゅくたつ》ぶりを王族の御前《ごぜん》で披露《ひろう》する日取りが決められると、一般の人々も敬愛《けいあい》する王子たちの腕前《うでまえ》を見るのを許されたので、熱狂的な大観衆が集まった。アルジュナが武器《ぶき》を手にして超人的な技《わざ》を披露《ひろう》すると、大観衆はただただ驚《きょう》嘆《たん》し、讃美《さんび》の声をあげた。ドゥルヨーダナは、またもや嫉妬《しっと》と憎悪《ぞうお》で眉《まゆ》をひそめた。

その日も終わりに近づいたころ、突然《とつぜん》試合場の入口から、雷《かみなり》のように高らかで誰しも驚《おどろ》くような音——大型の武器《ぶき》が互いに挑《いど》み合《あ》って火花を散らす時に生じるような音

——が聞こえてきた。全員の耳目《じもく》がそちらのほうへ向けられた。群衆が畏《おそ》れておずおずと道をあけたなかを通り、五体から光と力が放射《ほうしゃ》しているような神々《こうごう》しい若者が一人して進《すす》んでくるのが見えた。若者は堂々《どうどう》と周囲を見廻し、ドローナ師とクリパ師に一瞥《いちべつ》を与えただけでアルジュナのもとへ大股《おおまた》で歩み寄《よ》った。運命の皮肉から自分たちに同じ血の流れていることをまったく知らぬこの兄弟は、互いに顔と顔を向けあった。その若者とは、すなわちカルナであった。

カルナは、雷鳴《らいめい》のような太くて低い声でアルジュナに呼びかけた。「アルジュナよ、おぬしが披露《ひろう》した腕前《うでまえ》以上の技《わざ》を御覧《ごらん》ぜよう。」と。

ドローナの許しを得るが早いか、闘争《たたかい》の好きなカルナは即座《そくざ》にアルジュナの示したすべての武芸《ぶげい》をいともたやすく真似《まね》してみせた。誰よりも狂喜したのはドゥルヨーダナである。彼は両腕《りょううで》をひろげ、カルナを抱《だ》きかかえて言った。「力強き武器《ぶき》を手にせる勇者よ、ようこそおいでくださった。予《よ》とこのクル王国は、好運の女神がわれらのもとへ遣わされた君の指図《さしず》を受けようぞ。」と。

カルナは言った。「おお王よ、拙者《せっしゃ》カルナにとり、まことに有難《ありがた》きおぼしめし。拙《せっ》者《しゃ》の欲《ほ》しきものはただ二つ。王の御愛顧《ごあいこ》と、パールタ王子との一騎討《いっきうち》でござる。」

ドゥルヨーダナはカルナを再び自分の胸に抱《だ》きしめ、「予《よ》の富《とみ》をすべて君に与えん。」

と言った。

カルナを好ましく思う気持がドゥルヨーダナの胸に湧《わ》きあがるにつれ、逆に、侮辱《ぶじょく》されたと感じるアルジュナの胸は火のような怒《いか》りでいっぱいになった。そして、山の頂《いただ》きのように威風堂々《いふうどうどう》とクル家の兄弟たちの挨拶《あいさつ》を受けていたカルナを猛々《たけだけ》しく睨《にら》みつけ、こう言った。

「おお、カルナとやら。呼《よ》ばれもせぬのにずかずかと入りこみ、そして命ぜられもせぬのに無駄口《むだぐち》をたたく者のためにある地獄《じごく》へ、おまえは私に殺されてまっすぐ行くがよい。」

カルナは軽蔑《けいべつ》の笑いを浮かべて言った。「おおアルジュナよ、この試合の場には誰でも自由に飛び入りができ、おぬし一人のものではないはず。力こそが権威をうち立て、法はそれに基づいて定まるもの。弱者の武器《ぶき》たる口先だけの戦いでは意味がない。言葉ではなく、矢でも射《う》ってみては。」と。

挑《いど》まれたアルジュナは、ドローナの許しを得るやただちに兄弟たちと抱擁《ほうよう》を交わしたのち、闘争の態勢《たいせい》をとった。一方、カルナもクル家の兄弟の許しを求めたのち、武《ぶ》器《き》を手にしてアルジュナと相対《あいたい》して立った。

今やこの二人の英雄《えいゆう》の親神《おやがみ》たちは、この宿命的な決戦に立会《たちあ》ってそれぞれの息子《むすこ》に声援《せいえん》を送ろうとでもするかのように、雷雲《らいうん》の神インドラと無限の光の神バースカラが、同時に天空《てんくう》に現われた。

カルナを見た時、クンティーはそれが自分の最初に産《う》んだ子供であると知って気絶《きぜつ》してしまった。ヴィドゥラが侍女《じじょ》に命じて看護《かんご》をさせたので、彼女は間もなく息を吹き返したものの、どうしていいかわからず、苦悶《くもん》のあまり呆然《ぼうぜん》とするばかりだった。

二人が今にも戦わんとした時、一騎討《いっきうち》の作法《さほう》に詳《くわ》しいクリパ師が間に割って入り、カルナにこう呼《よ》びかけた。「そなたと戦わんとなされているこの御方《おんかた》は、プリター妃とパーンドゥ王との間に生まれられたる王子にして、クル族の世継《よつぎ》にあらせられる。おお、されば武器《ぶき》を手にせる勇者《ゆうしゃ》よ、そなたの出生《しゅっせい》によって名声を高めし家系《かけい》と族名を明かされよ。そなたの血統《けっとう》を知ってはじめて、パールタ王子はそなたと戦われるであろう。なぜなら、高貴《こうき》な御方《おかた》は身分も知れぬ向こう見ずの野郎《やろう》などと一騎討《いっきうち》はできぬからじゃ。」

この言葉を耳にしたカルナは、ちょうど雨水の重みに耐《た》えかねる蓮《はす》の葉のように、頭《こうべ》を深く垂《た》れてしまった。

ドゥルヨーダナが立ち上がって言った。「もしカルナが高貴の出でないという理由だけで一騎討《いっきうち》ができぬと言うのなら、よし簡単にできるようにさせてやろうぞ。予《よ》はカルナをアンガ国の領主に任命《にんめい》しよう。」そして彼はビーシュマとドリタラーシュトラの同意を得、必要とされる儀式《ぎしき》いっさいをすませてカルナにアンガ国の主権を授《さず》け、王冠《おうかん》や宝石その他の王章を与えた。いよいよまさに若き二人の勇者《ゆうしゃ》に戦いが始まろうとしたその瞬間――カルナの養父である年老《としお》いた御者《ぎょしゃ》のアディラタが手に杖《つえ》をつき、恐れ戦《おのの》きながらその場に入ってきた。

その姿を見るや否や、新たにアンガ国の領主となったばかりのカルナは頭《こうべ》を垂《た》れ、子が親になすべき敬礼《けいれい》をうやうやしくなした。老人はカルナを息子《むすこ》と呼び、痩《や》せ細《ほそ》った震《ふる》える腕で彼を抱《だ》きかかえ、嬉《うれ》しさと愛《いと》しさのあまりにこぼれ落ちる涙で、戴冠式《たいかんしき》での灌水《かんすい》ですでに湿《しめ》ってしまっているカルナの頭をさらに濡《ぬ》らした。

この光景にビーマは大声で笑いだして言った。「ああ、つまりこの男は御者《ぎょしゃ》の小倅《こせがれ》にすぎないのか！　それなら家柄《いえがら》にふさわしく馬車の鞭《むち》を持つがいい。そちなど、アルジュナの手にかかって死ぬなどおこがましい。ましてや領主としてアンガ国を治《おさ》めるなど、とんでもないことだ。」

この暴言《ぼうげん》にカルナの唇《くちびる》はわなわなと震《ふる》えたが、ひたすらおし黙《だま》って沈みゆく夕日を見上げながら深い溜息《ためいき》を一つついた。しかしドゥルヨーダナが怒《いか》りもあらわに口を差しはさんだ。

「おおヴリコーダラよ、そんなことを言うとは君らしくもない。勇猛《ゆうもう》こそが武士階級《クシャットリヤ》の明証《あかし》であり、偉大《いだい》な勇者《ゆうしゃ》や大河の源《みなもと》を調べることなどあまりたいした意味はないと思うが。卑賤《ひせん》の出なれども偉大《いだい》なる人物の例なら幾百となく君に示すことができるぞ。第一、君自身の出自《しゅつじ》に関しても人に聞かれたら困《こま》るんじゃないかね。この武士を見たまえ、神々《こうごう》しいまでの姿と立居振舞《たちいふるまい》を、彼の甲冑《かっちゅう》や耳輪《みみわ》を、そして武器《ぶき》をとっての技《わざ》を。彼には必ずや何らかの秘密《ひみつ》があるにちがいない。なぜなら、どうして羚羊《かもしか》から虎《とら》など生まれ得ようか。彼はアンガ国の領主などという器《うつわ》ではないと君は言ったが、予《よ》はむしろ彼が全世界を統《す》べるだけの器量《きりょう》を持っていると思う。」

そして心底から怒《いか》って、ドゥルヨーダナはカルナを馬車に乗せて立ち去ってしまった。

日が沈《しず》み、群衆は騒《さわ》ぎ立てながら散って行った。燈明《あかり》の下で声高《こわだか》に話すいくつかのグループがあり、ある群はアルジュナを、またある群はカルナを、さらに別の群はドゥルヨーダナを、それぞれの好みに応じて褒《ほ》めそやしていた。

インドラ神（梵天）は、自分の息子《むすこ》アルジュナとカルナとの間に最後の争いが避《さ》けられぬことを予見《よけん》した。そこで婆羅門《バラモン》僧に変装《へんそう》し、気前よく布施《ふせ》することで有名なカルナのところへやって来て、彼が身につけている耳輪《みみわ》と甲冑《かっちゅう》の寄進《きしん》を求めた。インドラ神がこのようにして彼を欺《あざむ》くということは、太陽神が既に夢でカルナに告《つ》げていたのだが、カルナは自分が求められた品物の寄進《きしん》を拒《こば》むことはどうしてもできなかった。かくして、彼は生まれながらにして身につけていた耳輪《みみわ》と甲冑《かっちゅう》を身体から切り離し、婆羅門《バラモン》僧に与えた。

神々の王たるインドラ神は、喜びもし驚《おどろ》きもした。寄進《きしん》を受けたのちインドラ神は、ほかの誰もなし得なかったであろうことをなし遂《と》げたカルナを称讃《しょうさん》し、かつまた自らの疚《やま》しい行為に気がとがめたせいもあって、カルナに願いごとがあれば叶《かな》えてやろうと言われた。

そこでカルナは「多くの敵を殺す力を持つあなた様の武器《ぶき》シャクティが欲《ほ》しうございる。」と申し上げた。インドラ神はその願いを聞きとどけられたが、一つの重大な条件をつけられた。インドラ神はこう言われた。「そなたはこの武器《ぶき》をたった一人の敵に対してだけ用いてもよろしい。この武器《ぶき》はたとえどんな敵であろうと、必ず相手を倒《たお》すであろう。ただし相手を殺してしまったなら、この武器《ぶき》はもはやそなたの手元にとどまることなく、わがもとへと戻《もど》ってくるであろう。」と。この言葉とともにインドラ神の姿はかき消えた。

カルナはパラシュラーマ師のもとへ行き、自分は婆羅門《バラモン》であると偽《いつわ》って弟子入りをした。彼は、パラシュラーマよりブラフマーストラと呼ばれる超武器《ちょうぶき》を扱《あつか》うための真言《マントラ》を教わった。ある日のこと、パラシュラーマがカルナの膝《ひざ》に頭をのせて寝ていた時、針をもった虫がカルナの腿《もも》を刺《さ》した。血が流れ、苦痛《くつう》は耐え難《がた》いほどであったが、カルナは師匠《ししょう》の眠りを妨《さまた》げてはならぬと微動《びどう》だにもせずそれをじっと耐えた。やがてパラシュラーマは目を醒《さ》まし、傷口から流れ出ている血を見つけた。彼は言った。「弟子よ。おまえは婆羅門《バラモン》ではあるまい。肉体のあらゆる苦痛《くつう》に耐えて身動きもせずにおれるのは武士をおいてほかにはおらぬ。本当のことを申せ。」

カルナは、自分が婆羅門《バラモン》であると嘘《うそ》をついたこと、実際には御者《ぎょしゃ》の息子《むすこ》であること

第十一章　カルナ

カルナは耳輪と甲冑を婆羅門僧に与えた

などを告白した。腹を立てたパラシュラーマは、カルナにつぎのような呪《のろ》いをかけた。「おまえは自分の師匠《ししょう》を欺《あざむ》いた廉《かど》により、おまえが扱《あつか》い方を習ったブラフマーストラは、決定的な瞬間に役立たずとなるであろう。おまえの最後《さいご》が近づいた時、おまえは祈《いの》りの真言《マントラ》を想い出せないであろう。」と。

この呪《のろ》いのため、アルジュナとの最後の決闘で自分が危《あやう》くなった時、カルナはそれまでおぼえていたブラフマーストラを扱《あつか》うための真言《マントラ》をどうしても思い出せなかったのである。しかし、カルナはドゥルヨーダナの忠実な友として最後までクル家に忠誠を尽くした。ビーシュマとドローナが倒《たお》れたのち、カルナはクル家側《がわ》の軍隊の指揮官《しきかん》となって二日間勇敢《ゆうかん》に戦ったが、ついに彼の馬車の輪が土中にはまり込み、それを引き上げることも動かすこともならなくなってしまった。カルナがこうした苦境《くきょう》に立った時に、アルジュナは彼を倒《たお》したのである。クンティーは悲しみに沈《しず》んだが、彼女の胸の痛みはまことに耐え難《がた》いものがあったにちがいない。なぜならカルナが死んだ瞬間にも、彼女はその悲しみを人に隠《かく》さなければならなかったからである。

第十二章　ドローナ

バーラドワージャという婆羅門《バラモン》僧の息子《むすこ》であったドローナは、ヴェーダやヴェーダーンタの文典を勉強したのち、武芸《ぶげい》に専念《せんねん》してその道の大家《たいか》となった。バーラドワージャの友人であるパンチャーラ国の王子ドルパダは、隠者《いんじゃ》の草庵《そうあん》でドローナとともに学ぶ生徒であったため、二人の間には若者にありがちな深い友情が育っていった。ドルパダは、子供っぽい熱情にかられ、よくドローナに、自分が王位に即《つ》いたら王国の半分を上げようなどと話していた。

学業を終えたドローナはクリパの妹と結婚し、やがて息子《むすこ》アシュワッターマンが生まれた。ドローナは妻と息子《むすこ》にひどい愛着心をもち、それが故に、今まで一度も欲《ほ》しいと思ったことのない、財産《ざいさん》というものを手にしたくなった。そこでパラシュラーマが自分の財産を婆羅門《バラモン》僧たちに分配していることを聞くや、ドローナはまずそこへ行ってみた。しかし時既《すで》に遅《おそ》く、パラシュラーマは持てる財産をすべて寄進し終わり、まさに森に隠退《いんたい》しようとしていた。しかしドローナのためにも何かしてあげたいと願うパラシュラーマは、自分が極意《ごくい》を究《きわ》めている武器《ぶき》の使い方を教えようと申し出た。ドローナは喜んでそれを受け入れた。既《すで》に偉大《いだい》な弓の使い手であった彼は、かくして、戦国時代にあってはどこの王家にも武術指南《ぶじゅつしなん》の師匠《ししょう》として喜んで迎《むか》え入れられるような、当時並《なら》ぶ者なき武術《ぶじゅつ》の名人となったのである。

一方、ドルパダは父の死にともなって、パンチャーラ国の王位を継承《けいしょう》していた。子供のころ親《した》しかったことや、ドルパダがいつでもドローナのために何かしてあげよう――王国を半分上げよう――とまで言っていたことを思い出し、ドローナは大歓迎《だいかんげい》を受けるだろうと秘《ひそ》かに期待しながらドルパダのところへ赴《おもむ》いた。しかし新王は、生徒のころとまったく変わってしまっていた。ドローナが自分を王の昔の友人だと名乗《なの》った時、ドルパダは友人に会えたことを喜ぶどころか、耐え難《がた》い厚かましさと感じとった。権力と富に酔《よ》ってしまったドルパダは、こう言った。「そこなる婆羅門《バラモン》よ、よくも予《よ》をそなたの友人などと親《した》しげに呼《よ》べたものよのう。王位にある者とさまよい歩く乞食《こじき》との間に、友人関係などあり得ようか。遠い昔知りあっていたということで、一国を統治《とうち》する王と友人であるなどと言い張るそなたは、何たる愚《おろ》か者ぞ。いかにして乞食《こじき》が富豪《ふごう》の友人に、文盲《もんもう》が学者の友人に、卑怯者《ひきょうもの》が英雄《えいゆう》の友人になぞなり得ようか。友人関係というものは、等しき者同士の間にのみ成り立つもの。宿無しの乞食《こじき》が一国の元首《げんしゅ》などと友人であり得るはずがない。」と。ひどい侮辱《ぶじょく》の言葉を耳にし、胸に怒《いか》りの炎を燃やしたドローナは、早々に王宮《おうきゅう》を追い出されてしまった。

彼は、この侮辱《ぶじょく》と、昔の友情を口にすることを拒絶《きょぜつ》されたことに対し、傲慢《ごうまん》な王をいつかこらしめてやろうと固く心に誓《ちか》った。求職のため彼がつぎにとった行動は、ハスティナープラへ行くことであったが、そこでは義兄弟のクリパ師の家に数日逗留《とうりゅう》した。

ある日のこと、都の郊外で王子たちが球技に興《きょう》じていると、試合の途中《とちゅう》で球とユディシュティラの耳輪《みみわ》が井戸に落ちてしまった。王子たちは井戸に群がり、澄《す》き透《とお》る水を通して底に光る耳輪《みみわ》を見つけたものの、それを取り出す手段《すべ》を知らなかった。しかしながら、彼らはその時、黒い膚色《はだいろ》をした一人の婆羅門《バラモン》が近くに立ち、笑いながら自分たちを見つめているのに気がついた。

「王子様」と彼は突然《とつぜん》声をかけて言った。「あなた様たちは武勇の誉《ほまれ》高きバーラタ王族の後裔《こうえい》でいらっしゃいましょう。武術《ぶじゅつ》に長《た》けた者ならば誰でもできますように、どうして球をお取りにならぬのでございますか。それとも私が取って差し上げましょうか。」

ユディシュティラは笑って冗談《じょうだん》に言った。「おお婆羅門《バラモン》僧よ、もしそなたが球を取り出してくれるなら、クリパ師の家で大御馳走《おおごちそう》になれるようにしてつかわそう。」そこで、他所者《よそもの》の婆羅門《バラモン》僧であるドローナは、一枚の葉っぱを取り、矢のように前に進めるための呪文《じゅもん》を唱《とな》え、それを井戸の中へ放《はな》ってやった。葉っぱはまっすぐに進み、球に突きささった。それから同じような葉を何枚も次々と放《はな》って鎖《くさり》のようにつなぎ、それで球を取り出した。

王子たちは驚《おどろ》きと喜びで夢中になってしまったが、こんどは耳輪《みみわ》も取ってくれるよう懇願《こんがん》した。ドローナはそこで弓を借り、弦《つる》に矢をつがえて耳輪《みみわ》の真中を射《い》た。矢は弾《は》ねかえって耳輪《みみわ》を持ちかえり、婆羅門《バラモン》僧はそれをほほ笑みを浮かべて王子に手渡した。

こうした手練を見て王子たちはすっかり驚嘆《きょうたん》してしまい、「婆羅門《バラモン》様、改めて御挨《ごあい》拶《さつ》を申し上げます。あなた様はいったいどなた様でいらっしゃいますか。私どもが何かして差し上げられるような御用がございますでしょうか。」と言って敬礼《けいれい》した。

婆羅門《バラモン》は答えた。「王子様たちよ、ビーシュマのもとに行き、私が誰であるかをお尋《たず》ねください。」

王子たちの話からビーシュマは、この婆羅門《バラモン》こそ誰あろう、武芸《ぶげい》の名人ドローナにほかならぬことを知った。そして彼は、ドローナこそが、パーンドゥ家の王子やクル家の王子たちに、自分以上にすばらしい武術《ぶじゅつ》指南《しなん》をしていける最適の人物であると心に決めた。かくしてビーシュマはドローナを礼を尽くして迎《むか》え入れ、王子たちの武術《ぶじゅつ》指南《しなん》役として召《め》し抱《かか》えたのである。

クル家とパーンドゥ家の王子たちが武芸《ぶげい》の極意《ごくい》を極《きわ》めるやいなや、ドローナはカルナとドゥルヨーダナの二人に対し、師匠《ししょう》への恩返しとして、ドルパダを生捕《いけどり》にして連れてくるようにと命じて派遣《はけん》した。彼らは命に従ってドルパダのところへ赴《おもむ》いたものの、任務《にんむ》を完《まっと》うすることはできなかった。そこでこんどはアルジュナを同じ目的のために派遣《はけん》した。彼は戦いでドルパダを破り、彼とその家来《けらい》たちを捕虜《ほりょ》にしてドローナのもとに連れてきた。

ドローナは、にこにこしながらドルパダにこう語った。「大王様よ、生命は助けてあげますから怖《こわ》がることはありませんよ。子供のころ私らは遊び友達でしたが、あなたはそれを好んで忘れようとなさり、私を辱《はず》められました。でも今や、あなたの王国を征服《せいふく》したのですから、私が王様です。でも私は、あなたと友人関係をとり戻したいと思いますから、征服《せいふく》によって私のものとなった王国の半分をあなたに差し上げましょう。あなたの主張によれば、友人関係というのは対等の者同士の間でのみ成り立つということですから、これでやっと私らは、あなたの王国を半分ずつ領有《りょうゆう》し合って、対等になれるわけですな」。

ドローナは、これで自分がかつて受けた屈辱《くつじょく》に対して充分に仕返しをしたと考え、ドルパダを自由の身とし、丁重《ていちょう》にとり扱《あつか》った。

ドルパダの高慢《こうまん》な鼻はこうしてへし折られてしまったが、憎《にく》しみの心というものは仕返しされたからといってなくなるものでもなく、かつ傷つけられた自尊心の痛みほど苦しいものはないので、ドローナに対する憎しみと、彼に復讐《ふくしゅう》してやろうという願いは、ドルパダの生涯《しょうがい》を支える情熱となってしまった。かくしてドルパダ王は、神々を喜ばすことによって、将来ドローナを殺す息子《むすこ》と、アルジュナと結婚する娘を自分に授《さず》けてもらおうと、苦行《くぎょう》をし、断食《だんじき》をし、犠牲《ぎせい》を捧《ささ》げたのである。彼の苦労はやがて実を結《むす》び、ドリシュタデュムナという息子《むすこ》が生まれたが、この息子《むすこ》はのちにクルクシェートラの戦場でパーンドゥ家の軍隊を指揮《しき》し、いろいろな事態の不思議《ふしぎ》な重《かさ》なりによって、尋常《じんじょう》なら決して滅《ほろ》ぼすことのできぬドローナを殺害《さつがい》したのである。またパーンドゥ家の王子たちの配偶者となるドラウパディーという娘もこうして生まれた。

第十三章　蠟宮殿《ろうきゅうでん》

ビーマの力強さとアルジュナの技《わざ》の巧《たく》みさを見るにつけ、ドゥルヨーダナの嫉妬心《しっとしん》はますます深まっていった。カルナとシャクニは、ドゥルヨーダナが謀略《ぼうりゃく》を考える際の話相手となった。気の毒なドリタラーシュトラは、疑いもなく賢明《けんめい》な人であり、弟の息子《むすこ》たちをも愛していたが、意志が弱く、自分の子供たちを溺愛《できあい》してしまっていた。したがって、その子供たちのためなら、悪いことも善《よ》いこととしてしまい、時には間違った道をもそれと知りつつ歩むことすらあった。

ドゥルヨーダナは、パーンドゥ家の王子たちを殺すためにさまざまな方法を考えた。

パーンドゥ一家がどうにか生命をながらえたのは、バーラタ族に大罪《たいざい》を犯《おか》させまいとするヴィドゥラの陰からの援助《えんじょ》があったからである。

ドゥルヨーダナにとってパーンドゥ一族をどうしても許せなかったのは、都の人々が彼らを公然と誉《ほ》め讃《たた》え、ユディシュティラ以外に王となるのにふさわしい人物はいないなどとを常に公言していた点であった。人々は何人か寄ると議論を始め、よくこう言った。「ドリタラーシュトラ様は生まれつき盲目《もうもく》だったので、本来なら決して王にはなり得なかったはず。したがって現在あの方が国を治《おさ》めておられるのは、本来的な姿ではない。さればとてビーシュマ様も王にはなり得ない。なぜならあの方は真理に忠実であり、自分は決して王にはならぬという誓《ちか》いを守ろうとされるからである。それ故ユディシュティラ様のみが王位を継《つ》ぐにふさわしいお方であり、あの方ならクル族とその王国を正しく統治《とうち》することができよう。」こうした言葉はドゥルヨーダナの耳に毒《どく》のように入りこみ、彼の心を苦しませ、嫉妬《しっと》の炎で燃やしたのである。

彼はドリタラーシュトラのもとへ行き、民衆の話に激しい不満をもらしたあと、つぎのように言った。「父上、都の人々はまったくたわいもない無駄口《むだぐち》をたたいております。彼らはビーシュマや父上のごとき立派《りっぱ》な人物に対して、尊敬《そんけい》の念をすら抱《いだ》いておりません。彼らはまたユディシュティラがすぐ王位に即《つ》くべきだなどと言っておりますが、それは私たちに大変な禍《わざわい》をもたらすことになります。父上は盲目《もうもく》なるが故にないがしろにされ、父上の弟が王になりました。もしもユディシュティラが自分の父親のあとを継《つ》ぐようなことにでもなれば、私たちの立つ瀬はありますまい。私たちの子孫《しそん》はいったいどうなりましょうか。ユディシュティラの後は、彼の息子《むすこ》が、そしてそのつぎはそのまた息子《むすこ》が……というふうに、彼の子孫《しそん》だけが王となっていくのです。私たちは自分たちの食物さえ彼らに頼《たよ》らねばならぬような貧乏な親戚《しんせき》になりさがってしまうでしょう。そんなことにでもなれば、地獄《じごく》に住むほうがまだましだということにはなりませんか。」

こうした言葉を聞いたドリタラーシュトラは、じっと考え始め、それからこう言った。「息子《むすこ》よ、おまえの言ったとおりじゃ。されどユディシュティラは、人の道から外《はず》れるようなことはあるまい。彼はすべての人間を愛しておる。亡《な》き父のすばらしき美徳《びとく》をすべて受け継《つ》いでもおる。民衆は彼を褒《ほ》めそやし、支持を与えよう。高潔《こうけつ》な人格なるに、パーンドゥを慕《した》う国の宰相《さいしょう》や武将《ぶしょう》もすべて彼の主義主張を信奉《しんぽう》するであろう。民衆はなにしろパーンドゥ一家を偶像化《ぐうぞうか》し、心酔《しんすい》してしまっておるからな。だからわしらが彼らに敵対しても、万が一にも勝目《かちめ》はあるまい。もしわしらが不正なことでもしようものなら、一般民衆が反乱に立ち上がり、わしらを殺すか追放してしまうであろう。恥《はじ》の上塗《うわぬ》りをするばかりじゃ。」

ドゥルヨーダナはそれに応《こた》えて言った。「父上のそうした恐れに根拠はありませぬ。ビーシュマは、最悪の場合でも中立の態度をとるでありましょうし、アシュワッターマンは私に忠誠を誓《ちか》っております。これは彼の父親であるドローナと叔父《おじ》のクリパが私たちの味方につくことを意味します。ヴィドゥラは、力がありませんから、どんな理由にせよ、私たちに公然と楯《たて》つくことはできますまい。パーンドゥ一家を即刻、ヴァーラナーヴァタの地にお送りください。本当のことを申しますと、私の苦杯《くはい》は今にも溢《あふ》れんばかりであり、もはやこれ以上耐えることができません。このことを考えると胸が疼《うず》き、眠れなくなり、生きていることが苦痛となってしまいます。パーンドゥ一家をヴァーラナーヴァタに追ってしまってから、私たちは自分たちの一族郎党を強化いたしましょう。」　のちに幾人かの政治家が説得されてドゥルヨーダナの一味に加わり、この件に関して王に助言《じょげん》するようになった。シャクニの家来《けらい》のカニカという者が、そうした政治顧問《こもん》の指導者であった。「王様」とカニカが言った。「パーンドゥ家の息子《むすこ》たちから身をお守りください。彼らの長所や影響力がそのまま王様や御一族にとっては脅威《きょうい》となります。パーンドゥ家の王子たちは、王様の弟御《おとうとご》の子息でありますが、身内に近ければ近いほど危険も間近で、致命的《ちめいてき》なものとなります。彼らは本当に強いのです。」

シャクニの家来《けらい》はさらに語を続けて、「こう申し上げるとお腹立ちになるかもしれませぬが、王たるべき方は名実ともに力強くあらせられなければなりませぬ。なぜなら決して発揮《はっき》されぬ力を信じる者など誰一人おらぬからでございます。国事《こくじ》は秘密《ひみつ》にしておくべきであり、思慮《しりょ》深き計画を民衆に知らしめるのは、それが実施《じっし》された時をもって初めてとなすべきであります。また悪はできるだけ速《すみや》かに一掃《いっそう》されなくてはなりませぬ。なぜなら、身体に突きささったまま放《ほお》っておかれた棘《とげ》は、傷《きず》をこしらえ化膿《かのう》してしまうかもしれないからであります。強大な敵はもちろん討《う》ち滅《ほろ》ぼさなくてはなりませぬが、弱小の敵ですら等閑《なおざり》にすべきではありません。なぜなら、ほんのわずかの火花でも、もし見過《みすご》したならば森の大火事をひき起《おこ》すかもしれぬからであります。強い敵は、策略《さくりゃく》をもってしても滅《ほろ》ぼさなくてはならず、その敵に慈悲《じひ》を垂《た》れるなどは愚《おろか》な行為であります。王様よ、なにとぞパーンドゥ家の息子《むすこ》たちには御用心なさいませ。彼らは本当に強いのでございますから。」

ドゥルヨーダナは父親のドリタラーシュトラに、うまく自分の味方《みかた》をつくったことを告《つ》げてこう言った。「私は金や名誉《めいよ》を与え、王様の家来《けらい》たちの歓心《かんしん》を買いました。私はまた宰相《さいしょう》たちに私の主張を認めさせることに成功いたしました。もし父上がパーンドゥ一家を巧《たく》みに説得してヴァーラナーヴァタへ行かせられましたなら、都と全国土の住民は私たちの側《がわ》につくでありましょう。ここには彼らの友人は一人もいなくなってしまう。そして、ひとたび王国が私たちのものとなりましたなら、彼らにはもはや他に害を及ぼす力はなくなります、そうした時には、彼らをふたたび都へ戻《もど》らせることも可能になるかもしれません。」

ドリタラーシュトラ自らがそう信じたいと願うことを多くの人間が口にし始めた時、彼の心は揺《ゆ》らぎ、ついに息子《むすこ》の勧告《かんこく》に従ってしまった。あとは計画の実行を残すのみとなった。家来《けらい》たちはパーンドゥ王子たちに聞こえよがしにヴァーラナーヴァタの美しさを讃《たた》えだし、シヴァ神のための大祭《たいさい》がかの地で盛大に催《もよお》されるという事実を述べたりした。何の疑いももたぬパーンドゥ家の兄弟たちは、簡単《かんたん》に説得させられてしまった。ことにドリタラーシュトラ王すら愛情をこめた口調《くちょう》で、単に大祭《たいさい》が見ごたえあるばかりでなく、かの地の人々が王子たちの来訪を熱心に待ち望んでいるから、ぜひ行ってそれを見物してきてはとすすめたので、なおさらであった。かくしてパーンドゥ一家は、ビーシュマやほかの年上の人々に暇乞《いとまご》いをし、ヴァーラナーヴァタへと向かった。

ドゥルヨーダナは得意満面であった。彼はカルナとシャクニに相談し、ヴァーラナーヴァタにおいてクンティー妃とその息子《むすこ》たちを殺す陰謀《いんぼう》を企《くわだ》てた。彼らはプローチャナという家来《けらい》を呼《よ》び寄せて秘密《ひみつ》の指令を与え、忠実にそれを実行するように命じた。

パーンドゥ一家がヴァーラナーヴァタへ向かう前に、プローチャナは指令どおりかの地へ急いで行き、一行《いっこう》を歓迎《かんげい》するために一軒の美しい宮殿《きゅうでん》を造営《ぞうえい》した。宮殿《きゅうでん》の建造《けんぞう》にあたっては、黄麻《おうま》とかラック（貝殻虫の一種が樹木に分泌して生じる樹脂状物質）、精製バター、油脂などという燃えやすい材料が用いられた。壁を塗る材料もまた可燃性《かねんせい》のものであった。彼はさらに建物のいろいろな部分をすぐ火事になりやすいような乾《かん》燥材《そうざい》で塞《ふさ》ぎ、客の座席や寝床を最も燃えやすい場所にしつらえた。そしてこの宮殿《きゅうでん》が建つまでは、パーンドゥ一家が市中に安心して住めるようあらゆる便宜《べんぎ》が供与《きょうよ》された。やがてパーンドゥ一家がこの蠟宮殿《ろうきゅうでん》に住みついた時、彼らがぐっすり眠った夜に火をつけようというのである。これ見よがしの愛情と心づかいとでパーンドゥ一家は歓待《かんたい》されていたので、いかなる疑いももたれることなく、火事もまったく偶然《ぐうぜん》の悲しい出来事と見なされてしまうはずであった。クル家の一族がこれに絡《から》んでいることなど誰一人夢想《むそう》だにしないであろう。

第十四章　パーンドゥ一家の避難

長上たちに、うやうやしく暇乞《いとまご》いをし、同僚たちと抱擁《ほうよう》を交《か》わしたのち、パーンドゥ一家はヴァーラナーヴァタへと向かった。都の人々も彼らに同道したが、心ならずも途中から都へ帰っていった。ヴィドゥラは、ユディシュティラに対し、彼にだけわかる言葉ではっきりと警告《けいこく》した。「狡猾《こうかつ》な敵の意図《いと》の機先《きせん》を制する人のみが危険から免《まぬか》れることができます。鋼《はがね》の武器《ぶき》よりも鋭い武器《ぶき》があり、滅亡《めつぼう》を免《まぬか》れようとする賢者《けんじゃ》は、それから身を守る手段《すべ》を知っていなくてはなりません。森を焼き尽くす大火事も、穴に身を隠《かく》す鼠《ねずみ》や土中にもぐる山荒を害《そこな》うことはできません。賢者《けんじゃ》は星を観《み》ることによって自分の位置を知るのです。」

　これはユディシュティラに対して、しかも彼にだけわかるように、ドゥルヨーダナの恐《おそ》るべき計略《けいりゃく》と危険から免《まぬか》れる方法を暗示《あんじ》するために言われたものである。ユディシュティラは、ヴィドゥラの言う意味がわかったと答え、のちほどそのことを母親のクンティー妃に伝えた。こうして彼らは喜びの太陽の光を浴《あ》びて旅には出たものの、悲しみと不安の黒雲のなかへと突き進んでいったのである。

　ヴァーラナーヴァタの人々は、パーンドゥ一家が自分たちの地にやって来るのを知って大いに喜び、彼らを心から歓迎《かんげい》した。彼らのために特別に建てられた宮殿《きゅうでん》が完成するまで、ほかの家々に仮逗留《かりとうりゅう》していた彼らは、プローチャナの案内でその宮殿《きゅうでん》へと移った。宮殿《きゅうでん》には「繁栄《はんえい》」を意味する「シヴァム」という名がつけられたが、それはまた「死の落とし穴」に対して与えられる恐《おそ》るべき反語《はんご》でもあった。ユディシュティラは、ヴィドゥラの警告《けいこく》を銘記《めいき》しながら、宮殿《きゅうでん》全体を丹念《たんねん》に調《しら》べ、建物が疑いもなく燃えやすい材料で造られていることを確認した。ユディシュティラはビーマに言った。

「私たちはこの宮殿《きゅうでん》が死の落とし穴であることをよく知ってはいるが、プローチャナに、彼の計略《けいりゃく》を私たちが知っていることをさとられぬように。私たちはいざという時に逃げ出さなければならないが、人に気づかれるようなことにでもなれば、難《なん》を免《まぬか》れることは難しくなるであろう。」

そこで彼らは何の心配《しんぱい》もしていない風《ふう》を装《よそお》ってその建物に住み始めた。ヴィドゥラは一人の熟練《じゅくれん》の坑夫《こうふ》を送ってよこしたが、その男はこっそり彼らに会ってこう言った。

「私の合言葉《あいことば》は、ヴィドゥラ様があなた様方に伝えられた秘《ひそ》かな警告《けいこく》の言葉です。あなた様方をお守りするのを助けるために遣《つか》わされて参《まい》りました。」

それからというもの、この坑夫《こうふ》はプローチャナに知られぬようにこっそりと何日間も働き、蠟宮殿《ろうきゅうでん》のなかから外壁《がいへき》と周囲にはしる外堀《そとぼり》の真下を通って外へ出る地下道を完成した。

プローチャナは宮殿《きゅうでん》の出入口《でいりぐち》に居《きょ》を構《かま》えていた。パーンドゥ家の王子たちは、夜の間は武装《ぶそう》して不寝番《ふしんばん》にあたり、昼の間は、狩猟《しゅりょう》を楽しんでいるように見せかけて、その実は森の径《みち》によく馴《な》れ親《した》しんでおくために森へ猟《りょう》に出かけていた。既に述べたように、彼らは自分たちの生命を狙《ねら》う奸計《かんけい》を知っていることを用心深く隠《かく》していた。一方プローチャナの側《がわ》でも、どんな疑いをもおこさせぬよう、そして残虐《ざんぎゃく》な火事が偶発的《ぐうはってき》なものであるように見せようとして、計画を実行に移すまで一年たっぷり待ったのである。

とうとうプローチャナは今や時熟《じゅく》せりと思い、油断《ゆだん》のないユディシュティラも決定的瞬間がついに来たことをさとり、兄弟を全部集めて今こそ逃げ出すべき時であることを告《つ》げた。

その日、クンティー妃は召使《めしつかい》たちのために豪華《ごうか》な宴《うたげ》を張った。彼女の狙《ねら》いは、充分に飲み食いさせて彼らを夜眠らせてしまおうというのである。

真夜中、ビーマは宮殿《きゅうでん》の数箇所に火を放《はな》った。クンティー妃とパーンドゥの息子《むすこ》たちは、急いで地下道を通り、暗闇《くらやみ》の中を手探《てさぐ》りで進んだ。あっという間に猛火《もうか》は宮殿《きゅうでん》全体に拡がり、恐《おそ》れおののく町の群衆は急速に数を増して宮殿《きゅうでん》のまわりに集まり、声をあげてただ嘆《なげ》き悲しむばかりであった。何人かはただやたらに動き廻り、火事を消そうとはかない努力はしたものの、ほとんどの人々はこう言って泣き叫《さけ》ぶばかりであった。「ああ、何ということだ。これはきっとドゥルヨーダナの仕業《しわざ》にちがいない——彼は何の罪《つみ》もないパーンドゥ家の王子たちを殺そうとしているのだ！」

宮殿《きゅうでん》は灰と化《か》した。プローチャナの住居《すまい》も彼が逃げ出す前に焔《ほのお》に包まれてしまい、彼は自分自身の奸計《かんけい》の、呪《のろ》われたる犠牲者《ぎせいしゃ》となってしまった。ヴァーラナーヴァタの人々は都のハスティナープラにつぎのような伝言を送った。即ち、「パーンドゥ一家の住居《すまい》たりし宮殿《やかた》は焼け落ち、誰一人生きて逃《のが》れし者なし」と。

作者のヴァーサは、その時のドリタラーシュトラの心情をつぎのように見事に叙《じょ》述《じゅつ》している。「……深き池の水は、底の部分が冷たく、水面の部分が温かいように、ドリタラーシュトラの胸も、喜びで温かくもあったが同時にまた悲しみで冷え冷えとしてもいた……。」と。

ドリタラーシュトラとその息子《むすこ》たちは、火事で焼け死んだと思われるパーンドゥ一

第十四章　パーンドゥ一家の避難

焔の宮殿から逃れるパーンドゥ一家

家のため弔意《ちょうい》を表し、王衣を脱《ぬ》ぎ去った。そして悲しみに沈《しず》む親族にふさわしく一枚の衣を身にまとい、川辺に赴《おもむ》いて慰霊《いれい》の葬儀《そうぎ》を行《おこな》った。近親者を失って悲嘆《ひたん》にくれていることを態度にも表すことを怠《おこた》らなかった。

何人かの人は、ヴィドゥラが他の人ほどひどい悲しみに打ちひしがれていないのに気がついたが、これは彼のもつ宗教的な諦《あきら》めの境地のせいであろうと考えていた。しかし本当の理由は、パーンドゥ一家が安全なところへ逃げたことを彼は知っていたからである。彼の顔が悲しく曇《くも》ったのは、心眼《しんがん》でパーンドゥ一家が永い放浪《ほうろう》の旅を続けているのをじーっと追っていた時のことである。ビーシュマが悲しみに沈《しず》んでいるのを見ると、ヴィドゥラはパーンドゥ一家がうまく逃げおおせたことをこっそり打ち明けて彼を安心《あんしん》させた。

さてビーマは、母親と兄弟たちが夜の不寝番《ふしんばん》や恐《おそ》れや心配《しんぱい》で疲《つか》れきってしまっているのを知った。そこで彼は母親を両肩に、弟のナクラとサハデーヴァを腰に乗せ、ユディシュティラとアルジュナを両手で支《ささ》えて歩いた。このような重荷《おもに》を負いながらも、彼は堂々《どうどう》たる一頭の象のように、道を妨《さまた》げる藪《やぶ》や木を押し分け押し分け、森の小径《こみち》を苦もなく大股《おおまた》で進んでいった。ガンジス河に辿《たど》り着いた時、そこには彼らの秘密《ひみつ》を知っている船頭《せんどう》が一艘《いっそう》の小舟を用意して待っていた。彼らは暗闇《くらやみ》に乗じて河を渡った。ふたたび大森林に入るや、経帷子《きょうかたびら》のように彼らをすっぽり覆《おお》う暗闇《くらやみ》と、恐《おそ》るべき野獣の咆哮《ほうこう》で破られる静寂《しじま》のなかを、一晩中歩きつづけた。こうした難行ですっかり疲《つか》れ果ててしまい、彼らは喉《のど》の渇《かわ》きの苦しさに耐《た》えきれず、かつまたひどい疲労《ひろう》からくる睡《ねむ》気《け》に抗しきれず、へなへなと坐りこんでしまった。

クンティー妃が言った。「たとえドリタラーシュトラの息子《むすこ》たちがここへやって来て私を捕《とら》えようと、もうどうなろうとかまいませぬ。ともかく私は足を伸ばして休まねばなりませぬ。」そのまま彼女は身を横たえ、眠りに陥《おちい》った。ビーマは暗闇《くらやみ》のなかで、密生する森のあちこちを歩き廻って水を探し求め、一つの池を見つけるや自分の上着を水に浸《ひた》し、かつ蓮《はす》の葉でコップをつくり、渇《かわ》きで今にも死にそうになっている母親や兄弟たちのところへ水を運んできた。それから、他の者たちが有難《ありがた》いことに苦しさを一時忘れて眠っている間、ビーマはひとり起きて深く考えこんでいた。「森に生《は》える草木は、互いに助け合い平和に暮《くら》しているというのに。」彼はさらに考えた。「だのに、なぜ邪悪《じゃあく》なドリタラーシュトラやドゥルヨーダナは、私たちをこんなふうに殺害しようとするのだろうか。」と。心の清いビーマは、どうしても他人の腹黒《はらぐろ》い動機《どうき》を理解することができず、深い悲しみに沈《しず》んでしまった。

パーンドゥ一家は、多くの困難《こんなん》にぶつかったり、多くの危険を乗り越えたりしながら、さらに前進した。道中、ある時には母親をかついだまま速足で歩いたり、またある時には英雄《えいゆう》ですら耐《た》えられぬほど疲《つか》れてしまって休憩《きゅうけい》をとったりした。また時には、若者の精力が満《み》ち溢《あふ》れ、互いに駆《か》けくらべをすることもあった。

彼らは旅の途中《とちゅう》で至聖《しせい》ヴャーサに会った。全員が敬礼《けいれい》をなし、聖者《せいじゃ》から励《はげ》ましの言葉と思慮分別《しりょふんべつ》のある助言《じょげん》をいただいた。クンティー妃が、自分たちにふりかかった不幸について述べた時、ヴャーサはこう言って彼女を慰《なぐさ》めた。「いかなる有徳《うとく》の士といえども常に高潔《こうけつ》な生活を営《いとな》めるほど強い人はおらず、いかなる罪人《つみびと》といえども罪《つみ》のひとうねりのなかに留《とど》まっておれるほどの悪人《あくにん》はいないものじゃ。人生はあざなえる縄《なわ》のごときもので、この世の中に善悪ともに為《な》さざりし者はひとりもおらぬ。いかなる人間も己《おの》れの行為の結果は自分で受けねばならぬもの。さればこそ、悲しみに負けてはならぬぞ。しっかりしなされ。」　その後、ヴャーサの助言《じょげん》に従って彼らは婆羅門《バラモン》の衣を身につけ、エーカチャクラの町へ行った。そしてそこで、ある婆羅門《バラモン》の家に滞在《たいざい》し、好機《こうき》を待った。

第十五章　バカースラの殺害

パーンドゥ一家は婆羅門《バラモン》に変装《へんそう》してエーカチャクラの町に住み、王子たちは婆羅門《バラモン》街《がい》で托鉢《たくはつ》して得たものを彼らの帰りを待ちわびる母親のもとへと運んでいた。もしいつもの時間までに戻《もど》らないと、何か悪いことが彼らの身に起《お》きたのではないかと母親は心配《しんぱい》した。

クンティー妃は彼らの持ってくる食物をいつも二等分した。半分はビーマにやり、あとの半分はほかの四兄弟と母親とで分け合った。ビーマは風の神から生まれただけあって、力持ちであるとともに大食漢《たいしょくかん》でもあった。ビーマの渾名《あだな》のヴリコーダラは「狼腹」を意味するが、ご存じのように、狼はいつも飢《う》えているような顔つきをし、どんなにたくさん食べても、その飢《う》えは決して満《み》たされぬかのようである。ビーマの貪欲《どんよく》なまでの空腹は、エーカチャクラの町で手に入れるわずかの食物では足らず、彼はしだいに痩《や》せ細《ほそ》っていき、母親や兄弟たちを大いに心配《しんぱい》させた。しばらくしてビーマは一人の壺《つぼ》作りと知り合い、彼のところへ壺《つぼ》を作るための土を掘《ほ》って持っていった。そこで、壺《つぼ》作りはそのお返しに大きな壺《つぼ》を一つビーマにくれたが、それは街の悪戯《いたずら》っ子どものからかいの的《まと》となった。

ある日のこと、ほかの兄弟たちが托鉢《たくはつ》に出かけ、ビーマだけが母親とともに家に残っていると、彼らの婆羅門《バラモン》の家主《やぬし》の家から大きな泣き声が聞こえてきた。何か大変な災《さい》難《なん》がこの可哀想な家族にふりかかったにちがいないと思い、それが何ごとかを知るためにクンティー妃は家の中へ入っていった。婆羅門《バラモン》の夫妻《ふさい》は泣いてばかりいてほとんど話ができなかったが、やっと夫のほうが妻に向かってこう言った。

「ああ、何ておまえは運がなく馬鹿なんだろう。わしはこの町におさらばをしたいといつも思っていたのだが、おまえは賛成《さんせい》してくれなかった。おまえは、自分はここで生まれここで育ったのだから、両親や親戚《しんせき》が住み、死んでいくここの地に留《とど》まりたいと言い張った。だが、わしにとって生涯《しょうがい》の伴侶《はんりょ》であり、かつわしの子供たちを産んでくれた愛《いと》しい母親であり、いやそれ以上にわしのすべてであるおまえを置いて行くことなど、わしにはとても思いもよらぬことじゃった。わしには、自分で生きながらえながら、おまえを死に追いやることなどはできぬ。またこの幼《おさな》い娘は、時が来たなら立派《りっぱ》な男に引き渡すべき大切な預《あず》かり物《もの》として神様より授《さず》かった。じゃから、神様からの授《さず》かり物《もの》としての彼女を、一族の永続《えいぞく》のためとはいえ、犠牲《ぎせい》にするのは間違っておる。さればとて娘以外の、たとえばわしらの息子《むすこ》を死なせることも同様にできぬ相談じゃ。わしらの人生の唯一《ゆいいつ》の心の安らぎでもあり、かつ老後《ろうご》の頼《たよ》りともする息子《むすこ》を死なせたなら、わしらはいったいどうやって生きていけるというのか。もし息子《むすこ》がいなくなったなら、いったい誰がわしらやわしらの先祖様の霊《れい》を供養《くよう》してくれるじゃろうか。ああ、おまえがわしの言うことに耳をかさなかったばっかりに、おまえの強情《ごうじょう》の結果がこうなったのじゃ。もしわしが己《おの》れの生命を捨てようものなら、この娘と息子《むすこ》は保護者《ほごしゃ》を失ったために早死《はやじに》してしまうじゃろう。わしはいったいどうしたらいいのじゃ。一家そろって心中《しんじゅう》するのが一番いいかもしれぬ。」と言うや、婆羅門《バラモン》の夫はこらえきれずにすすり泣きを始めた。

妻がこれに応《こた》えて言った。「私はあなたに善《よ》き妻として仕《つか》え、一人の娘と一人の息子《むすこ》を産《う》んで、私の務《つと》めを果《はた》してまいりました。あなたなら、子供たちを育て保護《ほご》してやれますが、私にはできません。ちょうど投げだされた喰《く》い残しに貪欲《どんよく》な鳥どもがぱっと襲《おそ》いかかって捕《とら》えるように、貧乏な寡婦《かふ》は邪悪《じゃあく》で不正直《ふしょうじき》な人間どもの餌食《えじき》にすぐなってしまいます。

犬どもは精製バターのしみこんだ布を奪《うば》いあって争い、卑しい貪欲《どんよく》さであちこち引きずり廻し、汚《きたな》いぼろぎれにしてしまいますが、それと同じように、保護者《ほごしゃ》のない女は、邪悪《じゃあく》な人間どもの慰《なぐさ》みものとなりあちこち引きずり廻されることでしょう。

私には父親のいない二人の孤児《こじ》を保護《ほご》することなどとてもできませんし、子供たちは水のない池の魚のように惨《みじ》めな死に方をすることでしょう。ですから私が悪鬼《あっき》に引き渡されるのが一番いいと思います。夫が生きている間にあの世へ行ける女ほど幸せな者はありません。あなたもご存じのように、これは経典《きょうてん》でも説《と》いていることなのです。私は、あなたといっしょに本当に幸せに暮《くら》してまいりました。私はまた数多くの善行もいたしました。あなたに貞節《ていせつ》で献身的《けんしんてき》に尽くしてきたことで、私はきっと天国に入れてもらえます。生前善女《せいぜんにょ》であった者にとって、死は何ら恐《おそ》ろしいものではありません。私が亡《な》くなりましたら、どうぞ後添《のちぞ》えをお迎《むか》えください。あなたの勇気《ゆうき》あるほほ笑みで私を励《はげ》まし、祝福《しゅくふく》を与えた上で、私を悪鬼《あっき》のもとへお送りくださいまし。」

妻のこうした言葉を聞き、婆羅門《バラモン》の夫は彼女をやさしく抱擁《ほうよう》した。そして妻の深い愛と勇気《ゆうき》に完全に圧倒《あっとう》され、子供のように泣いていた。やっと気をとり直して声を出し、彼はこう答えた。「ああ、愛《いと》しくも気高いわが妻よ、おまえはいったい何ということを言うのか。おまえなしでわしがどうして生きてなどおれるものか。夫のまずなすべき務《つと》めは、自分の妻を守ること。もしわしが愛と義務とを犠牲《ぎせい》にし、おまえを悪《あっ》鬼《き》に引き渡してもなお生きているとしたならば、このわしはまったく卑《いや》しむべき罪人《ざいにん》となってしまうのだよ。」

この痛《いた》ましい会話を聞いていた娘は、ここで泣きじゃくりながら言葉を差しはさんだ。「まだ子供ですけれども、私の申し上げることに一応耳をおかしになり、それからなすべきことをおやりになってください。お父様やお母様が手放《てばな》して悪鬼《あっき》に差し出せるのは、私しかおりません。一人を、つまりこの私を犠牲《ぎせい》にすることで、ほかの人々を救うことがおできになるのです。あなた様方にこの災《わざわい》の河を渡らせる小舟に私をならせてくださいまし。もしお父様とお母様がいっしょにお亡《な》くなりになりましたなら、私とまだ赤ん坊の弟は、このきびしい世間に寄辺《よるべ》なきまま日ならずして朽《く》ち果《は》ててしまうことでありましょう。しかし、もし私一人の死で私たちの家を絶滅《ぜつめつ》から救うことができますのなら、私の死は決して無駄《むだ》ではございませぬ。ですからお父様やお母様が、たとえ私のためを思ってくださるとしても、私を悪鬼《あっき》のもとへ差し出されるのが一番よろしいかと思います。」と。

可哀想なわが子のこうした健気《けなげ》な言葉を聞くにつけ、両親は彼女を抱《だ》きしめ、ただ泣くばかりであった。彼ら三人が涙にくれているのを見て、まだ赤《あか》ん坊《ぼう》同然の息子《むすこ》が、目を輝《かがや》かせてぱっと立ち上がり、回らぬ舌でこう言った。「オトウチャマ、ナカナイデ。オカアチャマモ、ナカナイデ。オネエチャマモ、ナカナイデネ。」そして彼は一人一人のそばへ行き、順次に膝《ひざ》の上に坐った。それから立ち上がって一本の薪《たきぎ》をつかみ、ぶんぶん振り廻しながら、子供らしい可愛《かわい》いソプラノで「ボクガコノボウデ、オニタイジシテアゲル。」と言った。この子供の仕草《しぐさ》と言《い》い草《ぐさ》は、涙にくれている大人たちを一時《ひととき》ほほ笑ませはしたものの、いっそう彼らの悲しみを増したにすぎなかった。今が潮時《しおどき》と感じたクンティー妃は、中へ入り、彼らの悲しみのわけを問い、彼らを助けるために何かすることがないかどうか尋《たず》ねた。

婆羅門《バラモン》の夫が答えた。「奥様、これはあなた様のお力ではどうにもならぬ悲しみなのでございます。実はこの町の近くに一つの洞窟《どうくつ》があり、そこにバカースラという名の残忍《ざんにん》で恐《おそ》ろしく力の強い鬼《おに》が一人住んでいるのでございます。この鬼《おに》はこの町と王国を十三年前、力ずくで押さえてしまい、それ以後われわれを奴隷《どれい》にしてしまったのでございます。武士階級《クシャットリヤ》出身のこの国の統治者《とうちしゃ》は、ヴェートラキーヤという町に逃げてしまい、われわれを守ることができませんでした。この鬼《おに》は、以前よく好きな時に洞窟《どうくつ》から出てきては、飢《う》えのあまり、この町の男や女や子供たちを見境《みさかい》なく殺して食べておりました。そこで町の者たちが鬼《おに》に対し、無差別の殺戮《さつりく》をする代り、ある種の契約《けいやく》に基づいてやって来てほしいとお願いをいたしました。人々はこう言って頼《たの》んだのでございます。『あなた様が好きな時気まぐれにわれわれを殺すのはおやめください。週に一度、われわれはあなた様のところへ、充分なだけの肉や米やヨーグルト、酒、その他さまざまの御馳走《ごちそう》を持ってまいりますから。われわれはこれらの品物を二頭立《にとうだて》の牛車《ぎゅうしゃ》に積み込み、一軒《いっけん》ずつ順番に選ばれた家の人間に曳《ひ》かせてお届けいたします。あなた様が米といっしょに二頭の牡牛《おうし》や人間をお食べになるのは御自由ですが、どうぞこの気狂いじみた殺戮《さつりく》だけはおやめくださいい。』と。鬼《おに》はこの申し出に同意いたしました。そしてその日からは、この強い鬼《おに》がこの王国を敵の襲撃《しゅうげき》や野獣から保護《ほご》してきたのでございます。こうした取り決めが、長い間にわたり実施《じっし》されてまいりました。この国をこうしたひどい状態から解放《かいほう》してくれる英雄《えいゆう》はいまだ見つかっておりません。と申しますのは、かの鬼《おに》は己《おの》れを倒《たお》そうとした勇敢《ゆうかん》な人々を残らず打ち負かし、殺してしまったからでございます。奥様、われわれの正統《せいとう》な王ですらわれわれを保護《ほご》できずにおります。王が弱い国の民は、結婚《けっこん》をしたり子供をこしらえたりすべきではありません。文化とか家庭の幸福をそなえた家族生活は、善良でしかも強力な王の統《とう》治《ち》のもとにあってはじめて可能《かのう》なのですから。もしもわれわれを統治《とうち》するにふさわしい王がおられぬ場合、われわれの妻も財宝《ざいほう》も、何もかも安全ではございません。他人《ひと》様《さま》の悲しみを長い間見てきたのち、いよいよ鬼《おに》のもとへ人間を一人餌食《えじき》として差し出す順番がわれわれのところに廻《めぐ》ってまいりました。私には代りのものを購《あがな》うだけの方法《すべ》はございません。また家族のなかの誰か一人を差し出したのち、残った人間がいずれものうのうと生きながらえることなどできません。ですから、私は家族の者全員を連れて鬼《おに》のもとにまいります。あのいやらしい大食鬼《たいしょくき》に、われわれ全員を食べさせます。こんなことを申し上げてあなた様の心を痛ませたかもしれませんが、しかしこれはあなた様がお尋《たず》ねになったからでございます、神様しかわれわれを救うことはできませんが、今やわれわれはその望《のぞ》みさえも失ってしまいました。」

エーカチャクラのこの話に含《ふく》まれる政治的真理には、注目すべきものがあり、かつ示唆《しさ》にも富んでいる。

クンティー妃はこのことをビーマセーナ（ビーマ）に詳《くわ》しく話したのち、ふたたび婆羅門《バラモン》のところにやって来て言った。「善《よ》き人よ、諦《あきら》めなさいますな。神様は偉大《いだい》でいらっしゃいます。私に五人の息子《むすこ》がおりますが、そのうちの一人が鬼《おに》のもとへ食物を持ってまいりますから。」

婆羅門《バラモン》はびっくりして跳《と》び上がったものの、悲しげに頭を振り、この身代りの犠牲《ぎせい》の話に耳をかそうとはしなかった。そこでクンティー妃はこう言った、「婆羅門《バラモン》様、心配《しんぱい》は御無用《ごむよう》でございます。私の息子《むすこ》は、真言《マントラ》によって得た超人的な力を持っておりますから、きっとその鬼《おに》を退治《たいじ》してくれるでしょう。息子《むすこ》が同じような鬼《おに》をたくさん退治《たいじ》したのを私自身これまで何べんも見ておりますから。しかしこのことはどうぞ内《ない》証《しょ》にしておいてくださいよ。もしあなた様がそれを他人にもらされたら、息子《むすこ》の力はなくなってしまいますから。」

クンティー妃の心配《しんぱい》は、もしこのことが広く宣伝《せんでん》されてしまうと、ドゥルヨーダナの手の者がパーンドゥ一家の仕業《しわざ》であることを知り、彼らのありかを探しだしてしまうかもしれぬということであった。

ビーマは、母親のクンティー妃によってなされた取り決めに有頂天《うちょうてん》になった。やがてほかの兄弟たちが托鉢《たくはつ》を終えて家に帰って来た。長兄のユディシュティラは、ビーマの顔がここしばらく見られなかった喜びで輝《かがや》いているのを見て、ビーマがきっとある大変な冒険《ぼうけん》をしようとしていると推理《すいり》し、母親にそのことを質《ただ》すと、彼女は彼に一《いち》部《ぶ》始終《しじゅう》を話した。

ユディシュティラは言った。「これは何としたことを。少し軽率《けいそつ》ではございませぬか。ビーマの力を頼《たよ》っているからこそ私どもは何の心配《しんぱい》もなく眠れるのです。またビーマの力強さと豪胆《ごうたん》さを当《あて》にして、私どもは人を欺《あざむ》く敵によって取り上げられた王国をふたたびとり戻《もど》そうとしているのではございませんか。ビーマの勇敢《ゆうかん》な行為があったればこそ、私どもは蠟宮殿《ろうきゅうでん》から逃《に》げおおせたではありませぬか。それなのに母上は、私どもにとって現在の保護者《ほごしゃ》であり未来の望《のぞ》みでもあるビーマの生命を危険に曝《さら》そうとしていらっしゃる。これまでに経《へ》たあまりにも多くの困難《こんなん》が、母上の御判断力《ごはんだんりょく》を曇《くも》らせてしまったのでございますか。」

クンティー妃はこれに答えて言った。「息子《むすこ》や、私たちはこの婆羅門《バラモン》の家にご厄介《やっかい》になり、長い間楽しく生活してまいりました。人としての義務、いや、人間の最高の美徳は、今までお世話《せわ》になった方に何か良いことをして差し上げ、その御恩《ごおん》に報《むく》いることなのです。私はビーマの強いことを知っておりますし、何の心配《しんぱい》もいたしておりません。いったい誰が私たちをヴァーラナーヴァタから運びだし、いったい誰がかの鬼神《きじん》ヒディンバを殺したかを思い出してごらんなさい。この婆羅門《バラモン》一家のために何かして差し上げるのは、私たちの義務なのです。」

やがて町の人々が、いろいろな種類の肉や御馳走《ごちそう》、幾瓶《いくびん》ものヨーグルト、酒などを持って婆羅門《バラモン》の家へやって来、二頭の牡牛《おうし》の曳《ひ》く車に積み込んだ。ビーマはその車に乗り、鬼《おに》のいる洞窟《どうくつ》へ向けて出発した。

車は音楽の伴奏《ばんそう》つきで前進した。いつもの場所に着くと、いっしょに来た人々はビーマを車に一人残してさらに進ませ、自分たちは安全なところへ戻《もど》っていった。鬼《おに》の住む洞窟《どうくつ》の前は、骨や髪や血で悪臭がたちこめ、蛆虫《うじむし》や蟻《あり》の群でいっぱいになっていた。ビーマは、ちぎれたり切断された手や足や頭がそこらじゅう散らばり、腐肉《ふにく》を喰《く》ういやらしい鳥どもが食物を求めて頭上を飛び廻っているのを見た。ビーマは車を止め、こんな独《ひと》り言《ごと》を言いながら、鬼のために持ってきた御馳走《ごちそう》をがつがつと食べ始めた。「おれと鬼《おに》との闘いでめちゃめちゃになる前に、この食物を平らげてしまわなくちゃ。それに鬼《おに》を殺したあとでは、死体に触《ふ》れてこのおれが穢《けが》れてしまうから、どうしたって食物は喰《く》えなくなるし。」と。

長い間待たされていらいらしていた鬼《おに》は、ビーマのしていることに腹を立てて怒《いか》り狂った。ビーマも鬼《おに》を見るや決闘を申し出た。巨大な身体と、赤い髭《ひげ》と髪、耳から耳まで裂《さ》けた口を持つ鬼《おに》は、ビーマのところへ走り寄って来たが、ビーマは平気な顔をして笑うだけで、鬼《おに》に背を向けたまま、摑《つか》みかかろうとする手を避《さ》けながら食べつづけていた。鬼《おに》は、自分に対して横柄《おうへい》に向けられた背中に、拳《こぶし》を雨霰《あめあられ》と打ちおろしたもののの、ビーマは一向に鬼《おに》にかまおうともせず、食べるのを止《や》めようともしなかった。そこで鬼《おに》は一本の樹を根こそぎ引き抜き、ビーマに投げつけてきたが、ビーマはそれでも鬼《おに》のほうを振り向こうともせず左手でそれを払《はら》いのけ、右手で依然《いぜん》として食べつづけていた。やっと御馳走《ごちそう》を食べ終わり、ヨーグルトの最後の瓶《びん》まで空《から》にし、口髭《くちひげ》をぬぐってから、ビーマははじめて満足《まんぞく》の息をついて立ち上がり、鬼《おに》のほうを向いた。

彼らの間に一大闘争《いちだいとうそう》が展開《てんかい》した。ビーマは鬼《おに》を軽くあしらい、意のままに投げ飛ばしてはまた立ち上がらせて闘った。こうして鬼《おに》はビーマに、まるでぼろ布でできた人形か何かのように何べんも抛《ほお》り上げられた。最後《さいご》にビーマは鬼《おに》を地面に投げつけ、自分の膝《ひざ》をその背中《せなか》に乗せて骨を砕《くだ》いた。鬼《おに》は、苦痛《くつう》と絶望《ぜつぼう》の悲鳴《ひめい》を上げ、血を吐《は》いて死んでしまった。ビーマはその屍体《したい》を町の門まで引きずってきた。婆羅門《バラモン》の家に帰ってから彼は沐浴《もくよく》し、その日の出来事を話し、母親を大いに喜ばせたのである。

第十六章　ドラウパディーの花婿選び《スワヤンヴァラ》

パーンドゥ一家が婆羅門《バラモン》に扮《ふん》し、エーカチャクラプラの町に住んでいた時、パンチャーラの王ドルパダの娘ドラウパディーの婿選《むこえら》びの噂《うわさ》が彼らの耳に入った。そこでエーカチャクラプラの多くの婆羅門《バラモン》は、当時の慣例《しきたり》であった布施《ふせ》を受けられるだろうという期待をもち、パンチャーラへ行って王家の婚礼《こんれい》のお祭り騒ぎや壮麗《そうれい》な行列《ぎょうれつ》を見ようと計画した。

クンティー妃は母親としての本能から、息子《むすこ》たちがパンチャーラへ行きドラウパディー姫を手に入れたいと願っていることを察した。そこで彼女はユディシュティラにこう言った。「私たちがこの町に住むようになってからもうだいぶ経《た》ちますから、どこか他の場所へ移ることを考える時期が来ていると思います。ここの山や谷などもそろそろ見飽《みあき》てきました。ですから、きれいで裕福だと評判《ひょうばん》の高いドルパダ王国に行ってみようじゃありませんか。」 クンティー妃は、浮世《うきよ》の酸《す》いも甘《あま》いもかみわけた聡明《そうめい》なお方だったので、息子《むすこ》たちの心のなかをやさしく見透《みすか》し、彼らがそれを口に出していばつの悪い思いをすることのないよう取り計らってあげたのである。

たくさんの婆羅門《バラモン》がそれぞれ群をなしてスワヤンヴァラ（花婿選びの行事）を見学に行ったので、パーンドゥ一家も婆羅門《バラモン》を装《よそお》って彼らのなかにまぎれこんだ。長い道程を歩いたのち彼らはドルパダ王国の美しい町に着いたが、あまり名の知られていない少し胡散臭《うさんくさ》い婆羅門《バラモン》として壺《つぼ》作りの家に宿舎を割り当てられた。

ドルパダとドローナは表面的には和解《わかい》したように見えながら、心のなかでは前者は後者から受けた侮辱《ぶじょく》を決して忘れることはできなかった。そこでドルパダのただ一つの望《のぞ》みは、娘をアルジュナに妻《めあ》わせることだった。というのは、ドローナがアルジュナをこよなく可愛《かわい》がっていたので、やがて可愛《かわい》い弟子の義父となる自分を不倶戴天《ふぐたいてん》の敵と見なすことはできなくなるであろうし、その上もし戦争にでもなれば、アルジュナの義父ということで自分の立場のほうがかえって強くなるであろうと考えたからである。したがって、ヴァーラナーヴァタでパーンドゥ一家が皆殺《みなごろ》しにあったという報《しら》せを聞いた時、彼は悲しみのどん底に落ち込んだが、のちに彼らがどうやら逃げたらしいという噂《うわさ》を耳にしてほっとしていたのである。

結婚式場《けっこんしきじょう》は美しく飾《かざ》りたてられ、求婚者《きゅうこんしゃ》や招待客《しょうたいきゃく》たちの宿泊用に設計されたいくつもの新しい迎賓館《げいひんかん》がきちんと区分《くわけ》されて並んでいるなかに、建てられていた。婿選《むこえら》び行事を見にやって来る一般の人々の余興《よきょう》にと面白い見世物や競技会が催《もよお》され、華《はな》やかなお祭騒ぎは二週間も続いた。

巨大な鉄製の弓が一張《ひとはり》、結婚式場《けっこんしきじょう》の中に置かれた。そして姫の求婚者《きゅうこんしゃ》たちは、その弓に鉄製の矢をつがえ、廻転する円盤《えんばん》の中央にあけられた穴を通して高く掲《かか》げられた的《まと》を射《い》ることが要求された。これをするためには、まさに超人的な力と技《わざ》がいるが、ドルパダは、わが娘を得んとする勇者《ゆうしゃ》はこうした離《はな》れ業《わざ》ができなくてはならぬと宣言《せんげん》した。

剛勇《ごうゆう》をもって聞こえるたくさんの王子たちが、全インドのいたるところから集《つど》ってきた。ドリタラーシュトラの息子《むすこ》たちも、カルナやクリシュナやシシュパーラやジャラーサンダやシャリアなどとともにそこにいた。競争者たちのほかにも大観衆がいた。そこから湧《わ》き起《おこ》る物音《ものおと》は大洋の潮騒《しおさい》を思わせ、それに幾百という楽器の奏《かな》でる陽気な音楽のめでたい響きが重《かさ》なった。馬の背に跨《またが》ったドリシュタデュムナが、象の背に乗っている妹のドラウパディーの前へと進んだ。めでたい結婚前の沐浴《もくよく》をすませ、いっそう瑞々《みずみず》しく見えるドラウパディー姫は、なだらかに垂《た》れる絹衣をまとっていた。彼女は象の背から降りて婿選《むこえら》びの会場に入ったが、彼女の物腰《ものごし》の優雅《ゆうが》さとまったく非の打ちどころのない美しさとが、会場を隅々《すみずみ》に至るまで満たすように思われた。花輪を手にしたドラウパディーは、ただ声もなく彼女の美しさに見とれている勇敢《ゆうかん》な王子たちをちらっとはにかむように一瞥《いちべつ》して、壇上《だんじょう》にのぼった。婆羅門《バラモン》たちはおきまりの真言《マントラ》を唱《とな》え、護摩火《ごまび》に供《そな》え物《もの》を投じた。

至上平和祈願《シャーンティきがん》の言葉が唱《とな》えられ、華《はな》やかな音楽の吹奏《すいそう》がやんだのち、ドリシュタデュムナがドラウパディーの手を引いて会場の中央へと進み出た。そして彼は、高いはっきりした声で宣言《せんげん》した。「この集まりに正式に参加なされている王子たちよ、お聴きあれ。ここに弓がござる。あそこに的《まと》があり、ここに矢もござる。五本の矢を続けざまに放《はな》ち、廻転する輪の中央の穴を通して的《まと》を正しく射《い》た者に、もし家柄《いえがら》が良く人品も卑《いや》しからざれば、わが妹を差し上げようと存《ぞん》ずる。」それから彼は、そこに集《つど》った幾十人かの求婚者《きゅうこんしゃ》たちの氏名、家柄《いえがら》などについてドラウパディーに語ってきかせた。

多くの名だたる王子たちが次々と立って例の弓を引こうとしたが、みなだめだった。あまりにも重く、あまりにもきつすぎたので、試《こころ》みた者はみな赤面《せきめん》してもとの席へと戻《もど》った。シシュパーラやジャラーサンダやシャリヤやドゥルヨーダナも、こうした失敗者のなかに入っていた。

さて、カルナが進み出た時、そこに集《つど》っていた人々はみんな、彼なら成功《せいこう》するだろうと期待したが、彼もまたあと一息というところで失敗した。弓の弦が、引き絞る途中で手からすべってしまい、巨大な弓はまるで生きもののように両手から跳び出してしまったのである。とたんに観衆はわいわい騒ぎだし、なかには腹立ちまぎれに、人間にはできもしないこんなことをやらせるのは、諸国の王に恥《はじ》をかかせるために仕組《しく》んだのだろうなどと言い出す者さえあった。その時、あらゆる物音《ものおと》がはたと鎮《しず》まりかえった。というのは、婆羅門《バラモン》たちの間から一人の若者が立ち上がり例の弓のほうへと歩み寄ったからである。

それは婆羅門《バラモン》を装《よそお》ってやって来たアルジュナであった。彼が立ち上がった時、群衆のなかから再び嵐のような喚声《かんせい》が湧《わ》き上がった。婆羅門《バラモン》たちの間では意見が二つに分かれ、自分たちの階級の中にも他の武芸者《ぶげいしゃ》と競《きそ》うだけの気概《きがい》をもった若者が一人ぐらいいてもおかしくないと言って喜ぶ一派と、嫉妬心《しっとしん》が強かったり世智《せち》に長《た》けていたりして、カルナやシャリヤのような勇者《ゆうしゃ》ですら失敗したのに、この婆羅門《バラモン》の若僧《わかぞう》が競争者のなかに加わるなどおこがましいと言う一派とがあった。しかし他にも、上品で均《きん》斉《せい》のとれた姿のこの若者を見て、前二者と違う意見を述べる人々もあった。彼らは、「風采《ふうさい》からして彼なら成功《せいこう》するように思う。あの若者なら自信ありげで、自分がやろうとすることをよく知っているようだ。婆羅門《バラモン》は肉体的には少し弱いかもしれぬが、何ごとも力さえ強ければいいというわけでもあるまい。」と言って、彼のため神の御《ご》加護《かご》を祈《いの》った。

アルジュナは弓の置いてある場所に近づき、ドリシュタデュムナに尋《たず》ねた。「婆羅《バラ》門《モン》でも弓を引《ひ》いてよろしうございますか。」ドリシュタデュムナはこう答えた。「すぐれたる婆羅門《バラモン》の勇者《ゆうしゃ》よ。家柄《いえがら》、人柄《ひとがら》さえよろしければ誰であろうと、この弓を引《ひ》いて的《まと》を射《い》る者にわが妹は生涯《しょうがい》の伴侶《はんりょ》として嫁《とつ》ぐでござろう。わが言葉に偽《いつわ》りはなく、武士に二言《にごん》はござらぬ。」

そこでアルジュナは最高神のナーラーヤナに思念を集中し、手に弓を取ってこともなげに弦《つる》を引いた。矢をつがえ、ほほ笑みを浮かべて周囲を見廻すと、群衆は呪文《じゅもん》で縛《しば》られたようにしーんとなってしまった。それから彼は何のためらいもなく五本の矢を続けざまに放《はな》ち、ぐるぐる廻転する装置《そうち》のなかを通して的《まと》を射落《いお》とした。群衆はどっと喚声《かんせい》をあげ、楽器が高らかに奏《かな》でられた。

この集会に大勢で来て坐っていた婆羅門《バラモン》たちは喜びの喚声《かんせい》をあげ、あたかも婆羅門《バラモン》階級全体がドラウパディー姫を手に入れたかのように狂喜して、彼らの鹿の皮衣を頭上高く打ち振った。続いて起《おこ》った喧噪《けんそう》は言語に絶するものがあった。ドラウパディー姫はひときわ美しく輝《かがや》いた。彼女の顔は、アルジュナを見つめる眼からほとばしり出る幸福《しあわせ》で上気《じょうき》していた。彼女はアルジュナのそばに寄り、彼の首に花輪をかけた。ユディシュティラとナクラとサハデーヴァは急いで壺《つぼ》作りの家へ戻《もど》り、この嬉《うれ》しい報《しら》せをただちに母親へ告《つ》げた。アルジュナに武士《クシャットリヤ》階級から何らかの危害《きがい》が加えられることを恐《おそ》れ、ビーマだけは会場に留《とど》まった。

ビーマの懸念《けねん》していたとおり、王子たちは怒《いか》りの声をあげた。「スワヤンヴァラの行事、つまり婿選《むこえら》びは婆羅門《バラモン》階級の間では普通行《おこな》われておらぬ。それ故、もしこの乙女《おとめ》が武士《クシャットリヤ》階級の王子と結婚《けっこん》したくないと言うのなら、彼女は火葬《かそう》に付されるまで一生

第十六章　ドラウパディーの花婿選び

ドラウパディーはアルジュナを選んだ

を独身《どくしん》で通すべきであろう。どうして婆羅門《バラモン》が彼女と結婚《けっこん》などできようか。われらはこの結婚《けっこん》に反対し、それを妨《さまた》げて正義を守り、スワヤンヴァラの慣習《しきたり》を崩《くず》れゆく危険から救わなくてはならぬ。」今にも乱闘が起《おこ》りそうになった。そこでビーマは一本の木を根こそぎにし、木の葉をすっかり落としてから、これを恐《おそ》るべき棍棒《こんぼう》にして構え、アルジュナのそばに立って万一に備えた。ドラウパディーは何も言わず、アルジュナが身につけた鹿の皮の裾《すそ》をしっかりつかんで立っていた。

クリシュナやバララーマや他の者たちは、騒ぎを起《おこ》した王子たちを何とか宥《なだ》めようと骨折った。どうやらそれでアルジュナはドラウパディーを伴《ともな》って壺《つぼ》作りの家へ向かうことができたのである。

ビーマとアルジュナが彼らの寓居《ぐうきょ》にドラウパディーを連れていく間、ドリシュタデュムナは一定の距離《きょり》をおいてずっと彼らのあとをつけ、彼らに見つからぬよう、その後のいっさいの出来事を仔細《しさい》に観察した。彼は自分の見たことに驚《おどろ》きもし、喜びもした。王宮《おうきゅう》に帰り、彼は父のドルパダ王にこっそり報告した。「父上、彼らはパーンドゥ一家だと思います。ドラウパディーは、あの若者の鹿皮の裾《すそ》をつかんだまま二人のあとについて行きましたが、少しもはにかんではおりませんでした。私もあとをつけていき、五人兄弟と一人の老《お》いた品格のある婦人を見ましたが、あの方はまぎれもなくクンティー妃に相違ありません。」

やがてドルパダ王に招《まね》かれ、クンティー妃とパーンドゥ家の五兄弟は王宮《おうきゅう》に赴《おもむ》いた。そこでダルマプトラ（ユディシュティラの通称）は王に、彼らがパーンドゥ一家であることを、打ち明けた。そしてさらに彼ら五兄弟が、ドラウパディーを共有の妻として娶《めと》ることにしたことを告《つ》げた。ドルパダは、彼らがパーンドゥ一家であることを知って喜んだ。なぜなら、それでドローナとの反目《はんもく》からくるあらゆる不安がなくなるからである。しかしまた同時に、五兄弟がドラウパディーを共有の妻とすると聞いて驚《おどろ》き、いやな気分になってしまった。

ドルパダは、これに反対して言った。「何たる罪深《つみぶか》いことを！　いかにしてこんな考えがそなたたちの頭に浮かんだのじゃ。伝統的な慣習《しきたり》に反する、こうした不道徳な考えが。」

ユディシュティラはこれに答えて言った。「王よ、なにとぞ私どもをお許しくださいませ。かつて重大な危険に瀕《ひん》した時、私どもはいかなるものも分け合おうと誓《ちか》ったのでございます。私どもは今さらその誓《ちか》いを破ることはできませぬ。母親も、私どもにその誓《ちか》いを守るように命ぜられました。」

ついにドルパダ王が折れ、結婚式《けっこんしき》は挙行《きょこう》された。

第十七章　インドラプラスタ

パンチャーラで婿選《むこえら》び行事の最中に起《おこ》った出来事が、報《しら》せとなってハスティナープラに着いた時、ヴィドゥラは大いに喜んだ。彼はさっそくドリタラーシュトラのもとへ赴《おもむ》き、こう申し上げた。「王様、ドルパダ王の娘がわれらの義理の娘となり、われら一族はいよいよ強大《きょうだい》となりました。われらは星運《せいうん》がよろしうございます。」

自分の息子《むすこ》を溺愛《できあい》していたドリタラーシュトラは、ドラウパディー姫を手に入れたのは、やはり婿選《むこえら》び行事に参加するために行っていたドゥルヨーダナであろうと考えた。こうした間違った考えのもとに、王はこう言われた。「そちの言うように、われらにとって本当にめでたいことじゃ。ただちに行って、ドラウパディー姫を連れてまいれ。パンチャーラ国の姫を喜んで迎《むか》え入れようではないか。」

ヴィドゥラはあわてて王の思い違いを正して申し上げた。「いや、神の御加護《ごかご》厚きパーンドゥ一家は生きながらえ、ドルパダの娘を手に入れたのはアルジュナでございます。パーンドゥ家の五人兄弟は、経典《きょうてん》の定める儀式《ぎしき》に従って彼女と共同結婚をいたしました、母親のクンティー妃とともに、ドルパダ王の庇護《ひご》のもと、楽しく暮《くら》しております。」 ヴィドゥラのこの言葉を聞き、ドリタラーシュトラ王はがっかりしたが、失望《しつぼう》を顔に表さなかった。

王はうわべは喜んで、ヴィドゥラにこう言われた。「ヴィドゥラよ。予《よ》はそちの言葉を聞き嬉《うれ》しく思う。愛《いと》しいパーンドゥ一家が生きながらえているとは、まことか。われらは彼らが死んだものと思い、喪《も》に服《ふく》してまいった。そちが今もたらした報《しら》せは、予《よ》の胸にとり一服《いっぷく》の清涼剤《せいりょうざい》のようなものじゃ。さすればドルパダ王の娘がわれらが義理の娘となったわけじゃな。いやはや、めでたいことじゃ。」

パーンドゥ一家がどうにか蠟宮《ろうきゅう》を逃《のが》れ出、一年間身を隠《かく》して過《す》ごしたのち、今や強国パンチャーラの王と縁組《えんぐみ》を結《むす》ぶことによって以前よりいっそう強大《きょうだい》となったことを知るや、ドゥルヨーダナの嫉妬《しっと》と憎悪《ぞうお》の念はさらに倍加した。

ドゥルヨーダナとその弟ドゥッシャーサナは叔父《おじ》のシャクニのもとへ行って嘆《なげ》いた。「叔父《おじ》上、私どもはすっかりしてやられましたね。プローチャナに頼《たよ》ったばっかりに、がっかりさせられてしまいましたよ。敵方のパーンドゥ家の連中《れんちゅう》のほうが私どもよりもはるかに利口《りこう》ですし、運も向こう側《がわ》についているように思われます。ドリシュタデュムナとシカンディンが向こうの味方《みかた》になってしまいました。いったい、どうしたらいいのですか。」

カルナとドゥルヨーダナが盲目《もうもく》のドリタラーシュトラ王のところへ行った。ドゥルヨーダナはこう言った。「父上は、ヴィドゥラに私どもの運勢が開けたとおっしゃいましたね。私どもの生来《せいらい》の敵であるパーンドゥ一家が、私どもを確実に滅《ほろ》ぼすほど強《きょう》大《だい》になったということは、はたして運が開けたことなのでしょうか。私どもは彼らに対して企《くわだ》てた陰謀《いんぼう》を成《な》し遂《と》げることができなかったし、彼らがそのことに気づいているとすれば、私どもの立場はさらに危険なものとなっています。そこで今や、私どもが彼らを即座に滅《ほろ》ぼすか、あるいは私どもが逆に滅《ほろ》ぼされるかという段階に至っています。このことに関し、どうぞ父上の御助言《ごじょげん》をお授《さず》けください。」

ドリタラーシュトラは答えた。「息子《むすこ》よ、おまえの言うことはもっともじゃ、だが、ヴィドゥラにわれらの胸の裡《うち》を悟《さと》らすでないぞ。さればこそ、予《よ》はあのようにヴィドゥラに言ったのじゃ。ところでわれらがどうすべきか、おまえの考えがあるなら聞かせておくれ。」

ドゥルヨーダナが言った。「私の心はあまりにも取り乱れていて、何の計画も浮かんでまいりません。でも、パーンドゥ家の兄弟たちは異母《いぼ》兄弟なので、マードリー妃から生まれた子供たちとクンティー妃から生まれた子供たちとの間に不和《ふわ》が生じるという事実を、ひょっとしてうまく利用できるかもしれません。それにドルパダ王を買《ばい》収《しゅう》して、私どもの側《がわ》につかせることもできるかもしれませんし。ドルパダ王が御自分の娘をパーンドゥ兄弟に嫁《とつ》がせられたにせよ、私どもの味方《みかた》になっていただくのに何ら不都合《ふつごう》なことはありますまい。何ごとも金の力で成《な》し遂《と》げられぬことはないのですから。」

カルナは、にやりとして言った。「そんなことはしかし無益《むえき》でござる。」

ドゥルヨーダナは、語を続けた。「私どもはともかく、パーンドゥ家の兄弟たちがここへやって来て、私どもの現在所有している王国の返還《へんかん》を要求することのないよう手を打たなくてはなりません。私どもは数人の婆羅門《バラモン》を使ってドルパダ王の都に噂《うわさ》を広めさせ、また各自それぞれがパーンドゥ一家に会って、彼らがもしハスティナープラへ行くようなことにでもなれば、大変危険な目に遭うかもしれないと言わせるのです。」

カルナが口をはさんだ。「それもまた無駄《むだ》なこと。さようなことで彼らを怖《こわ》がらせることなどでき申さぬ。」

ドゥルヨーダナはさらに続けた。「では、ドラウパディーの存在を利用して、パーンドゥ家の兄弟たちの間に不和《ふわ》をかもしだすことはできぬものでしょうか。その点、彼らが一妻多夫の結婚《けっこん》をしていることは私どもにとって好都合《こうつごう》です。色事《いろごと》に長《た》けた玄人《くろうと》を使って、彼らの心のなかに疑惑《ぎわく》や嫉妬《しっと》を掻《か》き立てましょう。きっとうまくいくと思います。一人の美女を遣《つか》わし、クンティー妃の息子《むすこ》たちのうち何人かを色仕掛《いろじか》けで騙《だま》し、ドラウパディーが彼らを厭《いと》うように仕向けます。そしてもし彼女が五人のうち誰かを怪《あや》しみだすようにでもなれば、その者をハスティナープラへ呼び寄せ、私どもの計画がうまくいくよう利用することができるかもしれません。」

カルナはこれをも冷笑《れいしょう》してとりあわなかった。カルナは言った。「あなた様の御提案はいずれも役に立ちませぬ。権謀術策《けんぼうじゅつさく》をもってパーンドゥ一家に打ち勝つことなどできるものではござらぬ、彼らがかつてここにいて、まだ羽根《はね》の生《は》えそろわぬ雛鳥《ひなどり》のような存在であった時ですら、われらは彼らを欺《あざむ》くことができなかった。なのに既に数多くの経験を積み、しかもドルパダの庇護《ひご》のもとにある現在、彼らを欺《あざむ》くことができようなどとあなた様は考えておられるが、あなた様のもくろみなど彼らはとうにお見通《みとお》しでござる。今後、謀略《ぼうりゃく》は何の役にも立ちませぬ。彼らの間に不和《ふわ》の種を播《ま》くこともできませぬし、賢明《けんめい》でしかも恥《はじ》を知るドルパダ王を買収《ばいしゅう》することもできませぬ。ドルパダ王は、いかなることがあろうとパーンドゥ一家を見捨てることなどいたしませぬ。ドラウパディーとて彼らを厭《いと》うことなど決していたしますまい。したがってわれらに残された道はただ一つ——それは、彼らがさらに強大《きょうだい》になり、他の者たちが彼らに加勢《かせい》する以前に、彼らを攻め滅《せ》ぼ《ほろ》すことでござる。ことにクリシュナがヤドゥ族の軍隊をひきいて彼らに加担《かたん》する前に、パーンドゥ一家とドルパダ王を不意に攻《せ》めるべきでござろう。われら武士階級《クシャットリヤ》は武士らしく、困難《こんなん》のなかにあって思いきった方法を採《と》るべきでござる。小手先《こてさき》を弄《ろう》したごまかしは、結局は何の役にも立ちますまい。」

このようにカルナは言った。ドリタラーシュトラはなかなか決心がつかなかった。それで王は、ビーシュマとドローナの二人を呼び寄せ、彼らに相談した。

ビーシュマは、パーンドゥの息子《むすこ》たちがまだ生きており、ドラウパディー姫と結婚《けっこん》し、その父、パンチャーラ国の王ドルパダの賓客《ひんきゃく》として元気に過《すご》していることを知って、大いに喜んだ。今後とるべき処置《しょち》について相談を受け、ことの正否《せいひ》を充分に弁《わきま》えたビーシュマは、こう答えた。「正しい方針《ほうしん》としては、彼らを快く呼び戻《もど》し、王国の半分を与えるべきでありましょう。国民もまたそのような解決《かいけつ》のしかたを望《のぞ》んでおり、これ以外にわれら一族の威厳《いげん》を保《たも》つ方法はありますまい。蠟宮《ろうきゅう》での火災事故《かさいじこ》につき、王にとってはあまり芳《かんば》しからざる口さがない風評《ふうひょう》が立っておりますが、しかしこうした非難《ひなん》や疑惑《ぎわく》も、王がパーンドゥの息子《むすこ》たちを呼び戻《もど》し、王国の半分を与えることによって、すべてたち消えてしまうでありましょう。これが私の助言《じょげん》であります。」

ドローナもまたまったく同じ助言《じょげん》をし、正式の使者《ししゃ》を派遣《はけん》して彼らとの間に円満《えんまん》な解決《かいけつ》をはかり、平和を確立するよう進言《しんげん》した。

カルナはしかし、この進言《しんげん》を聞いて激怒《げきど》した。彼はドゥルヨーダナにあまりにも忠実であり、王国の一部をすらパーンドゥ家の兄弟たちに分け与えるような考えには我慢《がまん》がならなかった。彼はドリタラーシュトラ王にこう言った。「王の御手《みて》より財産《ざいさん》も官位《かんい》も受けたるドローナが、さような進言《しんげん》をするとはまことに驚《おどろ》きでござる。王たるもの、臣下《しんか》の助言《じょげん》を取り上げるにせよ斥《しりぞ》けるにせよ、その前によくよく吟味《ぎんみ》すべきと存《ぞん》ずる。」

カルナのこの言葉を聞き、老《お》いの目に怒《いか》りをこめてドローナは言った。「悪者《わるもの》め！　おまえは王に間違った道を歩むようすすめるつもりか。もしドリタラーシュトラ王が、ビーシュマやわしの進言《しんげん》したことをなさらぬなら、クルの一族は遠からずして必ず滅《ほろ》びることになろうぞ。」

つぎにドリタラーシュトラはヴィドゥラの助言《じょげん》を求めたので、ヴィドゥラはこう答えた。「われらの一族の長たるビーシュマと、われらの師たるドローナによって与えられた助言《じょげん》は思慮分別《しりょふんべつ》のある正しいもので、軽《かろ》んじてはなりません。パーンドゥの息子《むすこ》たちも、ドゥルヨーダナやその弟たちと同じように、やはりあなた様の子供ではありませんか。パーンドゥの息子《むすこ》たちをなきものにするようあなた様に助言《じょげん》した連《れん》中《ちゅう》は、実はあなた様の御一族を滅《ほろ》ぼそうと狙《ねら》っているのだということをよく弁《わきま》えるべきであります。ドルパダとその息子《むすこ》たち、またクリシュナとそのヤドゥ一族は、パーンドゥ一家の信頼《しんらい》のおける味方《みかた》でありますから、彼らを戦《いくさ》で負かすことなど、とうていできません。カルナの進言《しんげん》は愚《おろ》かで、しかも間違っております。われらが蠟宮《ろうきゅう》にいたパーンドゥ一家を殺そうとしたという噂《うわさ》も広まっておりますし、まず何よりもわれらからそうした非難《ひなん》をとり除かなくてはなりません。全国民はパーンドゥ一家が無事《ぶじ》であることを知って喜んでおりますし、彼らをふたたび見たいと願っております。ドゥルヨーダナの言葉に耳をかしてはなりません。カルナもシャクニも国政のことなどまだ何も知らぬ若造《わかぞう》ですから、助言《じょげん》する資格《しかく》などはないのです。ビーシュマの助言《じょげん》にお従いくださいい。」

ついにドリタラーシュトラ王は、パーンドゥの息子《むすこ》たちに王国の半分を分け与えることによって和をうち立てようと決意した。彼はパーンドゥ一家とドラウパディーを連れてこさせるため、ヴィドゥラをパンチャーラ王国に派遣《はけん》した。

ヴィドゥラはいろいろな宝石《ほうせき》やたくさんの高価な品を敏速《びんそく》な乗物《のりもの》に積み込んで、ドルパダ王の都へ向かった。

ヴィドゥラはドルパダ王に充分な礼儀《れいぎ》を尽くしたあと、ドリタラーシュトラ王になり代って、パーンドゥ一家をパンチャーラ国王の娘とともにハスティナープラへ送ってくださるよう依頼《いらい》した。

ドルパダはドリタラーシュトラを信用しなかったが、ただ「パーンドゥ一家の好きなようにせよ。」とだけ言った。

ヴィドゥラはそこでクンティー妃のもとに行き、彼女の前に平伏《へいふく》した。彼女は言った。「ヴィチットラヴィーリヤの息子《むすこ》よ。そなたは私の息子《むすこ》たちを救ってくれました。ですから息子《むすこ》たちはあなたの子供のようなものです。私はそなたを信頼《しんらい》します。そなたの言うように私はいたしましょう。」彼女もまたドリタラーシュトラの真意を疑っていたのである。

ヴィドゥラは彼女に保証《ほしょう》して言った。「あなた様の御子息《ごしそく》たちが破滅《はめつ》するようなことは決してございません。御子息《ごしそく》たちは王国を継《つ》がれ、偉大《いだい》な名声を博することでございましょう。どうぞ、ごいっしょにおいでください。」ついにドルパダも同意したので、ヴィドゥラはパーンドゥの息子《むすこ》たちとクンティー妃とドラウパディー姫とともにハスティナープラに戻《もど》った。

永年《ながねん》の亡命《ぼうめい》と苦労ののちやっと帰国してきた敬愛《けいあい》すべき王子たちを歓迎《かんげい》して、ハスティナープラの通りという通りには水が撒《ま》かれ、花が飾《かざ》られた。前もって決められていたように、王国の半分がパーンドゥの息子《むすこ》たちに譲《ゆず》り渡され、ユディシュティラが正式に王となった。

ドリタラーシュトラは新しく王位に即《つ》いたユディシュティラを祝福したのち、つぎのように言って彼に別れを告《つ》げた。「予《よ》の異母弟のパーンドゥがこの王国を繁栄《はんえい》せしめたが、願わくはそなたも父親の名声に恥《は》じぬ立派《りっぱ》な後継者《こうけいしゃ》となってほしい。パーンドゥ王は喜んで予《よ》の助言《じょげん》に従っていたが、そなたも父親と同じように予《よ》を大事《だいじ》にしておくれ。予《よ》の息子《むすこ》どもは心が曲《ま》がっており自惚《うぬぼれ》が強い。息子《むすこ》どもとそなたたちとの間に争《あらそ》いや憎《にく》しみが生ぜぬよう、予《よ》はこのたびの解決《かいけつ》を図《はか》った。カーンダヴァプラスタに行き、そこをそなたの都とするがよい。われらの御先祖《ごせんぞ》であるプルーラヴァスもナフシャもヤヤーティもそこから王国を統治《とうち》したし、あそこはわれらの古《いにしえ》の都だった。古都を再興《さいこう》し、世に名声を上げる者となっておくれ。」

このようにドリタラーシュトラは愛情をこめてユディシュティラに話した。パーンドゥ一家は廃墟《はいきょ》となっていた都を修復《しゅうふく》し、宮殿《きゅうでん》や城砦《じょうさい》を築《きず》いてインドラプラスタと改《かい》名《めい》した。やがてその都は豊かさと美しさとを増し、世の人々の讃美《さんび》の的《まと》となった。パーンドゥ家の王子たちは、母親と妻ドラウパディーとともに三十六年間もその都で楽しく過《す》ごし、人道に決して悖《もと》ることなく国を統治《とうち》した。

第十八章　サーランガ鳥

プラーナ（神話伝説集）に語られているいくつかの物語の中で、鳥や獣《けもの》が人間のように口をきき、時にはしっかりした忠告《ちゅうこく》や霊的《れいてき》にすぐれた智慧《ちえ》を授《さず》けたりすることがある。しかし一方ではその生きもののもっている本来の性質が、こうした人間的な面を通してのぞかれるように巧《うま》くつくられている。プラーナ文学特有の美しさの一つは、このように自然と人間の想像力とがうまく融《と》け合《あ》っていることである。ラーマーヤナ神話の中の面白い一節に、非常に学識《がくしき》があると叙述《じょじゅつ》されているハヌマーンが、魔神ラーヴァナの宮殿《きゅうでん》の内庭《うちにわ》に見た美しい乙女《おとめ》がシーターかもしれぬと思った時、猿が喜んで騒《さわ》ぐように、きゃっきゃっといってはしゃぐ様子《ようす》が描かれている。子供たちを喜ばすため、鳥や獣《けもの》が口をきくような物語をつくることは作者のよく使う手である。しかしプラーナの物語は大人のためにつくられたものであるのに、人間の言葉を話す天賦《てんぷ》の才能をもった動物が、その物語の背景をある程度説明するといった形式をとるのが普通である。

よく使われるのは、こうした才能をもつ動物たちは前世においては人間であったという手である。たとえば、ある鹿は前世において聖者《せいじゃ》であったとか、あるいは狐が前世では王であったが、呪《のろ》いを受けた結果動物になりさがってしまった、というようにである。そんな場合、鹿は鹿らしい行為をするものの聖者《せいじゃ》のごとく話したりもする。また狐のもつずるがしこい性質が、賢明《けんめい》で経験豊かな王のもつ性格と織《お》りまざったりもする。したがって物語というのは、偉大《いだい》な真理を運ぶ面白い乗物《のりもの》のようにつくられていると言えよう。

カーンダヴァプラスタ——この森はいたるところがでこぼこで、茨《いばら》や棘《とげ》で覆《おお》われ、ところどころに、はるか昔に廃されて今やぼろぼろになってしまった町並《まちなみ》の跡が見えていたが、パーンドゥ兄弟の所有に帰した時、それはそれはすさまじい場所であった。鳥や獣《けもの》たちがそこを住処《すみか》としていたし、盗人《ぬすっと》や悪人どもも横行《おうこう》していた。そこでクリシュナとアルジュナはこの森に火を放《はな》ち、そのあとに新しい都をつくることを決意した。

さてその森には、雌親《めすおや》のサーランガ鳥（郭公《かっこう》鳥の一種）が四羽の雛鳥《ひなどり》とともに住んでいた。雄鳥《おんどり》は妻や子供のことを放《ほお》ったらかしにして、ほかの雌鳥《めんどり》といっしょに森のあちこちを遊び廻っていたので、母鳥が幼鳥たちの面倒《めんどう》を見ていたのである。クリシュナとアルジュナの命じたとおり、森に火がつけられ、その火が四方を焼き払《はら》いながら拡がっていったので、心配《しんぱい》になった母鳥がこう泣きだした。

——火がすべてを焼き払《はら》いながらだんだん近づいてくる。もうすぐここへやってきてあたしたちを滅《ほろ》ぼしてしまうわ。森の中の生きものはみんな絶望《ぜつぼう》し、燃え落ちる木々の苦悶《くもん》の声があたりの空気を響かせている。まだ羽根《はね》も生《は》えそろっていない可哀想な赤ん坊たち！　おまえたちは火の餌食《えじき》になってしまうのね。あたしはいったいどうしたらいいのかしら。おまえたちの父親はあたしたちを見捨ててどこかへ行ってしまったし、このあたしもおまえたちを運んで逃《に》げるだけの力がないし……。

こう言って嘆《なげ》き悲しんでいる母親に、子供たちが言う。「お母さん、私たちのために御自分を苦しめないでください。私たちのことは運命のままにおまかせください。もし私たちがここで死ねば、来世《らいせ》ではきっといいところに生まれるでしょうから。もしお母さんが私たちのために生命を投げ出されるようなことにでもなれば、私たちの一族は滅《ほろ》び絶《た》えてしまいます。ですからどうぞ安全なところへ避難され、ほかの雄鳥《おんどり》といっしょになって幸せにお暮《くら》しください。お母さんはまたほかの子供をお産《う》みになり、私たちのことは忘れておしまいになれるでしょう。お母さん、どうぞよくお考えになり、私たち一族のために一番いい方法をおとりください。」

子供たちのこうした熱心《ねっしん》な頼《たの》みにもかかわらず、しかし母親はいっかな子供を捨てて立ち去ろうとはしなかった。彼女が言う。「いいえあたしはここに残って、おまえたちといっしょに火焔《ほのお》に焼かれます。」

この鳥たちの物語には、実はつぎのような背景がある。マンダパーラと呼ばれる一人の聖者《せいじゃ》が、完全な独身《どくしん》生活を貫《つらぬ》くという誓《ちか》いを立て長い間それを実行していたが、いよいよ格《かく》の一段高い場所に入ろうとした時、そこの門番が、「ここは子供のない人の入る場所ではありません。」と言って追い返してしまったのである。そこでこの聖《せい》者《じゃ》はサーランガ鳥として生まれかわり、ジャリターという名の雌鳥《めんどり》といっしょに住んだ。だがジャリターを見捨て、ほかの雌鳥《めんどり》ラピターといっしょに森のあちこちを遊びまわっていたのである。

ジャリターの産《う》んだ四つの卵はやがて孵《かえ》り、先に述べた四羽の雛鳥《ひなどり》となった。鳥とはいえ聖者《せいじゃ》の子供なので、彼らは前に述べたようにし母親を慰《なぐさ》め励《はげ》ましたのである。

母鳥は子供たちに言った。「この木のそばに鼠《ねずみ》の穴があります。あたしはおまえたちをそこへ置きますから、自分でなかへ入って火を避《さ》けなさい。あたしが穴の入口を土で塞《ふさ》ぎますから、火はおまえたちのところには届かないでしょう。あとで火が消え

第十八章　サーランガ鳥

サーランガ鳥

たらまた外へ出してあげますからね。」

子供たちはしかし、うんと言わなかった。「穴の中の鼠《ねずみ》が私たちをむさぼり食ってしまいますよ。ですから鼠《ねずみ》に食べられて浅ましく死ぬよりは、火に焼かれて死んだほうがまだましです。」

母親は、子供たちの不安をとり除こうとして言った。「あたしは鷲《わし》が鼠《ねずみ》を食べてしまうのを見たわ。だから穴のなかのおまえたちには何の危険もないのよ。」

しかし子供たちはさらにこう言った。「いえ、きっとまだ他の鼠《ねずみ》が穴のなかにいますよ、ですから、私たちの危険は、一匹《いっぴき》の鼠《ねずみ》が鷲《わし》に殺されたくらいでなくなりはしません。どうぞ、火が私たちのところまでやって来てこの木に燃え移ってしまう前に、ここを飛びたって生きながらえてください。私たちはいずれにせよ鼠《ねずみ》の穴には入れないのですから、どうして御自分の生命を私たちのために犠牲《ぎせい》になさらなければいけないのですか。私たちはそれに値《あたい》するようなことは、お母さんに対してまだ何もしていないのですから。私たちがこの世に生まれてきたばっかりに、お母さんを不幸な目に遭わせてしまいました。ですからどうぞほかの雄鳥《おんどり》といっしょになり、幸《しあわ》せにお暮《くら》しください。私たちが、もし火に焼かれてしまうなら、格《かく》の高い霊域《れいいき》にのぼることになるでしょう。しかしもし幸運にも逃げのびることができましたなら、火が鎮《しず》まったのちお母さんがここへ戻《もど》られて、私たちを捜《さが》されたらいかがでしょうか。もうこれ以上、ぐずぐずしてはいけません。さあ、すぐにお発《た》ちください。」

子供たちに促《うなが》されて、母鳥はやっと飛びたった。火焔《ほのお》が木を包《つつ》んだが、小鳥たちは落ち着いてそこに留《とど》まり、互いに楽しげに語りあいながら時を過《すご》した。

一番年長の小鳥が言った。「賢《かしこ》い人は危険を前もって感じとり、それが実際にやって来た時、少しも心を動揺《どうよう》させることはないのだよ。」

年下の小鳥たちがそれに応《こた》えて言う。「お兄さんは年上で賢《かしこ》くていらっしゃいます。でも、お兄さんのようにしっかりした方は、世にはほとんどいらっしゃらないと思いますよ。」

やがて火が自分たちのもとに近づいた時、小鳥たちはみな笑顔《えがお》で火に挨拶《あいさつ》し、つぎのように言った。「おお、火の神よ。母親は私たちを残してどこかへ行ってしまわれました。私たちはまだ父親を見たことがありません。と言いますのは、私たちが孵《かえ》ったのち、姿をくらましてしまったからです。煙を旗印《はたじるし》としている火の神様、羽根《はね》がなく自分でどうすることもできぬ私たちにとって、あなた様は唯一《ゆいいつ》の頼《たの》みの綱《つな》です。私たちを助けてくださる方はほかに誰もおりません。私たちは、あなた様の御庇護《ごひご》にお縋《すが》りいたします。」こう言って小鳥たちはヴェーダの聖典《せいてん》を唱《とな》える婆羅門《バラモン》の見習小僧《みならいこぞう》たちのように、口をそろえて火の神に懇願《こんがん》した。

森全部を焼き滅《ほろ》ぼした火も、これら幼鳥を可哀想に思い、無傷《むきず》のまま残した。

火が鎮《しず》まり、母鳥が帰ってきてみると、驚《おどろ》いたことに子鳥たちはみな元気で、楽しげに囀《さえず》っていた。母鳥は彼らを抱《だ》きしめ、心の底から喜んだ。

火が荒れ狂っていたころ、例の雄鳥《おんどり》は子鳥たちのことが心配《しんぱい》になり、新しい恋鳥《こいびと》のラピターにそのことを口にした。彼女は、とたんに機嫌《きげん》を損《そん》じてがみがみ言い出した。彼が何度も嘆《なげ》くのを耳にして、彼女は言う。

「あら、そう。あんた何を考えているか当ててみましょうか。あたしに飽《あ》きたんで、またジャリターのところに戻《もど》りたいんでしょ。火事とか子供たちのことなんか引きあいに出さないでちょうだい。あんたは自分であたしに、火の神が特別の御利益《ごりやく》を約束《やくそく》してくださったからジャリターの子供は決して火で焼け死ぬようなことはないって、言ってたじゃない？　どうなの、本音《ほんね》を吐《は》いてあんたの好きなジャリターのところへ行ったら？　つまらぬ雄鳥《おんどり》を信頼《しんらい》して結局は裏切《うらぎ》られ、森に捨てられてさまよう雌鳥《めんどり》は今までもたくさんいたけど、あたしもそういった雌鳥《めんどり》の一羽となるのね。いいわ、もうたくさん。行ってちょうだい。」

雄鳥《おんどり》のマンダパーラは言った。「おまえの憶測《おくそく》はまったく根も葉もないこと。私は子供を持たんがために鳥として生まれてきたのだから、子供たちのことを心配《しんぱい》するのは当然さ。ちょっと行ってようすを見てから、またおまえのところへ帰ってくるよ。」

こう言って新しい恋鳥《こいびと》を慰《なぐさ》めてから、彼はジャリターがいる木へやって来た。

ジャリターは自分の夫鳥には一瞥《いちべつ》もくれず、ひたすら子鳥たちの生きているのを見て喜んでいた。しばらくして彼女は夫のほうを向き、冷淡《れいたん》な調子で何しに来たのかと尋《たず》ねた。彼は愛情をこめて応《こた》えた。「私の子供たちはみんな幸《しあわ》せかい。このなかでどの子鳥が一番年上なのかな。」

するとジャリターは相手の話を遮《さえぎ》って、冷たく言い放《はな》った。「あなたはそんなにまであたしたちのことを気にしていらしたの？　あたしを捨《す》ててまでいっしょになったあの女のところへ帰り、二人でよろしくやったら。」

マンダパーラはここで哲学的な解説をしている。「女は、ひとたび母親となれば夫のことは構わなくなる。それが世の常というもの。何一つ欠点なき聖者《せいじゃ》ヴァシシュタでさえ、同様に、妻アルンダティーに無視されたほどである。」と。

第十九章　ジャラーサンダ

パーンドゥ兄弟は、インドラプラスタを統治《とうち》して輝《かがや》かしい業績《ぎょうせき》をあげた。ユディシュティラをとり巻く人々は、彼にラージャスーヤという王位就任《おういしゅうにん》の特別犠牲祭《とくべつぎせいさい》を催《もよお》して「皇帝」という称号《しょうごう》を使うようにしきりにすすめた。その当時でさえ、帝政は為政者《いせいしゃ》にとって抗しがたい魅力《みりょく》をもっていたことは明らかである。

このことについてユディシュティラはクリシュナの助言《じょげん》を求めた。クリシュナはダルマプトラ（＝ユディシュティラ）が自分に会いたがっているのを知ると、脚《あし》の速い馬に曳《ひ》かせた二頭立馬車に乗って出発し、インドラプラスタに着いた。

ユディシュティラが言った。「わが国の民《たみ》は私にラージャスーヤを催《もよお》すようしきりにすすめておりますが、あなたもご存じのように、諸国の王すべての尊敬《そんけい》と忠誠《ちゅうせい》をかち得ることのできる者しか、この特別犠牲祭《とくべつぎせいさい》を催《もよお》し、皇帝としての地位にのぼることはできません。そこでこのことに関してあなたの御意見をお聞かせください。あなたは、特定の人に対して依怙贔屓《えこひいき》をしたり、公正な見方ができないような方ではありませんし、本当のことや健全《けんぜん》な意見を出すよりも、人を喜ばしたり気に入るような助言《じょげん》をなさったりする方ではありませんから。」

クリシュナが答えた。「まさに君の言われるとおりです。だからこそ、マガダ王国の強いジャラーサンダが生きていて征服《せいふく》されぬ間は、君は皇帝となることはできません。ジャラーサンダは多くの王を征服《せいふく》し、彼らに臣下《しんか》の礼をとらせていますからね。すべての武士たちが──かの恐《おそ》るべきシシュパーラでさえ──ジャラーサンダの力を恐《おそ》れ、彼に服従《ふくじゅう》しています。君はウグラセーナの息子《むすこ》である邪悪《じゃあく》なカンサのことを聞いたことがありませんか。カンサがジャラーサンダの娘と結婚《けっこん》して同盟《どうめい》を結んだのち、私は家来《けらい》を引《ひ》き連れて彼らを攻撃《こうげき》しました。しかし三年間戦い続けたのち、私たちはついに敗北を認めざるを得ませんでした。それで私たちはマトゥラを去り、西のドワーラカーに移ってそこに新しい都市を築《きず》き、今は平和で豊かな生活をしています。ですから、たとえドゥルヨーダナやカルナやほかの人たちが君が皇帝という称号《しょうごう》を用いることに反対せぬとしても、ジャラーサンダだけは必ず反対するでしょう。彼のこの反対を打ち破るためには、彼を負かして殺すよりほかの方法はありません。そうすることによってはじめて君はラージャスーヤの祭を催《もよお》すことができるだけでなく、ジャラーサンダの牢獄《ろうごく》で苦しんでいる諸侯《しょこう》の信望《しんぼう》をもかち得ることができるでしょう。」

クリシュナのこの言葉を聞き、ユディシュティラは言った。「あなたのおっしゃることは、もっともです。正しく公平に国を治《おさ》め、何の野心もなく楽しい生活を送っている国王は世にたくさんおりますが、私もそうしたものの一人です。皇帝になりたいなどと考えることは、自惚《うぬぼれ》であり虚栄心《きょえいしん》にすぎません。王は自国を統治《とうち》するだけで充分満足《まんぞく》できぬはずはありません。ですから私は皇帝になろうという望《のぞ》みは捨てます。事実、そんな称号《しょうごう》は私にとって何の魅力《みりょく》もありませんから。その称号《しょうごう》を望《のぞ》んでいるのは、むしろ私の弟たちなのです。あなた御自身ですらジャラーサンダを恐《おそ》れていらっしゃるというのに、ましてや私たちにいったい何ができるというのでしょう。」

しかしビーマには、こうした臆病《おくびょう》な自己満足《じこまんぞく》の精神などまったく気に入らなかった。ビーマは言った。「望《のぞ》みを高くもつということは王の備《そな》うべき最も高貴《こうき》な徳性です。ある人が強いといったところで、その人が自らの強さを知っていなければ、何の役にも立ちません。私は安逸《あんいつ》な、ただ何となく満足《まんぞく》して生きていくような生活に甘んじることなどできません。怠惰《たいだ》な生活を脱却《だっきゃく》し、政治的な方法を正しく用《もち》いる人は、己《おの》れよりもはるかに強い力を持った者をも征服《せいふく》できるのです。計略によって補強《ほきょう》された力は、必ず大きな働きをします。ですから、私の腕力《わんりょく》とクリシュナの智慧《ちえ》とアルジュナの技《わざ》とを合わせれば何ごとも成《な》し遂《と》げられぬことはありません。私たち三人が力を合わせ、恐《おそ》れや疑いを抱《いだ》くことなく仕事にとりかかれば、ジャラーサンダの勢力を打ち負かすことはできます。」と。

　ここでクリシュナが口をはさんだ。「ジャラーサンダは何としてでも倒《たお》さなければならぬし、殺されても文句《もんく》の言えぬほどひどいことをしてきています。彼は不法にも八十六人の領主を牢獄《ろうごく》に押し込んでいますし、全部で百人の領主を犠牲《いけにえ》として神に供することを計画してあと十四人を捕《とら》えようとしています。もしビーマとアルジュナが同意《どうい》するなら、私も二人とともに行き、計略をもってジャラーサンダを殺し、囚《とら》われの身となっている領主たちを解放《かいほう》してやりたいと思います。私もビーマの考えに賛成《さんせい》です。」

　ユディシュティラはしかし、この助言《じょげん》をあまり喜ばなかった。彼は言う。「この考えは、単に帝王になりたいという虚栄心《きょえいしん》を満足《まんぞく》させるため、いわば私にとっては自分の両眼のように大切《たいせつ》なビーマとアルジュナを犠牲《ぎせい》にするようなものです。私は二人をこんな危険な目的《もくてき》のために派遣《はけん》したくはありません。私にとっては、むしろ皇帝になるという考えをまったく捨ててしまったほうが、はるかにましなように思えます。」

アルジュナが言った。「武勲《ぶくん》の誉れ《ほまれ》高き家系《かけい》に生まれたわれわれとして、武士らしい行為もせずにただ何となく生きていたとしていったい何の意味がありましょうか。武士たる者は、ほかにたとえどんなにすばらしい徳性をもっていようとも、もし全《ぜん》力《りょく》をあげてなすべきことをしなかったならば、世に名を挙げることはできません。われわれは自らの義務《ぎむ》を力強く果《はた》してこそ、好運をつかむことができるのです。たとえ力のある人でも、無気力の故、己《おの》れの持てる力を発揮《はっき》しなかったならば、何事にも失《しっ》敗《ぱい》します。失敗《しっぱい》するのは、ほとんどの場合、自分自身の持てる力を知らないからです。しかし、われわれは己《おの》れの強さを知っており、その力を充分に出しきる覚悟《かくご》ができています。なぜ、ユディシュティラはわれわれがジャラーサンダを倒《たお》すことはできまいと思われるのですか。われわれが年をとってしまったら、黄衣を身につけて森に隠退《いんたい》し、余生《よせい》を修行《しゅぎょう》のうちに過《す》ごすのもけっこうでしょう。しかし今は、われわれは激しく生き、われら一族の伝統《でんとう》にふさわしい勇気《ゆうき》ある行動をとるべきだと思います。」

クリシュナはこの言葉を聞いて大いに喜び、こう言った。「さすがバーラタ族のクンティー妃から生まれたアルジュナなればこその発言《はつげん》です。死は、勇者《ゆうしゃ》であろうと無《ぶ》精者《しょうもの》であろうと、誰にでもやって来ます。しかし武士の果《はた》すべき最も崇高《すうこう》な義務《ぎむ》は、己《おの》れの一族の信頼《しんらい》に応《こた》え、正義の戦いにおいて敵を倒《たお》し、武士として誉《ほまれ》を高めることです。」と。

ついにユディシュティラも、彼らのなすべき義務《ぎむ》はジャラーサンダを殺害《さつがい》するにありという全員一致《ぜんいんいっち》の意見に同意《どうい》した。

彼らの間のこうした会話は、奇妙《きみょう》にも現代ふうの響きをもっており、古代の力のある人たちも現代と同じような、いかにももっともらしい論法《ろんぽう》を用《もち》いていたことを示している。

第二十章　ジャラーサンダの殺害

　三軍の指揮官《しきかん》ブリハドラタは、マガダ王国で大いに勢力《せいりょく》をふるい、偉大《いだい》な英雄《えいゆう》としての名声を恣《ほしいまま》にしていた。彼はカーシー国の藩王《はんおう》の双児娘《ふたごひめ》と結婚《けっこん》し、二人をまったく公平に扱《あつか》うことを誓《ちか》っていた。

　ブリハドラタは長い間、子宝《こだから》に恵《めぐ》まれなかった。年をとると、彼は自分の藩国《はんこく》を家来《けらい》たちに譲《ゆず》り、二人の妻とともに森へ隠退《いんたい》して苦行《くぎょう》を始めた。彼は、子供が欲《ほ》しいという切ないまでの望《のぞ》みを抱《いだ》き、ゴータマ家のカウシカという聖者《せいじゃ》のところへ行った。聖者《せいじゃ》が可哀想に思い、何が欲《ほ》しいのかと尋《たず》ねると、彼はこう答えた。「私には子供がございませんので、王国を捨ててこの森にやってまいりました。どうぞ私に子供をお授《さず》けください。」

聖者《せいじゃ》が同情し、どうやって王を助けようかと考えていると、マンゴーの実が一つ自分の膝《ひざ》の上に落ちてきた。それを取り上げて王に与え、聖者《せいじゃ》はこう祝福《しゅくふく》をした。「それを食べられよ。さればそなたの願いは叶《かな》えられよう。」

王はマンゴーの実《み》を半分ずつに分け、それぞれを妻ひとりずつに与えた。二人の妻を公平に扱《あつか》うという誓《ちか》をこのようにして守ったのである。実《み》を食べてからしばらくして二人の妻は身ごもった。やがて月満ちて出産を迎《むか》えたが、期待していた喜びをもたらすどころか、前よりももっとひどい悲しみに彼らを投げこむ結果となってしまった。というのは、いずれの妻も半分ずつの子供——ぐるぐる廻る、肉の塊《かたまり》のような怪物《かいぶつ》——を産《う》んだからである。二つの肉塊《にくかい》はまったく相等《あいひと》しく、一つの眼、一本の脚、半分の顔、一つの耳というふうに互いに相補《あいおぎな》って一人の赤児《あかご》を形成するようになっていた。

悲しみにとらわれた王と二人の妻は、気味《きみ》の悪い二つの肉塊《にくかい》を布に包《つつ》んで捨てるように召使《めしつかい》に命じた。召使《めしつかい》たちは言われるとおりにし、布の包《つつ》みを街頭に積まれた瓦《が》礫《れき》の山のなかに捨てた。

そこをたまたま通ったのが人肉《じんにく》を食う鬼女《きじょ》である。彼女が二つの人肉《じんにく》の魂《かたまり》を見て大喜びし、両方を同時に取り上げたところ、偶然《ぐうぜん》にも半分ずつがうまい具合にくっついていっしょになり、まったく完全な一人の子供となってしまった。驚《おどろ》いた鬼女《きじょ》はしかし、その子供を殺そうとはしなかった。彼女は美しい女性に化《ば》けて王のところへ行き、「これはあなた様のお子様です。」と言って、その子を王に差し出した。

王は大いに喜び、その子を二人の妻に手渡した。

この子供は成長《せいちょう》し、やがてジャラーサンダと言われるようになった。成長《せいちょう》するにつれて彼は大変な力持ちとなったが、彼の身体にはたった一つの弱点《じゃくてん》があった——つまり彼の身体はもともと二つに分かれていた半身同士がくっついてでき上がっているだけに、もしかなり強い力が外部から加えられた場合、再び二つに裂《さ》けてしまうかもしれぬという点である。

この興味深《きょうみ》い話は、もともと二つのものがたとえ一つにまとまったとしても、やはり一つのものよりは弱く、またいつか離れようとする、という重要な真理を含んでいる。

ジャラーサンダを征服《せいふく》して殺そうという決意が固まった時、クリシュナは言った。

「ハンサやヒディンバカやカンサなどその他の味方《みかた》も、もはやジャラーサンダにはいない。孤立無援《こりつむえん》の今をおいて彼を討《う》つべき時はない。軍隊同士で戦っても意味がないから、彼を挑発《ちょうはつ》し、一騎討《いっきうち》に誘《さそ》いこんで殺したほうがいい。」

当時の掟《おきて》によると、武士は武器《ぶき》を手にするか、あるいは素手《すで》で決闘《けっとう》しようという挑《ちょう》戦《せん》には必ず応じなければならなかった。後者、つまり武器《ぶき》なしで闘う場合には、重い籠手《こて》を腕につけて死ぬまで闘うか、あるいはレスリングで相手を倒《たお》すかのいずれかであった。こうした武士の伝統的《でんとうてき》な闘技《とうぎ》を利用して、クリシュナとパーンドゥ兄弟はジャラーサンダを殺そうとしたのである。

そこで、彼らは宗教上の誓願《せいがん》を立てた人間の風《ふう》を装《よそお》い、樹皮の繊維《せんい》でできた衣を身につけ、手には聖なるダルバ草を持った。こうして彼らはマガダ国に入り、ジャラーサンダの首都に到着《とうちゃく》した。

ジャラーサンダは自分の身に起《おこ》る凶兆《きょうちょう》で心が動揺《どうよう》していた。迫《せま》りくる危険から身を守るため、僧侶《そうりょ》たちに危険を和《やわ》らげる祈禱《きとう》を行ってもらい、さらに自分自身でも断食《だんじき》をしたり苦行《くぎょう》をしたりした。クリシュナとビーマとアルジュナは、素手《すで》で王宮《おうきゅう》に入った、彼らの堂々《どうどう》とした振舞《ふるまい》からして高貴《こうき》な出自《しゅつじ》のように思えたので、ジャラーサンダは三人をうやうやしく迎《むか》えた。しかしビーマとアルジュナは嘘《うそ》をつかねばならぬことを避《さ》けるため、ジャラーサンダの歓迎《かんげい》の挨拶《あいさつ》に対して一言も応《こた》えなかった。

彼らを代表してクリシュナは言った。「これら二人の僧は、修行《しゅぎょう》の一環《いっかん》として沈黙《ちんもく》の誓《ちか》いを立て、現在それを守っておられる。二人は真夜中を過ぎぬと話しませぬ。」ジャラーサンダは犠牲祭《ぎせいさい》を催《もよお》す広間で彼らを饗応《きょうおう》し、王宮《おうきゅう》に戻《もど》った。誓願《せいがん》を立てた貴賓《きひん》には彼らの都合のいい時に会って言葉を交わす、というのがジャラーサンダのやり方であったため、彼は彼らと会うため真夜中にやって来た。彼らの挙動《きょどう》に不審《ふしん》を抱《いだ》いたジャラーサンダは、彼らの手には弓矢でつけた傷跡《きずあと》があり、かつ武士としての物腰《ものごし》であることを見抜いていた。

ジャラーサンダが彼らに本当のことを言えと要求したところ、彼らは率直《そっちょく》にこう言った。「いかにもわれらはおぬしの敵であり、今すぐ果《はた》し合《あ》いを所望《しょもう》したい。われらのうちから誰か一人を相手として選ぶがいい。」

彼ら三人が何者であるかを尋《たず》ねたのち、ジャラーサンダが言う。「クリシュナは臆《おく》病者《びょうもの》だし、アルジュナは青二才にすぎぬ。だがビーマは怪力《かいりき》の持主《もちぬし》と聞いているので、自分はビーマとは果《はた》し合《あ》いがしたい。」ビーマはその時素手《すで》であったので、ジャラーサンダも騎士道精神《きしどうせいしん》を発揮《はっき》して武器《ぶき》を持たずに闘うことに同意《どうい》した。

ビーマとジャラーサンダはまったく互角《ごかく》の勝負で、二人は飲まず食わず一瞬も休むことなく、十三日間ぶっ通しで闘った。その間クリシュナとアルジュナは一喜一憂《いっきいちゆう》しながらそれを見守り続けていた。十四日目になり、ジャラーサンダは初めて疲労《ひろう》の色を示したので、クリシュナは彼の息の根を止めるのは今だとビーマを促《うなが》した。そのとたん、ビーマはジャラーサンダの身体を持ち上げ、ぶんぶん百回も振り廻したのち地面にたたきつけた。そして両足をつかんで身体を真二《まっぷた》つに引《ひ》き裂《さ》いた。ビーマはかくして喜びの大声をあげた。

しかし、二つに分かれたはずの半身はただちにくっついて元に戻《もど》り、再び完全な身となったジャラーサンダは、元気に跳び起《お》きてビーマを襲《おそ》ってきたのである。

この光景にすっかり度胆《どぎも》を抜かれたビーマは、どうしたものかとすっかり途方《とほう》にくれてしまったが、クリシュナが一本の藁《わら》を取り上げ、二つに裂《さ》くとそれぞれを反対の方向に投げるのを見た。これにヒントを得たビーマは、もう一度ジャラーサンダを二つに引《ひ》き裂《さ》くと、こんどは半分ずつをまったく反対の方向に投げ、再び二つが合体《がったい》しないようにした。こうしてジャラーサンダはようやく息はてたのであった。

囚《とら》われの身となっていた領主たちは解放《かいほう》され、ジャラーサンダの息子《むすこ》がマガダ国の王位に即《つ》いた。クリシュナ、ビーマ、アルジュナの三人はインドラプラスタに凱旋《がいせん》した。

ジャラーサンダがいなくなったことで、皇帝就任のための犠牲祭《ぎせいさい》を妨《さまた》げるものは何

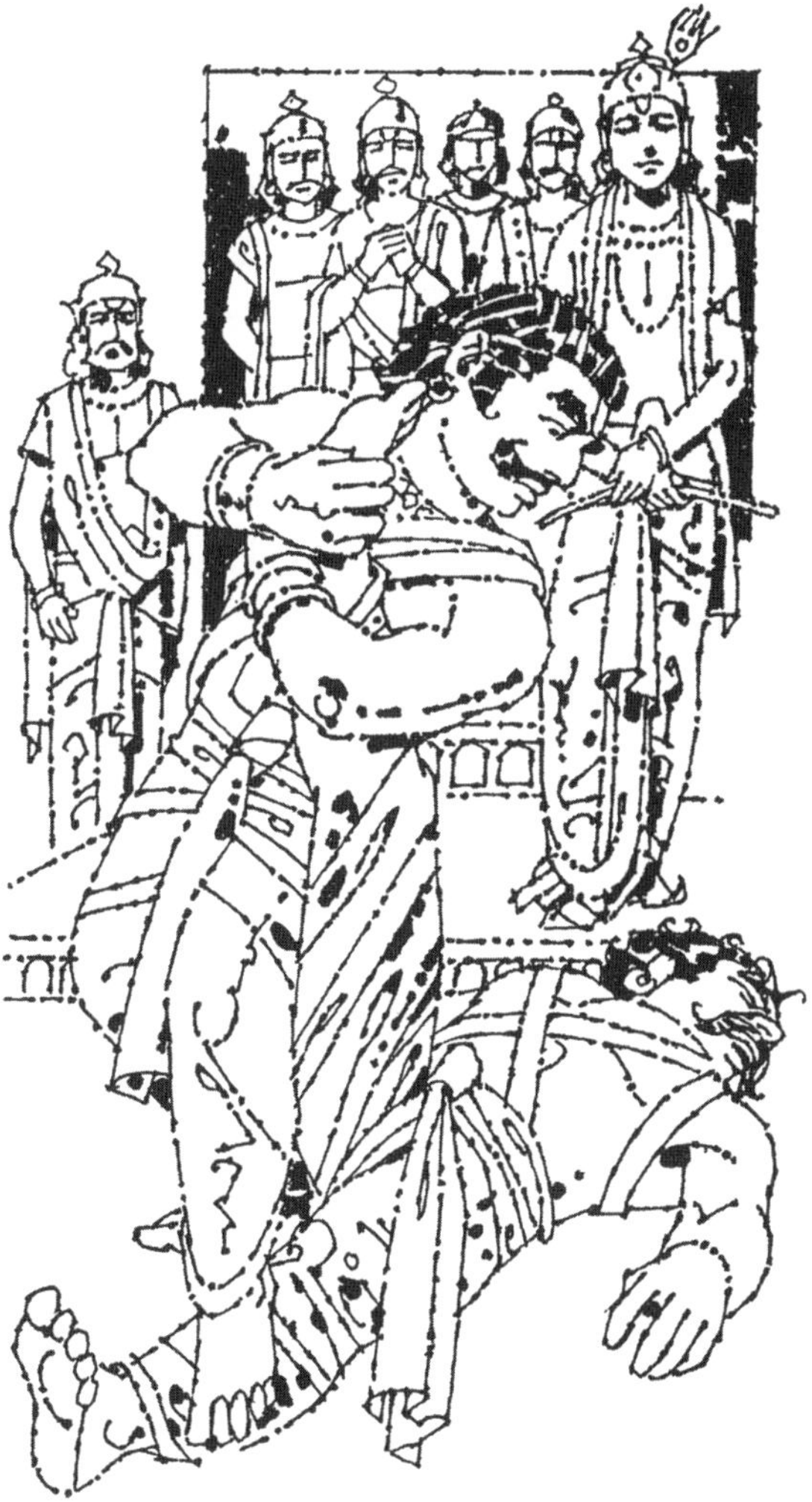

ビーマはジャラーサンダを引き裂いた

もなくなり、パーンドゥ兄弟はラージャスーヤの儀式《ぎしき》を盛大に挙行《きょこう》した。かくしてユディシュティラは「皇帝」の称号《しょうごう》を用《もち》いることとなった。しかしこのめでたい行事も、ある事件のためとんだ邪魔《じゃま》が入ってしまった。というのは、お祭も終わりに近づき、主賓《しゅひん》に栄誉礼《えいよれい》を捧《ささ》げるという段になって、シシュパーラが諸国の王子たちの集まっている場でクリシュナに失礼な態度をとり、クリシュナを怒《おこ》らせて闘う破目《はめ》となり、ついに殺されてしまったからである。その話はつぎの章で語られる。

第二十一章　最初の栄誉礼《えいよれい》

何かに抗議《こうぎ》して集会の途中で退出するというやり方は、今に始まったことではない。途中退場というのは古代においても行《おこな》われていたことがマハーバーラタの記述《きじゅつ》からわかるのである。

古代のインドには数多くの独立国家が群立していた。インド全体を通じ、一つの法、一つの文化が貫《つらぬ》いてはいたものの、各国家の自治権《じちけん》は特別な配慮《はいりょ》をもって尊重《そんちょう》されていた。しかしたまに、ある強大で野心的な領主が同僚《どうりょう》の諸侯《しょこう》に彼らの上に君臨《くんりん》する権《けん》能《のう》を認めるように要求し、時としてそれが抵抗《ていこう》なく受け入れられることもあった。そうした場合、同僚《どうりょう》の諸侯《しょこう》の同意《どうい》を得たのち、当の領主は盛大なラージャスーヤ犠牲祭《ぎせいさい》を催《もよお》すこととなっていた。そしてそれを黙認《もくにん》する諸侯《しょこう》はすべて、その元首《げんしゅ》の覇権《はけん》を認めるしるしとして祭典に参列するのが慣例《ならわし》となっていた。この慣例《ならわし》に従い、パーンドゥ兄弟も、ジャラーサンダを殺したのち、ほかの王たちを招《まね》いてラージャスーヤ祭を催《もよお》した。

さて祝典のなかで、ある人に敬意《けいい》を表するという場面がやってきた。当時の慣習としては、出席者全員のなかで一番上座につくことがふさわしいと思われる賓客《ひんきゃく》に、最初に栄誉礼《えいよれい》を捧《ささ》げるということになっていた。そこで問題となったのは、誰が最初にそれを受けるべきかである。長老《ちょうろう》のビーシュマは、ドワーラカー国の聖王クリシュナが最初にそれを受くべきであると強く主張し、それはまたユディシュティラ自身の意見でもあった。

ユディシュティラは祖父《そふ》の意見に従い、その新皇帝の指示のもとに、サハデーヴァが古式に則《のっと》った栄誉礼《えいよれい》をクリシュナ聖王に捧《ささ》げた。

第二十一章　最初の栄誉礼

栄誉礼を捧げられるクリシュナ

ところが、心邪《よこしま》なる者心直《なお》き者を憎むの例《ためし》のように、クリシュナを日ごろ憎んでいたチェーディ国の王シシュパーラはそれに我慢《がまん》がならなかった。

彼は嘲《あざけ》るように哄笑《こうしょう》して言った。「アッハッハ、いやはやこれは何とも馬鹿げており不当なことだが、しかし助言《じょげん》を求めた人間が庶子《しょし》であってみれば、これも驚《おどろ》くにはあたるまい（これはクンティー妃の息子たちに対する当てこすりで、第二夫人の子だと蔑んでいる）。またその助言《じょげん》を与えた人も、高いところより低いところへと常に落ちていく親から生まれたときているし（これは、高きより低きへと流れる川ガンガーよりビーシュマが生まれた事実を皮肉っている）。さらに栄誉礼《えいよれい》を捧《ささ》げた人間もまた庶子《しょし》か。まして やそれを受けた御当人《ごとうにん》においては、何をか言わんやだ！　生まれつきの馬鹿で臆《おく》病者《びょうもの》に育った者を何でまた！　これに対して一言《ひとこと》も言わないとしたら、ここに集《つど》っておられる方たちは唖《おし》でいらっしゃるのかな。かような所は、ちゃんとした人間のいるべき場所ではござらぬ。」

そこにい合わせた王子たちの何人かはシシュパーラに拍手喝采《はくしゅかっさい》を送った。拍手《はくしゅ》に気をよくした彼は、ユディシュティラに向かってこう言った。「ここにかくも大勢の王が集まっておられるのに、貴公がクリシュナに最初の栄誉礼《えいよれい》を捧《ささ》げられたのは、まったくみっともないことでござる。当然そうすべき方に敬意《けいい》を表さず、また逆にそうする価値のない者に敬意《けいい》を表するのは、どちらも大変な罪《つみ》を犯《おか》すことになり申す。皇帝としての体裁《ていさい》ばかり考えて、こんなことに気がつかぬとはなさけない。」

話しているうちにますます怒《いか》りがこみ上げてきたのか、彼はさらに言葉を続けてこう言った。

「貴公の招待《しょうたい》でここへ来られ、しかも悪意にみちた軽蔑《けいべつ》を受けておられる大勢の王や英雄《えいゆう》の方々《かたがた》をないがしろにし、貴公は、臆病《おくびょう》な田舎者《いなかもの》でしかもどこの馬の骨かわからぬ者に皇帝の栄誉礼《えいよれい》を捧《ささ》げられた。クリシュナの父親のヴァスデーヴァは、ウグラセーナ王の召使《めしつかい》にすぎなかったのですぞ。さればクリシュナは王家の血筋《ちすじ》でも何でもござらぬ。なのに、場所柄《ばしょがら》も弁《わきま》えず、貴公はデーヴァキーの息子《むすこ》であるクリシュナに自分のいやらしい依怙贔屓《えこひいき》を曝《さら》けだしてしまわれた。これがパーンドゥ王の子のすることであろうか。ああ、パーンドゥ王の息子《むすこ》だというのに、貴公はまだ王たちの集まりをどうしていいかまったくわからぬ、未熟《みじゅく》で無学な青二才というわけか。

この老《お》いぼれビーシュマが貴公に愚《おろ》かな助言《じょげん》をし、貴公を笑い者にしてしまった。なんでクリシュナなんかに！　クリシュナは、一国の支配者《しはいしゃ》でもなんでもないのに！　ユディシュティラ王よ、なんで貴公はこうした晴がましい諸王の集《つど》いの場で、あえてこんなひどい奴に栄誉礼《えいよれい》など捧《ささ》げたのでござるか。人の尊敬《そんけい》を受けるような年齢にも達していないというのに。もし白髪《はくはつ》の人を崇《あが》めたいのなら、クリシュナの父親がまだ生きているではござらぬか。しかし貴公は彼を師匠《ししょう》として崇《あが》めることなど無論できぬはず。なぜなら貴公の師匠《ししょう》はこの集《つど》いのなかにおられるドローナなのでござるからな。では、犠牲祭《ぎせいさい》を行《おこな》う専門家として彼奴《きゃつ》を崇《あが》めようとしたのであろうか。いや、祭式の大専門家のヴァーサがおられるからにはそんなこともあり得ぬはず。

むしろ貴公は最初の栄誉礼《えいよれい》をビーシュマに捧《ささ》げるべきであったと存《ぞん》ずるが。もう耄《もう》碌《ろく》してはいるものの、それでも一族のなかでの最年長という取柄《とりえ》はあるのでござるから。貴公の家庭教師クリパ師もこの集会に出ておられる。なのにどうしてこんな腰抜け野郎に最初の栄誉礼《えいよれい》を捧《ささ》げたりしたのでござるか。すべての経典《きょうてん》に通じている英雄《えいゆう》アシュワッターマンもここにおられる。彼を忘れて、クリシュナなんぞを何でわざわざ選ばれたのか。

ここに集《つど》っておられる諸侯《しょこう》のなかにはドゥルヨーダナもおり、パラシュラーマの弟《で》子《し》カルナもいるというのに。カルナはジャラーサンダにたった一人で挑《いど》み、彼を打ち負かした大英雄《だいえいゆう》ではござらぬか。こんな英雄《えいゆう》をさしおいて、自分の子供じみた依怙贔屓《えこひいき》から、貴公はクリシュナを最初の栄誉礼《えいよれい》の対象に選んでしまわれた。王族の生まれでもなく、英雄《えいゆう》でもなく、学識《がくしき》があるわけでも徳があるわけでもなく、年老いて白髪《はくはつ》になっているわけでもなんでもないクリシュナを——下賤《げせん》な臆病者《おくびょうもの》にすぎない男なんぞを。こうして貴公は自分で人を招待《しょうたい》しておきながら、招《まね》かれてきたわれわれすべてを侮辱《ぶじょく》したのでござるぞ。

諸国の王よ、お聞きめされ。われらがユディシュティラに「皇帝」の称号《しょうごう》を使うことを許したのは、彼を恐《おそ》れてのことではござらぬ。われら個々人としては、ユディシュティラが味方《みかた》であろうと敵であろうと、そんなことはどうでもいいことでござる。ただ世評《せひょう》に彼が正義の人であることをよく聞くが故に、彼に正法《しょうほう》の旗を掲《かか》げてもらいたいと思ったまでのこと。しかるに彼は、やれ徳がどうの正法《しょうほう》がどうのと話すだけ話して、われらを理不尽《りふじん》にも侮辱《ぶじょく》したのでござる。ジャラーサンダを卑怯《ひきょう》なやり方で殺した無頼漢《ぶらいかん》のクリシュナに最初に敬意《けいい》を表するやり方の、いったいどこに徳があり、どこに正法《しょうほう》があるのでござろう。されば貴公《きこう》らは以後ユディシュティラを不正義の人と呼ぶがよろしかろうと存《ぞん》ずる。

　さて、クリシュナよ。パーンドゥ兄弟が他人に惑《まど》わされてそなたに捧《ささ》げてしまった、本来なら受くべきでない栄誉礼《えいよれい》を、何ともまあ厚かましくも自分から受けたものよなあ。身の程を忘れてしまったのかな。それともちゃんとした礼儀《れいぎ》というものを思い出せなかったのだろうか。あるいは、誰も自分のものだと主張したり、守ろうとしたりはせぬ残飯《ざんぱん》をひったくる犬と同じだということでござるか。この茶番劇《ちゃばんげき》が、そなた自身を笑いものにし、辱《はずかし》めるということがわからぬのかな。それはまるで、盲人にきれいな物を見せてあげようとからかったり、去勢《きょせい》された男に生娘《きむすめ》を嫁《とつ》がすようなものなのに。それだけでなく、第一こうして王として丁重《ていちょう》に扱《あつか》っていること自体、そなたを公然と侮辱《ぶじょく》していることなのに。

今や、自称皇帝ユディシュティラも、耄碌爺《もうろくじい》のビーシュマも、このクリシュナ野郎も、みな同じ穴の貉《むじな》だということは明らかでござる。」と。

こうした罵詈雑言《ばりぞうごん》を浴《あ》びせたのち、シシュパーラは席を立ち、ほかの王たちにも、自分たちに加えられた侮辱《ぶじょく》に憤慨《ふんがい》して彼のあとに続くよう呼びかけながら退出した。多くの王が彼のあとに従った。

ユディシュティラは退出しようとする彼らのあとを追い、やさしい言葉で彼らを宥《なだ》めようとしたがだめだった。あまりにも激《はげ》しく立腹《りっぷく》して、宥《なだ》めるどころの話ではなかったからである。シシュパーラの挑戦的《ちょうせんてき》な自己顕示《じこけんじ》の姿勢は、ついに頂点に達し、クリシュナと彼との間のものすごい決闘《けっとう》にまで発展した。そしてその決闘《けっとう》で彼は殺されてしまったのである。

かくしてラージャスーヤの祭典《さいてん》は滞《とどこお》りなく行《おこな》われ、ユディシュティラは正式に皇帝と認められることとなった。

第二十二章　シャクニの介入《かいにゅう》

　ラージャスーヤ祭典《さいてん》が終わり、そのために集《つど》っていた諸国の王子や僧侶《そうりょ》や長老《ちょうろう》たちは別れを告《つ》げ、それぞれの国へ戻《もど》って行った。ヴャーサもまた別れを告《つ》げに来た。正法子《ダルマプトラ》ユディシュティラは立ち上がってうやうやしく彼を迎《むか》え、その傍《かたわら》に腰を下ろした。聖者《せいじゃ》が言う。「クンティー妃の息子《むすこ》よ。そなたは、そなたにとってまことにふさわしい皇帝《こうてい》という称号《しょうごう》を得た。願わくは世に知られたる一族がそなたによってさらに名を高められんことを。ではこれにてわしは隠所《かくれが》に帰ろうと思う。」

　ユディシュティラは自分の先輩《せんぱい》でもあり恩師《おんし》でもあるヴャーサの足に手を触《ふ》れ、敬意を表して言った。「お師匠《ししょう》様。お師匠《ししょう》様しか私の不安をとり除《のぞ》いてくだされる方はございません。昔から多くの賢者《けんじゃ》が、われらを破滅《はめつ》に追いこむ事件を、いろいろな前兆《ぜんちょう》を見て予告してこられました。この予告はシシュパーラの死によって具現《ぐげん》したものと見るべきでございましょうか。それともさらにこのあと不吉なことが続いて起《おこ》るのでございましょうか。」

聖ヴャーサは答えられた。「さよう。今後、十三年間はいろいろな悲しみや苦しみが待っていよう。武士階級壊滅《クシャットリヤかいめつ》の前兆《ぜんちょう》が現われており、ことはシシュパーラの死だけではすむまい。それどころか、何百という王が滅《ほろ》び、古い秩序《ちつじょ》が失われることじゃろう。破滅的《はめつてき》な大異変は、そなたやそなたの兄弟を一方の側《がわ》とし、そなたの従兄弟《いとこ》やドリタラーシュトラをもう一方の側《がわ》とする、二つのグループの間の反目《はんもく》から生じてくる。そして両者の反目《はんもく》がついには戦争となり、武士階級《クシャットリヤ》は事実上壊滅《かいめつ》するじゃろう。何人《なんびと》も宿命には逆《さか》らえぬ。性根《しょうね》を据《す》え、正義を貫《つらぬ》き通せ。常に油断《ゆだん》することなく、王国をしっかりと治《おさ》めよ。ではさらばじゃ。」　こう言ってヴャーサはユディシュティラに祝《しゅく》福《ふく》を与えた。

ヴァーサの言葉はユディシュティラの心を悲しませ、世俗的《せぞくてき》な野望《やぼう》や生活にすっかり嫌気《いやけ》を起《おこ》させてしまった。彼は避《さ》けることのできぬ一族の不運についての予言《よげん》を、弟たちに知らせた。彼にとって人生は辛《つら》くてうんざりする仕事のように思え、彼の負うべき運命《うんめい》はことさら残酷《ざんこく》で耐《た》えがたいように思われた。

アルジュナが言った。「兄上は王なのですから、王がそんなに動揺《どうよう》なさるのはよろしくありません。運命《うんめい》に真正面から立ち向かい、われわれのなすべき務《つと》めを果《はた》しましょう。」

ユディシュティラは言う。「弟たちよ。神が私たちを御加護《ごかご》になり、私たちに良き智慧《ちえ》をお授《さず》けくださいますよう祈《いの》ろうではないか。自分のことに関して言えば、私は兄弟や親戚《しんせき》の者に対して今後十三年間荒々しい言葉は決して使わぬことを誓《ちか》う。何かにかこつけて争うようなことはすまい。思わずかっとなってしまうことのなきよう心がけよう。腹を立てるということが反目《はんもく》の元《もと》となってしまうからな。いかなる場合にも腹を立てず、敵意《てきい》を抱《いだ》く口実《こうじつ》を作らせぬよう私は常に心がけよう。このようにして私たちは聖ヴャーサの警告《けいこく》を生かすこととしたい。」弟たちはみな兄のこの言葉に心から同意した。

やがて一連の事件《じけん》がつぎからつぎへと起《おこ》り、ついには大量虐殺《ぎゃくさつ》にまで発展《はってん》して、クルクシェートラの戦場は血の海となってしまうのだが、そのなかで、最初に起《おこ》り、しかもその後のいっさいの悪の根源《こんげん》となってしまったものに、ユディシュティラがドゥルヨーダナの智慧袋《ちえぶくろ》であるシャクニに誑《たぶら》かされてやった賭博《とばく》がある。賢《かしこ》くて善良《ぜんりょう》なユディシュティラともあろう者が、何か良からぬ意図《いと》が隠《かく》されていると彼自身当然知っていたと思われるこの罠《わな》に、何故ひっかかるような目に遭《あ》ったのであろうか。

最大の原因は、ユディシュティラが、彼の従兄弟《いとこ》の意図《いと》に逆《さか》らわず常に彼らとうまくやってゆこうと決意していた、そのこと自体にある。だからこそ骰子《さいころ》遊びへの招待《しょうたい》を彼は即座《そくざ》に断《ことわ》ることができなかったし、しかもその当時の礼儀《れいぎ》として、一か八《いちばち》かの勝負《しょうぶ》を受けることは武士の名誉《めいよ》でもあった。彼らに対して好意《こうい》を持ちつづけていたいと願《ねが》うあまり、ユディシュティラは、両者の間に憎しみや死をもひき起《おこ》す恐るべき種《た》子《ね》を根づかせてしまったのである。どんなに善意《ぜんい》に満《み》ち、賢《かしこ》く練《ね》られた計画であろうとも、人間の考えだす計画というものは、神の助けがなくてはいかに頼《たよ》りないものとなってしまうかのいい見本がこれである。人間のもつ最高の智慧《ちえ》も運命《うんめい》に対しては無力であり、反対に運のいい場合には、愚《おろか》な行為をしでかしても、それがいつの間にか自分にとって有利《ゆうり》な結果《けっか》となってしまうことがある。

正法子《ダルマプトラ》ユディシュティラが、いかなる犠牲《ぎせい》をはらっても争いは決してしまいと神経《しんけい》をすり減らして注意しているのに、一方のドゥルヨーダナは、ラージャスーヤ犠牲祭《ぎせいさい》の時、首都で目にしたパーンドゥ兄弟の繁栄《はんえい》ぶりを想い出すにつけ、嫉妬《しっと》で心を燃やしていたのである。

ドゥルヨーダナは、ユディシュティラの類《たぐい》なき富《と》財《み》や、謁見《えっけん》の間《ま》の人目を引く、それでいて内部を見せぬように曇《くも》らせたクリスタルガラス製の扉《とびら》や、あるいはその他の芸術《げいじゅつ》の粋《すい》をこらした装飾《かざり》などを見、すべてがパーンドゥ一族の繁栄《はんえい》を物語っているように感じたのである。また彼は、数多くの国々の王が、パーンドゥ一族と同盟《どうめい》を結《むす》んだことを心から喜んでいるのを見た。すべてこうしたことは彼に耐《た》えがたい悲しみを与えたのである。パーンドゥ兄弟の繁栄《はんえい》ぶりを思うにつけ、すっかり心が沈《しず》んでしまったドゥルヨーダナは、したがって、自分のそばにいてつぎのように話しかけるシャクニの言葉さえ最初のうちは耳に入らなかった。

シャクニはこう問いかけたのだ。「おまえは溜息《ためいき》などをついたり、悩《なや》み苦《くる》しんだりしているようだが、いったいどうしたというのだ。」

ドゥルヨーダナは答えた。「ユディシュティラが弟たちに取巻《とりま》かれたところなどは、まるで神々の最高位に立たれるインドラ神のように見えますし、諸国の王の集《つど》っている目の前でシシュパーラが殺されてしまったというのに、誰一人その仇《あだ》を討《う》とうとして前に出てくるほどの勇気《ゆうき》をもった者はおりませんでした。それは手職で生活するヴァイッシャ（職人階級）のように、彼らは自分たちのもっている名誉《めいよ》や財宝《ざいほう》と引き換えに、ユディシュティラの歓心《かんしん》を買おうとしているからです。こうした事態《じたい》を見てしまった以上、私がどうして悲しまずにおられましょうか。こんなことなら、生きていても何の甲斐《かい》もありません。」

シャクニが言う。「おお何ということを言うのだ。ドゥルヨーダナよ、パーンドゥ兄弟はおまえの同じ身内ではないか。彼らの繁栄《はんえい》を嫉《ねた》むのは少し筋違《すじちが》いではないかな。彼らはただ自分たちにとって正当な相続権《そうぞくけん》を行使《こうし》しているだけなのだ。他人に損害《そんがい》を与えることなく、自らの好運《こううん》に従って繁栄《はんえい》してきているだけのこと。それをなんでおまえが妬《ねた》まねばならぬのか。

彼らの強大《きょうだい》で幸福《こうふく》であることが、なんでおまえの偉大《いだい》さを翳《かげ》らすことになるのだ。おまえの兄弟や親戚一同《しんせきいちどう》はみなおまえを支持《しじ》し、おまえの命《めい》に従っているではないか。ドローナやアシュワッターマンやカルナはおまえの味方《みかた》だし、ビーシュマをはじめクリパ、ジャヤドラタ、ソーマダッタ、それにわしもおまえの支持者《しじしゃ》であるというのに、おまえは何でこうも嘆《なげ》いているのだ。おまえは、自分が望《のぞ》むなら全世界を征服《せいふく》することさえできるというのに。だからもう嘆《なげ》くのはよしなさい。」

こうしたシャクニの言葉を聞き、ドゥルヨーダナは言う。「シャクニ叔父上《おじうえ》。確《たし》かに私には支持してくれる方々《かたがた》がたくさんおられます。ならば、戦いを起《おこ》してパーンドゥ兄弟をインドラプラスタから追いはらってしまったらいかがなものでしょう。」

しかし、シャクニは言う。「いや、それは容易《ようい》なことではあるまい。だがわしは、戦ったり血を流したりすることなく、ユディシュティラをインドラプラスタから追い出す方法を知っておる。」

ドゥルヨーダナの眼は一瞬輝《いっしゅんかがや》いた。しかし、あまりにも話がうますぎるように思われたので、彼は疑《うたが》い深そうに尋《たず》ねた。「叔父上《おじうえ》、誰の生命をも傷《きず》つけることなくパーンドゥ兄弟に打ち勝つことなど、本当にできるのでございますか。叔父上《おじうえ》の計画とはいったいどんなものでしょうか。」

シャクニは答えた。「ユディシュティラは骰子《さいころ》遊びが好きなくせに、まったく無器《ぶき》用《よう》で、利口《りこう》な人間なら誰でも知っているようなうまい手口《てぐち》や機会《チャンス》のとらえ方が全然できぬ。われらが彼をこの遊びに招待《しょうたい》したならば、武士階級《クシャットリヤ》の伝統《でんとう》に従い、彼はきっとそれに応じるであろう。わしはいろいろな遊びの手口《てぐち》を知っているから、おまえの代りに骰子《さいころ》を振ろう。ユディシュティラは、わしにかかってはまるで赤児《あかご》のようなものじゃ。こうしてわしは、一滴《いってき》の血も流すことなく、おまえのために彼の王国と富財《とみ》をかちとってやろうぞ。」

第二十三章　招待

ドゥルヨーダナとシャクニはドリタラーシュトラ王のもとへ行った。シャクニが話の口火《くちび》を切って、こう言った。「王よ。ドゥルヨーダナが悲しみと心配《しんぱい》で弱ってきております。なのにあなた様は、ご子息のこの耐《た》えがたき悲しみに対し、何らお心づかいをなさっておりません。この無頓着《むとんちゃく》ぶりはいかがなされたのでございましょう。」

息子《むすこ》を溺愛《できあい》するドリタラーシュトラは、ドゥルヨーダナを抱擁《ほうよう》して言った。「そなたが憂《うれい》に沈《しず》む理由《わけ》が、予《よ》にはわからぬ。そなたが望《のぞ》んでこれまでに手に入れなかったものなど、一つでもあろうか。全世界がそなたの命《めい》に服するというのに。そなたは神々と同じようにありとあらゆる楽しみの中に囲まれていながら、何故かく嘆《なげ》いて憔悴《しょうすい》しきっておるのじゃ。そなたはヴェーダの古典や弓術《きゅうじゅつ》やほかの学問をそれぞれの最高の師より学んだし、わしの長子《ちょうし》として王位を継承《けいしょう》してもおるではないか。それなのにいったい何が不足なのじゃ。言うてみよ。」

ドゥルヨーダナが答えた。「父上、貧富《ひんぷ》の差にかかわりなく、人間なら誰でもするように、私はものを食べ、着物を身につけておりますが、人生とはひどく辛《つら》いものだということがわかりました。こんな人生を送っていてもつまりません。」

それから彼は自分の生命の核心にまで喰《く》いこみ、人生の楽しみを奪《うば》ってしまう嫉妬《しっと》と憎しみの心をこと細《こま》かにさらけ出した。彼はパーンドゥ一族の首都《しゅと》で見た繁栄《はんえい》ぶりについて話し、それを目にすることは、自分にとっては持てるものすべてを失う以上に辛《つら》いことなのだと述べた。そうして彼は突然《とつぜん》こうわめきだした。「己《おの》が運命《うんめい》に甘んじることは武士階級《クシャットリヤ》にふさわしくありません。また恐《おそ》れや口惜《くちお》しい気持は王としての威厳《いげん》を損《そこな》います。自分にも富《とみ》や楽しみがあるということだけでは、ユディシュティラの誇る、よりいっそうの繁栄《はんえい》ぶりを見てしまった以上、もはや私を満足させてはくれません。おお父上、パーンドゥ兄弟は大きく伸び、私たちは小さく縮《ちぢ》んでしまっているのですぞ。」

ドリタラーシュトラが言った。「可愛《かわい》い息子《むすこ》よ。そなたは予《よ》と王妃《おうひ》との間に生まれた長男であり、世に名高き一族の栄誉《えいよ》と偉大《いだい》さを継《つ》ぐべき嗣子《しし》ではないか。パーンドゥ兄弟に対し憎《にく》しみの心など抱《いだ》くではない。身内同士の憎《にく》みあいは、ことに彼らが潔白《けっぱく》である場合はなおさら、悲しみや死を必然的《ひつぜんてき》にもたらしてしまうものじゃ。真正直なユディシュティラを何故そなたが憎《にく》むのか、理由《わけ》を申《もう》してみよ。彼の繁栄《はんえい》は、つまりわれらの繁栄《はんえい》ということになるのではないかな。われらの友はまた彼の友ということにもなる。ユディシュティラはそなたに対し何の嫉《ねた》みも憎《にく》しみももってはおらぬではないか。そなたは彼に比し、家柄《いえがら》も武人《ぶじん》としての資質《ししつ》も、何ら遜色《そんしょく》がないのに、なにゆえかくも同じ兄弟としての彼に嫉《ねた》みを感じるのじゃ。嫉《ねた》むのはもうやめることじゃ。」

年老いた王はこのように息子《むすこ》に言い諭《さと》したが、王は、子供を溺愛《できあい》しながらも、時には己《おの》れの正しいと信ずることを率直《そっちょく》に口にすることもあったのである。

しかし、ドゥルヨーダナにとって父親の意見などはまったく気に入らず、したがって彼の応答《おうとう》もきわめて無躾《ぶしつけ》なものであった。

「常識に欠け、ただ学問に没頭《ぼっとう》している人間は、美味《おい》しい食物の中にはまりこんでいる杓子《しゃくし》のようなものです。それは食物の中にありながら、食物を味わうことも、それから滋養をとることもしません。父上は政治について多くの学問はしておられますが、私に対するご意見をうかがっても明らかなように、政治的見識というものをもっておられません。世間一般のやり方と、いやしくも国の行政とは、まったく別ものなのです。ブリハスパティ師がかつてこう言われたことがあります。『自制心《じせいしん》と自足心《じそくしん》は、平民《へいみん》にとっては守らなければならぬ大切な心がけだが、王にとっての美徳《びとく》ではない』と。武士階級《クシャットリヤ》にとって最も大切《たいせつ》なのは、常に勝利《しょうり》を収《おさ》めようと努《つと》めることにあります。」ドゥルヨーダナはこのように語って、政治の格言《かくげん》を引用したり、例を挙《あ》げて説明したりして、自説を正当化《せいとうか》しようとした。

その時シャクニが口をはさみ、彼の考える絶対確実《ぜったいかくじつ》な計画、つまりユディシュティラを骰子遊《さいころあそ》びに誘《さそ》い、彼を賭《かけ》で完全にやっつけ、武器《ぶき》に頼《たよ》ることなく彼の持てるすべてのものを捲《ま》き上げてしまうという計画について、縷々《るる》と説明した。

奸智《かんち》に長《た》けたシャクニは、こう言って話を締《し》めくくった。「王は、クンティー妃の息子《むすこ》に人を遣《つか》わし、骰子遊《さいころあそ》びをするから来るようにとおっしゃってくださるだけで充分です。あとは私たちにおまかせください。」

それに付け加えてドゥルヨーダナが言った。「父上がユディシュティラを骰子遊《さいころあそ》びに招《まね》くことを承知なさりさえしたら、シャクニ叔父《おじ》は干戈《かんか》を交《まじ》えることなく、パーンドゥ兄弟の財産《ざいさん》を私のためにかちとってくれることでしょう。」

ドリタラーシュトラ王は言う。「そなたの思いつきは、どうも予《よ》には正しいようには思えぬ。一つヴィドゥラにそのことについて相談《そうだん》してみよう。彼ならわれらに正しい助言《じょげん》を与《あた》えてくれるじゃろう。」

しかしドゥルヨーダナは、ヴィドゥラに相談《そうだん》することを肯《がえん》じようとはしなかった。

第二十三章　招待

シャクニはドリタラーシュトラに骰子遊びの計画をもちかける

「ヴィドゥラは私たちに、ごく普通《ふつう》の道徳《どうとく》に関する陳腐《ちんぷ》な意見を述べるだけです。しかし、そんなものは私たちの目的に何の役にも立ちません。しかし王のとるべき政策《せいさく》というものは、教科書にのっているようなお為《ため》ごかしの格言《かくげん》とはまったく違《ちが》い、どんな試練《しれん》にもびくともせぬ、厳《きび》しさをもっていなくてはなりません。そのうえヴィドゥラは私を好《す》いておらず、パーンドゥ兄弟のほうを贔屓《ひいき》にしています。父上もそのことはご存《ぞん》じのはずですが。」

ドリタラーシュトラは言う。「パーンドゥ兄弟は強い。彼らと敵対《てきたい》するのは賢明《けんめい》なやり方だと予《よ》は思わぬ。骰子遊《さいころあそ》びも反目《はんもく》を招くだけじゃろう。賭《かけ》によってひき起《おこ》される激情《げきじょう》も、抑《おさ》えがきかぬこととなるじゃろう。骰子遊《さいころあそ》びなどせぬほうがよい。」

しかしドゥルヨーダナは、それでもしつこく言いつづけた。「賢《かしこ》き政治的手腕《しゅわん》は、あらゆる恐怖心《きょうふしん》を振りはらい、自らの努力によって自己《じこ》を守るという行為によって発揮《はっき》されます。私たちがまだパーンドゥ兄弟よりも強いうちに問題を片付けてしまうべきではないでしょうか。それが先見《せんけん》の明《めい》というものです。一度逃《のが》した機会は再びやってこないかもしれませんし、第一、骰子遊《さいころあそ》びというものは、パーンドゥ兄弟を傷つけるために私たちが発明したわけではありません。それは昔から武士階級《クシャットリヤ》が夢中になって遊《あそ》んできた一つの娯楽《ごらく》なのです。そしてその遊びが、血を流すことなく私たちの目的を勝ち取るのに役立つとしたならば、いったいどこが悪いというのでしょう。」

ドリタラーシュトラが答えた。「息子《むすこ》よ。予《よ》はもう年をとりすぎた。そなたの好《す》きなようにするがいい。だがそなたがとろうとしている方法は予《よ》の気に入らぬ。そなたはあとできっと悔《くや》むことになるぞ。ああ、これも運命《うんめい》のなせる業《わざ》か。」

とうとう、議論《ぎろん》に疲《つか》れ、息子《むすこ》を説得《せっとく》して思いとどまらせる望みも失ったドリタラーシュトラは、心ならずも彼らの計画に同意《どうい》し、下僕《げぼく》に命じて賭場《とば》を準備《じゅんび》させた。だがヴィドゥラに相談《そうだん》することを諦《あきら》めきれず、こっそり彼を呼んでこの事態《じたい》についての意見を求めた。

ヴィドゥラは言った。「ああ、王よ。これは消すことのできぬ憎《にく》しみの焔《ほのお》を燃え上がらせ、疑いなくわれら一族の滅亡《めつぼう》をもたらしてしまいまするぞ。」

息子《むすこ》の要求《ようきゅう》に反対できなかったドリタラーシュトラは言った。「もしわれらの運がよければ、この賭事《かけごと》をおそれることはない。だがもし反対に、運が悪ければどうしようぞ。運命《うんめい》は全能《ぜんのう》にして、何人《なんぴと》も抗《あらが》うことはできぬからな。さあユディシュティラのもとへ行き、予《よ》に代って骰子遊《さいころあそ》びに来るよう彼を招《まね》いておくれ。」こう言われて、ヴィドゥラは招待状《しょうたいじょう》を携《たずさ》えてユディシュティラのもとへ行った。

少し思慮《しりょ》の足りぬドリタラーシュトラ王は、こんなことをすれば運命《うんめい》に翻弄《ほんろう》されるということを知りながらも、息子《むすこ》に対する愛着《あいちゃく》故に、息子《むすこ》の欲望《よくぼう》に説き伏せられて、屈服《くっぷく》させられてしまったのである。

第二十四章　賭事《かけごと》

ヴィドゥラの姿を見て、ユディシュティラは心配《しんぱい》そうに尋《たず》ねた。「あなたは何故そんなに元気がないのですか。ハスティナープラにいる私の親戚一同《しんせきいちどう》はみなお変わりありませんか。王や王子たちもお元気ですか。」

ヴィドゥラは自分が使者《つかい》としてやって来た目的を告《つ》げた。「ハスティナープラでは皆元気にいたしております。こちらの皆様のご機嫌《きげん》はいかがでいらっしゃいますか。私は、このたび新しく建てられた遊戯場《ゆうぎじょう》を見に来ていただきたいと、ドリタラーシュトラ王に代ってあなた様をお招《まね》きするためにやって参《まい》りました。こちらのと同じような美しい遊戯場《ゆうぎじょう》があちらにもでき上がりました。それで王は、あなた様が弟の皆様といっしょにおいでになり、新しい広間を見たり、骰子遊《さいころあそ》びをされたりしてお帰りになることを望んでおられます。」

ユディシュティラはヴィドゥラの忠告《ちゅうこく》を聞きたそうであった。「賭事《かけごと》はとかく武士階級《クシャットリヤ》の間に争《あらそ》いを起《おこ》してしまいます。ですから賢《かしこ》い人はできるだけそれを避《さ》けようとします。私たちはいつもあなたの助言《じょげん》に従《したが》ってまいりました。このたびのことはいかがいたしたらいいとお考えですか。」

ヴィドゥラは答えた。「賭事《かけごと》は諸悪《しょあく》の根源《こんげん》であることは誰でも知っております。ですから私は今回《こんかい》のことを止《や》めさせようと努力《どりょく》いたしました。しかしそれでも王はあなた様をご招待申《しょうたいもう》し上げるよう命《めい》じられましたので、私はここに参《まい》ったのでございます。こんな次第《しだい》ですから、どうぞあなた様のお好《す》きなようになさってください。」

この警告《けいこく》にもかかわらず、ユディシュティラは弟や家来《けらい》たちを連れてハスティナープラへ行った。

ここで読者は、あの賢明《けんめい》なユディシュティラがどうしてこんな招待《しょうたい》に応《おう》じたのだろうと訝《いぶか》しく思われるかもしれない。この疑問に対しては三つの理由があげられるかもしれぬ。

第一に、人間はとかく自分でわかってはいながらも、飲む、打つ、買うの誘惑《ゆうわく》に負けて自滅《じめつ》の道を走ってしまうことがあるということである。また第二に、武士階級《クシャットリヤ》の伝統《でんとう》として骰子《さいころ》賭博《とばく》への招待《しょうたい》は断《ことわ》らぬというのが武人《ぶじん》としての礼儀《れいぎ》でもあり、面目《めんもく》でもあったからである。第三の理由は、ヴャーサ聖人《せいじん》が一族の滅亡《めつぼう》につながるかもしれぬ不和《ふわ》の生じることを警告《けいこく》した時、ユディシュティラはある誓《ちか》いを立てたが、その誓《ちか》いどおりに、彼はドリタラーシュトラの招待《しょうたい》を断《ことわ》ることによって相手に不快《ふかい》な思いをさせたり、不満《ふまん》を抱《いだ》かせたりしてはならないと思ったからである。

これら三つの理由が、彼の生まれつきの性質と重なって、ユディシュティラをして招待《しょうたい》を受けハスティナープラに行かしめたのである。パーンドゥ兄弟とその家来《けらい》たちは、彼らのためにとっておかれた立派《りっぱ》な宮殿《きゅうでん》に泊《と》まった。ユディシュティラは、到着《とうちゃく》した当日はゆっくり休養《きゅうよう》をとり、翌朝、毎日王としてなすべき務《つと》めをおえたのち遊戯《ゆうぎ》場《じょう》へと赴《おもむ》いた。

型どおりの挨拶《あいさつ》が交わされると、シャクニはユディシュティラに、骰子遊《さいころあそ》びのための布がひろげられたことを告《つ》げ、座《ざ》に着くようにと誘《さそ》った。

ユディシュティラはまずこう言った。「王よ、賭事《かけごと》というのはよろしくありません。なぜなら賭《かけ》に勝つのは、勇気《ゆうき》ある行為《おこない》とか徳《とく》の高さによってではないからです。世の中のことをよくご存じのアシタ、デーヴァラなどの聖人《せいじん》たちは、賭事《かけごと》は人を騙《だま》す危険《きけん》性《せい》があるからやるべきではないと言われております。また武士階級《クシャットリヤ》にふさわしい道は闘争《とうそう》による決着《けっちゃく》であるとも言われております。王はこのことはご存じではございませぬか。」

しかし彼の心の一部は、賭事《かけごと》を趣味《しゅみ》としていただけに、してはならぬという正しい判断力《はんだんりょく》と軋轢《あつれき》を起《おこ》していた。心の奥底ではユディシュティラは賭《かけ》をしたがっていたのである。シャクニとの議論《ぎろん》の中に、われわれは彼の心中《しんちゅう》の葛藤《かっとう》を読みとることができる。

機転《きてん》のきくシャクニは即座《そくざ》にこの弱点を見抜いて言った。「賭事《かけごと》のいったいどこが悪いのでしょうか。闘争《とうそう》とはそもそも何を意味するのでしょうか。ヴェーダ古典の学者間の議論《ぎろん》も同じことなのではありますまいか。学識《がくしき》のある人は、ない人に勝ちます。すぐれた人がいかなる場合にも勝を収《おさ》めるのです。力や技の優劣《ゆうれつ》を試《ため》すだけのことで、何ひとつ悪いところはありません。試合《しあい》の結果《けっか》に関して言えば、人間活動のあらゆる分野において、熟達者《じゅくたつしゃ》のほうが初心者《しょしんしゃ》を負かすのはあたり前のことで、骰子《さいころ》による賭《かけ》も同じことになるのではないでしょうか。しかし、もしあなたが結果《けっか》を恐《おそ》れておられるのでしたら、賭《かけ》をなさる必要はありません。ただ善とか悪とかの言いふるした言《い》い訳《わけ》はおやめになっていただきます。」

ユディシュティラは答えた。「ところで、いったい誰が私と勝負《しょうぶ》するのですか。」

ドゥルヨーダナが言う。「財産《ざいさん》とか宝石《ほうせき》を賭金《かけきん》として積み、あなたの相手《あいて》をするのは私です。しかし叔父《おじ》のシャクニが私に代って実際に骰子《さいころ》を振ります。」

ユディシュティラは、ドゥルヨーダナが相手《あいて》なら賭《かけ》には勝てるとふんでいた。しかしシャクニが相手《あいて》では話が違《ちが》う。というのは、シャクニは誰しも認《みと》める骰子《さいころ》振りの名人であったからである。それでユディシュティラはためらって言った。「賭事《かけごと》に代理人《かわり》を立てるというのは尋常《じんじょう》ではないと思うが。」

シャクニは嘲《あざけ》ったように言い返した。「あなたは賭《かけ》から逃《に》げようとして、また別の言《い》い訳《わけ》をしておられる。」

ユディシュティラはこの言葉にぱっと頰《ほほ》を紅潮《こうちょう》させるや警戒心《けいかいしん》をかなぐり捨《す》てて答えた。「よし、ではやろう。」

広間は見物人《けんぶつにん》で一杯《いっぱい》になっていた。ドローナ、クリパ、ビーシュマ、ヴィドゥラ、ドリタラーシュトラ王などの面々も席についていた。彼らは皆この賭《かけ》がひどい結果となることを知ってはいたが、しかもそれを止《や》めさせることができぬまま、みじめな気持を抱《いだ》いて見守っていた。だがほかの王子たちは、熱狂的《ねっきょうてき》な関心をもってこの賭《かけ》を見つめていた。

はじめに二人は宝石《ほうせき》を賭《か》け、次第《しだい》に金銀から車や馬を賭《か》けていった。ユディシュティラは、負けに負けた。それらを全部失った時、彼は家来《けらい》たちを賭《か》け、それも失ってしまった。つぎに象や軍隊《ぐんたい》を抵当《ていとう》にして賭《か》け、それも負けてしまった。シャクニによって振られる骰子《さいころ》は、常に彼の意に従って動くかのようであった。

牛、羊、町、村、市民などのありとあらゆる所有物が、ユディシュティラの賭《かけ》によって失われてしまった。しかしそれでもなお、不運という麻薬《まやく》にやられてしまったユディシュティラは、いっかな賭《かけ》をやめようとしなかった。彼は自分や自分の弟たちの身につけていた飾《かざ》りを失い、まとっていた着物すら取り上げられてしまった。不運はなおも彼につきまとった。というよりはむしろ、シャクニの悪だくみがユディシュティラの考えていたよりもはるかに深かったと言えよう。

シャクニが聞いた。「まだほかに賭《か》けるものがありますか。」

ユディシュティラが言う。「ここに空色《そらいろ》の肌《はだ》をした弟のナクラがいるが、彼も私の宝物《たからもの》の一つです。彼を賭《か》けに差し出そう。」

シャクニが言う。「そうですか。では喜んであなたの愛する王子《おうじ》をいただきましょう。」こう言ってシャクニは骰子《さいころ》を振った。結果は彼が言ったとおりとなった。見物人《けんぶつにん》は動揺《どうよう》した。

ユディシュティラが言う。「ここにもう一人の弟サハデーヴァがいます。彼はあらゆる学芸《がくげい》についてかぎりなく深い知識《ちしき》をもっていることで有名です。彼を賭《か》けるのは悪いことですが、あえてそうします。さあ振ってください。」

シャクニは骰子《さいころ》を振って言った。「ほら、やりましたよ。私の勝ちです。」ユディシュティラはサハデーヴァをも失った。

悪知恵《わるぢえ》の働くシャクニは、ここでユディシュティラにやめられては困《こま》ると思い、こう言って煽《あお》った。「あなたにとってビーマとアルジュナは同じ母親から生まれた兄弟ですから、違《ちが》う母親のマードリーから生まれたナクラやサハデーヴァよりは大事《だいじ》なんですね。ですからビーマやアルジュナを賭《か》けるようなことはないですよね。」

今や前後の見境《みさかい》もなくなり、しかも異母兄弟を軽く見ているのだろうという、いかにも人を嘲《あざけ》るような非難《ひなん》に痛い所をつかれたユディシュティラは、こう答えた。「なんと愚《おろ》かなことを。あなたは私たち兄弟の仲をさこうというのですか。不正《ふせい》な生き方をしているあなたなどに、なんで私たちのような正しい生き方がわかるものですか。」そして続けて「私は、いくつもの闘争《とうそう》の海を渡り続けてきた、負けというものを知らぬアルジュナを賭《か》けます。さあ勝負《しょうぶ》です。」

シャクニが答えた。「では骰子《さいころ》を振ります。」

ユディシュティラは、アルジュナも失ってしまった。

とぎれなき不運がこれでもかこれでもかと狂気《きょうき》のように襲《おそ》い、ユディシュティラをさらに深みへ深みへと引きずりこんでいった。眼に涙を浮かべて彼は言う。「おお王よ。私の弟のビーマは戦闘《たたかい》の場では私たちの指導者《しどうしゃ》です。彼は悪魔《あくま》の心胆《しんたん》をすら寒からしめ、梵天《ぼんてん》（インドラ神）にもひけをとりません。彼は武士としての名を汚《けが》したことは一度もなく、体力において世界で彼と肩をならべる者は一人もおりません。私はこうした彼を賭《かけ》に差し出します。」再び彼は勝負《しょうぶ》してビーマをも失ってしまった。

意地《いじ》の悪いシャクニは尋《たず》ねる。「まだほかに賭《か》けるものは？」

正法子《ダルマプトラ》は答える。「そう。私自身があります。あなたが勝ったら、私はあなたの奴隷《どれい》となりましょう。」

「ほら、やはり私が勝ちますよ。」そう言いながらシャクニは骰子《さいころ》を振り、勝った。それからシャクニは観衆《かんしゅう》の中に立ち、五人のパーンドゥ兄弟の名前を一人一人呼び上げ、彼らはみな自分の合法的《ごうほうてき》な奴隷《どれい》になったことを大声で宣言《せんげん》した。

観衆《かんしゅう》はあっけにとられ、声も立てずに見つめていた。シャクニひとりがユディシュティラのほうを向いて言った。「あなたが持っておられるもう一つの宝物《たからもの》がありますが、それを賭《か》けて勝てばあなたは自由の身となれますよ。あなたの妻ドラウパディー妃を賭《か》けて勝負《しょうぶ》を続けられる気はありませんか。」

ユディシュティラはもう自暴自棄《じぼうじき》になり、「よし、彼女を賭《か》けよう。」と言って、思わず身震《みぶる》いをした。

観衆《かんしゅう》の中の長老《ちょうろう》たちが坐《すわ》っているあたりから思わず苦悩《くのう》とも興奮《こうふん》ともつかぬ声があがった。やがて「ちぇっ、ちぇっ。」という軽蔑《けいべつ》や不快《ふかい》を表《あらわ》す声が四方からわき起《おこ》り、情《じょう》にもろい人は泣きだしてしまった。またほかの人々は油汗《あぶらあせ》を流し、世も終わりにきたと感じた。

ドゥルヨーダナをはじめ、彼の弟たちやカルナは狂喜《きょうき》して歓声《かんせい》をあげた。ただ弟たちの中でユユツだけは恥《はじ》と悲しみとで顔を伏せ、深い溜息《ためいき》をついていた。シャクニは骰子《さいころ》を振り、またもや叫《さけ》んだ。「私の勝ちです。」

ただちにドゥルヨーダナはヴィドゥラのほうを向いて言った。「行って、パーンドゥ兄弟の愛妻《あいさい》ドラウパディー妃を連れてきなさい。今後、彼女は私たちの住居《すまい》を掃《は》いたり磨《みが》いたりしなければなりませんからな。すぐ彼女をここへ来させなさい。」

ヴィドゥラは大声を出して言った。「確実に破滅《はめつ》の道を走ってゆこうとするあなたは気が狂《くる》われたのですか。あなたは細《ほそ》い一本の糸にぶら下がり、底知れぬ奈落《ならく》に今にも落ちようとしているのですよ！　勝利《しょうり》に酔《よ》って、あなたの眼には入らぬのかもしれませんが、谷底はあなたをすい込んでしまいますよ！」　ドゥルヨーダナをこうたしなめておいてから、ヴィドゥラは観衆《かんしゅう》のほうを向いて言った。

「ユディシュティラにはパンチャーラ国の王女ドラウパディーを賭《か》ける権利はありません。なぜなら、彼はすでに自分自身の自由を失い、いっさいの権利を失っているからです。私には、クル族の滅亡《めつぼう》が遠くないことも、友人や好意《こうい》を寄せている人々の忠《ちゅう》告《こく》にもかかわらず、ドリタラーシュトラ王の息子《むすこ》たちが地獄《じごく》への道を歩んでいることが、よくわかります。」

ドゥルヨーダナはヴィドゥラのこの言葉に怒《いか》り、自分の御者《ぎょしゃ》のプラーティカーミンに言った。「ヴィドゥラは私たちを嫉《ねた》み、パーンドゥ兄弟を恐《おそ》れている。だがおまえは違《ちが》う。行ってすぐドラウパディーを連れてこい。」

第二十五章　ドラウパディーの悲嘆《なげき》

プラーティカーミンは、主人に命《めい》ぜられたとおりドラウパディーのところへ行って、こう言った。「王女様に申《もう》し上げます。ユディシュティラ様は、骰子賭博《さいころとばく》の魔力《まりょく》にとりつかれ、いろいろなものを賭《か》けてあなた様までを失ってしまわれました。もはやあなた様はドゥルヨーダナ様のものとなってしまわれたのでございます。そこでわたくしめはドゥルヨーダナ様のご命令《めいれい》を受け、あなた様にドゥルヨーダナ様のお屋敷《やしき》で召《めし》使女《つかい》として働いていただくためにお連れしに参《まい》りました。したがいまして、これからはドゥルヨーダナ様のお屋敷《やしき》があなた様のお仕事場となるわけでございます。」

ラージャスーヤ大犠牲祭《だいぎせいさい》を催《もよお》した皇帝《こうてい》の妃《きさき》であるドラウパディーは、この奇妙《きみょう》な伝言《でんごん》を聞いて、びっくり仰天《ぎょうてん》してしまった。妃《きさき》は尋《たず》ねた。「プラーティカーミンよ、そなたが申《もう》したことはいったいどういう意味なのですか。どこの王子がお妃《きさき》を賭《か》けようとなさったのですって。ほかに抵当《ていとう》に入れるものはなかったのですか。」

プラーティカーミンが答えた。「その王子様は持てるものをすべてお失いになり、ほかにはもう何物も残っていなかったので、ご自分のお妃《きさき》が賭金《かけきん》として差し出され、勝負《しょうぶ》なさったのでございます。」それから彼は、ユディシュティラがすべての財産《ざいさん》を失い、さらに弟たちや自分自身さえも没収《ぼっしゅう》され、最後には妻をも賭《か》けてしまった経緯《いきさつ》を全部物語った。

この報《しら》せは彼女の胸を裂《さ》き、魂《たましい》をつぶすほど衝撃的《しょうげきてき》なものではあったが、ドラウパディーはすぐにも毅然《きぜん》たる態度《たいど》をとり、眼に怒《いか》りの焔《ほのお》をあらわにして言った。「御者《ぎょしゃ》よ、ただちに戻《もど》って私を賭《か》けた人に、自分と自分の妻のどちらを先に失ったのかを尋《たず》ねなさい。そしてこのことは観衆《かんしゅう》の面前《めんぜん》で聞くのですよ。その答をもってきてからでなければ、私を連れていくことはできません。」

プラーティカーミンは賭博場《とばくじょう》の観衆《かんしゅう》のところへ行き、ユディシュティラのほうを向いてドラウパディーに言われたとおりの質問を発した。

ユディシュティラは何も答えず、ただ黙《だま》っていた。

するとドゥルヨーダナは、パンチャーラ国の王女ドラウパディーが自分で夫に尋《たず》ねるようここへ連れてこい、とプラーティカーミンに命《めい》じた。

プラーティカーミンは再びドラウパディー妃のところへ行き、うやうやしく言った。「王女様。心の卑《いや》しいドゥルヨーダナ様は、あなた様がご自分で賭博場《とばくじょう》へ出向いてお尋《たず》ねくださいますようにとのことでございます。」

ドラウパディーは答えた。「いいえ、なりませぬ。もう一度そこへ戻《もど》り、この質問をして答を言わせなさい。」

プラーティカーミンは言われたとおりにした。怒《いか》ったドゥルヨーダナは、自分の弟のドゥッシャーサナのほうを向いて言った。「こやつは馬鹿で、ビーマを怖がっておる。

おまえが行って曳《ひ》きずってでもいいからドラウパディーを連れてこい。」

こう命《めい》じられて邪心《じゃしん》をもつドゥッシャーサナは、喜び勇んでただちに使いに走った。彼は、ドラウパディーのいる所まで進むと、こう叫《さけ》んだ。「おいでなさい。なにをぐずぐずしているのですか。あなたはもうわれわれのものなんですぞ。美人《おきれい》さんよ、われわれのものになったからには、そんなに羞《はず》かしがらずに、もっとわれわれに愛想《あいそう》よくされたらどうなのですか。さあみんなのいる所においでなさい。」

彼はもう待ちきれなくなり、力ずくでも彼女を連れていこうとした。悲しみで胸が張《は》り裂《さ》けんばかりのパンチャーラ国の女王は、よろよろと立ち上がり、ドリタラーシュトラ王の妃《きさき》のいる大奥のほうへとんで逃《に》げようとした。ドゥッシャーサナはすっとんでいって彼女を追いかけ、髪《かみ》の毛をつかみ、賭博場《とばくじょう》へと曳《ひ》きずっていった。

思わず身震《みぶる》いが出るほどの嫌《いや》な話ではあるが、ドリタラーシュトラの息子《むすこ》たちはこんなにもひどい下卑《げび》た行為を犯《おか》してしまったのである。

人々の集まっている賭博場《とばくじょう》に来るやいなや、ドラウパディーは心の苦しみを抑《おさ》え、

第二十五章　ドラウパディーの悲嘆

ドゥッシャーサナはドラウパディーの髪をつかみ、賭博場へと

そこにいる長老たちにこう訴《うった》えた。

「腹黒《はらぐろ》で賭事《かけごと》に長《た》けた人々に騙《だま》され、骰子勝負《さいころばくち》の罠《わな》にはまってしまった王が、私を賭《か》けようとすることに、あなたたちはご同意《どうい》なさったのでございますか。王自《みずか》らはもはや自由な身ではなかったというのに、どうしてほかのものを賭金《かけきん》にして勝負《ばくち》することができるのでございましょう。」

苦悶《くもん》と哀願《あいがん》の意をこめて、両腕を差し伸べ、涙のこぼれんとする眼を上に向けながら、彼女はすすり泣きでとぎれがちな声をふりしぼって叫《さけ》んだ。

「皆さんが、もしあなたたちをお産みになり乳房《おちち》をふくませられた母上を愛し、敬《うやま》われますのなら、あなたたちにとってもし可愛《かわい》い妻や妹や娘さんの貞操《みさお》が大切《たいせつ》でありますのなら、皆さんがもし神や人の道を信じておられますのなら、死よりも酷《むご》いこの恐《おそ》るべき仕打《しうち》に私を見捨てないでほしいのです。」

手負いの死にかけた仔鹿が発するような、彼女の哀《あわ》れな嘆《なげ》きの叫《さけ》び声に、長老たちは悲しみと羞《はず》かしさとでみなうなだれてしまった。ビーマはもうこれ以上我慢《がまん》がならなかった。今までこらえてきた思いは、壁《かべ》という壁《かべ》を震《ふる》わすほどの怒号《どごう》となって爆発《ばくはつ》した。彼はユディシュティラのほうを向いて痛烈《つうれつ》に非難《ひなん》した。

「捨てばちになった玄人《くろうと》の博徒《ばくと》ですら、自分といっしょに住む売春婦《ばいしゅんふ》を賭《か》けるようなことはしないのに、博徒《ばくと》よりも質《たち》の悪い兄者《あにじゃ》は、ドルパダの娘をこんなならず者たちのお情《なさけ》に縋《すが》らせている。こんな理不尽《りふじん》なことがありましょうか。この恐《おそ》ろしい罪《つみ》作りの元兇《もと》はあなたなんですぞ。サハデーヴァよ、火をもってきてくれないか。骰子《さいころ》を振った兄者《あにじゃ》の手を焼いてしまうから。」

アルジュナはしかしビーマをやさしくたしなめて言った。「君は今までそんな口のきき方をしたことは一度だってなかったのに。敵が考えだした陰謀《いんぼう》は、われわれを罠《わな》にかけ、悪いことをさせようというのだから、彼らの思う壺《つぼ》にはまってはいけない。気をつけようではないか。」

人間わざとは思えぬほどの必死の努力《どりょく》をはらい、ビーマはどうにか自分の怒《いか》りを抑《おさ》えた。

ドリタラーシュトラの息子《むすこ》ヴィカルナは、パンチャーラ国の王女の苦悶《くもん》の様《さま》を見るのに忍《しの》びず、思わず立ち上がって言った。

「ああ、武士階級《クシャットリヤ》の勇士《つわもの》どもよ。貴殿《きでん》らは何故黙《だま》っておられるのですか。私はまだ青二才にすぎませぬが、貴殿《きでん》らが黙《もく》して語らぬ以上、私がこのことを申《もう》し上げなくてはなりません。お聴《き》きください。深く仕組まれた誘《さそ》いにのせられ、ユディシュティラはこの賭事《かけごと》に手を出してしまいました。しかも彼は、この婦人《ひと》を賭《か》けて勝負しましたが、彼にはそんなことをする権利はないはずです。なぜなら彼女は、ユディシュティラ一人の夫人ではないのですから。その理由《わけ》だけでも、この賭《かけ》は不法なものです。しかもユディシュティラはすでに自分の自由を失ってしまっていました。もはや自由の身ではない人間が、どうして彼女を賭《か》けることなどできましょうか。さらにもう一つ別の反対すべき理由《わけ》があります。

それはシャクニが彼女を賭《か》けるようにと言ったことです。勝負するいずれの側《がわ》からも特別に賭《か》けるものを指定してはいけないという、賭事《かけごと》の掟《おきて》にこれは違反《いはん》します。これらの点をすべて考慮に入れると、パンチャーラの王女ドラウパディーは合法的《ごうほうてき》に手に入れられたものではないということを、われわれは認めざるをえません。以上が私の意見です。」

若きヴィカルナがこのように勇気《ゆうき》をふるって言った時、神によって与えられた智慧《ちえ》が、そこに集《つど》った人々の心の迷《まよ》いを晴らした。嵐のような称讃《しょうさん》の声が湧《わ》き上がり、人々は叫んだ。「人の道が守られた！　正法は護持《ごじ》された！」と。

そのとたん今度はカルナが立ち上がって言った。「おお、ヴィカルナよ。ここの集《つど》いには先輩《せんぱい》がたくさんおられることを忘れ、まだ青二才のくせに、おぬしはわれわれに法を説こうというのか。己《おの》れの無知《むち》と軽率《けいそつ》さによっておぬしは、おぬしを産み出した一族そのものを傷つけているのがわからぬのか。ちょうど点火木《つけぎ》によってつくられた焔《ほのお》が、元の棒を燃え尽くしてしまうように。自分の巣を汚《けが》す不埒《ふらち》な鳥と同じこと。まず初めに、ユディシュティラがまだ自由な人間であった時、彼は己《おの》れの持てるすべてを賭《か》けて失ったが、それには無論ドラウパディーも含《ふく》まれていたはず。したがってドラウパディーは、もうシャクニの持物の中に入っているのだ。このことについては、今さら何も言うことはあるまい。彼らが身につけている着物すらシャクニのものになっているのだから。さあドゥッシャーサナ、パーンドゥ兄弟たちの着物とドラウパディーの衣《ころも》を取り上げて、シャクニに渡されよ。」

カルナの残酷《ざんこく》な言葉を聞くやいなや、パーンドゥ兄弟たちは、たとえどんなに辛《つら》い結末になろうとも自分たちは正法の試練《しれん》に耐《た》えねばならぬと感じ、己《おの》れの上着を投げ捨《す》てて、どんな犠牲《ぎせい》をはらおうとも名誉《めいよ》と正義の道を歩むつもりであることを示した。

これを見てドゥッシャーサナはドラウパディーのところに行き、力ずくで彼女の衣《ころも》を取り上げようとした。もはやいかなる人間の助けも望《のぞ》めなくなり、まったくどうしようもない苦しさのあまり、彼女は神に慈悲《じひ》と救助《たすけ》を哀願《あいがん》した。「おお、宇宙の主よ。」と彼女は泣きながら叫《さけ》んだ。「わたくしの崇《あが》め信じる神様。この恐るべき苦境《くきょう》の中にわたくしをお見捨てにならないでください。あなた様はわたくしの最後の頼《たの》みの綱《つな》でございます。どうぞわたくしをお守りくださいませ。」

そう言って彼女は気絶《きぜつ》した。すると邪心《じゃしん》のあるドゥッシャーサナは、パンチャーラの王女の衣《ころも》をはぎとるという破廉恥《はれんち》な行為を始め、善良な人々は怖気《おぞけ》立って眼をそらしてしまった。神の憐れみにより奇蹟《きせき》が起《おこ》ったのは、まさにその時である。ドゥッシャーサナが必死になって彼女の着物をはぎとろうとするのだが、できないのである。というのは、一枚をはぎとるやいなや新しい衣《ころも》が現われて彼女の身体を覆《おお》ってしまうからである。たちまちにして眩《まばゆ》いばかりの衣《ころも》の山が観衆の眼の前にでき上がり、ついにドゥッシャーサナはその行為を止《や》め、疲労困憊《ひろうこんぱい》して坐りこんでしまった。観衆《かんしゅう》はこの驚くべき出来事を見て恐れをなし、善良な人々は神を讃《たた》えて泣きだした。

怒《いか》りのあまり唇をわなわな震《ふる》わしていたビーマは、大声でつぎのような恐るべき誓《ちか》いの言葉を吐《は》いた。「全バーラタ族の恥《はじ》であるこの罪深きドゥッシャーサナの胸をかっ裂《さ》き、その心臓の血を飲まぬかぎり、このおれは先祖の御霊《みたま》のおられる霊界へは決して入らぬぞ！」

突如《とつじょ》として、孤狼の遠吠《とおぼ》えが聞こえた。驢馬《ろば》や猛禽類《もうきんるい》もこの世のものとも思われぬような不気味な叫び声を四方八方であげ、来るべき不祥事《ふしょうじ》を予告した。

この出来事が一族の破滅《はめつ》のもととなるかもしれぬと悟《さと》ったドリタラーシュトラは、賢明でしかも勇気ある行動をとった。彼はドラウパディーを自分のそばに呼び、やさしい愛情のこもった言葉で彼女を慰《なぐさ》めようとした。それからユディシュティラの方を向いて言った。

「そちには何一つ非難《ひなん》すべきところがないので、敵はできようにもない。そちの大きな度量《どりょう》に免《めん》じ、ひとつドゥルヨーダナの犯《おか》した罪悪を許《ゆる》し、水に流してはくれまいか。そちの王国も財宝《ざいほう》も何もかもとり戻《もど》し、何事も思いのままにやって繁栄《はんえい》しておくれ。さあインドラプラスタへお帰り。」

かくしてパーンドゥ兄弟は、災難《さいなん》から突然逃《のが》れ得た奇蹟《きせき》を目《ま》のあたりにし、当惑したり、あっけにとられたりしながら、その忌まわしい広間を立ち去った。しかし、この奇蹟的《きせきてき》な出来事もそう長くは続かなかった。

ユディシュティラとその弟たちが出発したあと、クル一族の王宮では怒号《どごう》のまじった長い言い合いが続いた。ドゥッシャーサナやシャクニなどにそそのかされ、ドゥルヨーダナは、彼らが綿密《めんみつ》に練《ね》った計画があと一息《ひといき》で成功《せいこう》するところまでいきながら、父親のせいでだめになってしまったと言って責《せ》めたてた。そして「恐るべき敵を倒すことを目的としているかぎり、いかなる策略《さくりゃく》であっても許《ゆる》される。」というブリハスパティ師の格言《かくげん》を引用した。

彼はパーンドゥ兄弟の武力のすぐれていることを詳《くわ》しく述《の》べ、パーンドゥ一族に打ち勝つには、悪知恵《わるぢえ》を働かせて彼らの武士としての誇《ほこ》りや名誉心《めいよしん》を利用するしかないという自分の信念《しんねん》を披瀝《ひれき》した。自尊心《じそんしん》のある武士ならば誰でも、骰子《さいころ》勝負への誘《さそ》いを断《ことわ》ることはあり得ないからである。こうしてドゥルヨーダナは、もう一度ユディシュティラを骰子《さいころ》勝負に誘《さそ》うという計画に、不吉《ふきつ》な前兆《しるし》を読みとって嫌がる父親を無理に同意させた。

この決定に応じ、すでにインドラプラスタに向けて出発していたユディシュティラを追いかけるべく、使者が派遣《はけん》された。この使者はユディシュティラが都に着く前に追いつき、ドリタラーシュトラ王に代って彼にもう一度戻《もど》って勝負をするようにと誘《さそ》った。この招待《しょうたい》を聞き、ユディシュティラはこう言った。「善《よ》きことも悪《あ》しきことも みな宿命から来るもので避《さ》けることはできない。もしわれらがどうしてももう一度勝負しなければならぬようになっているものならば、やはりやらねばなるまい。それだけのことだ。骰子《さいころ》勝負への挑戦は、武士の名誉《めいよ》にかけても断《ことわ》ることはできぬ。私は受けねばならぬ。」

聖人《せいじん》ヴァーサはつぎのように言っておられるが、この場合もまさにそのとおりになった。つまり「金の羚羊《かもしか》など今まで存在したこともなかったし、今存在しているということもあり得ない。なのにラーマは、そのように見えるものを追いかけ、無駄骨《むだぼね》を折っている。そのように、災難《さいなん》が目の前に迫《せま》ってくると、人の判断力はまずきかなくなってしまう。」と。

正法子《ダルマプトラ》ユディシュティラはハスティナープラへまた引き返し、そこに集まっている人の誰もが止めようとしたにもかかわらず、再びシャクニと勝負を争った。彼は、憂《うき》世《よ》の重荷を軽くするためカーリー女神によって差し出された人質《ひとじち》のように見えた。今度賭けられた条件は、負けた方が兄弟とともに森に追放《ついほう》され、そこに十二年間とどまったのち、十三年目はおしのびで人に知られることなくどこかで過《す》ごす、そしてもし十三年目に誰かに見つけられたならば、さらに十二年間亡命《ぼうめい》生活を送らねばならぬ、というものであった。言うまでもないことながら、ユディシュティラは今度もまた負けてしまい、パーンドゥ兄弟全部が森に入ることを誓《ちか》わされたのである。その場に集まっていた人々は皆、恥《は》じて顔を伏《ふ》せてしまった。

第二十六章　ドリタラーシュトラの不安

　パーンドゥ兄弟が森に向けて出発した時、彼らの姿を見んものと町の通りに群《むら》がり、屋根や塔《とう》や木の上によじ登った人々の間から、号泣《ごうきゅう》の声があがった。今まではめでたい音楽の調べに合わせ、宝石をちりばめた馬車に乗ったり、威風堂々《いふうどうどう》たる象の背に乗ったりしていた王子たちは、今や生まれた時から享受《きょうじゅ》してきた権利をすべて手離し、足どり重くとぼとぼと歩いて行き、そのあとを群衆が泣きながらついて行った。そして四方八方から「ああ何ということだ！　神様はこのことを天から御覧《ごらん》になってはいらっしゃらないのだろうか。」という叫びがわき起《おこ》った。

盲目《もうもく》の王ドリタラーシュトラは、ヴィドゥラを呼び寄せ、パーンドゥ兄弟が流浪《るろう》の旅に出かける様子《ようす》を聞かせてくれと頼んだ。

ヴィドゥラは答えた。「クンティー妃の息子《むすこ》ユディシュティラは、顔を布で覆《おお》って行き、その後ろをビーマが視線を下に落としながら歩いていました。アルジュナは足《あし》許《もと》に砂を撒《ま》きながら進んで行きましたし、ナクラとサハデーヴァは身体を埃塗《ほこりまみ》れにしたままユディシュティラのすぐ後ろについて行きました。ドラウパディーは正法子《ダルマプトラ》とともに歩いていましたが、乱《みだ》れた髪《かみ》は彼女の顔をかくし、両眼からは涙が出ていました。僧侶《そうりょ》のダウミャは、死の神ヤマに対してサーマヴェーダの讃歌《さんか》を唱《とな》えながら彼らとともに歩いていきました。」

これらの言葉を聞いた時、ドリタラーシュトラは、かつてなかったほどの大きな恐れと不安に襲《おそ》われた。彼は「市民は何と言っているか。」と尋《たず》ねた。

ヴィドゥラが答えて言う。「おお、大王様。あらゆる階層の市民が言っている、そのままの言葉をお伝えしましょう。彼らはこう言っております。『われわれの指導者はわれわれを見捨てて行ってしまった。こんな事態にさせてしまったクル族の長老たちは、いったい何というだらしなさだ！　貪欲《どんよく》なドリタラーシュトラやその息子《むすこ》たちがパーンドゥ兄弟を森に追《お》っ払《ぱら》ったというのに。』と。市民がこう言って私たちを非《ひ》難《なん》する一方、諸天も雲一つないのに稲妻《いなずま》を走らせて怒《いか》りを表し、大地も悲しみに身を震《ふる》わせ、ほかにもさまざまな不吉《ふきつ》な前兆《しるし》が現われております。」

ドリタラーシュトラとヴィドゥラがこのような会話を交わしていると、突如聖人《とつじょせいじん》ナーラダが彼らの前に姿を現わし給い、「今日より十四年後、ドゥルヨーダナの犯した罪により、クル一族は絶滅《ぜつめつ》するであろう。」と断言《だんげん》されて、姿をお消しになった。

ドゥルヨーダナとその仲間はすっかり恐ろしくなってしまい、ドローナのもとへ行き、今後どんなことが起《おこ》ろうと決して自分たちを見捨てないでほしいと懇願《こんがん》した。

ドローナはいかめしい顔で答えた。「賢者《けんじゃ》たちと同様にわしも、パーンドゥ兄弟が神の申《もう》し子《ご》であり、決してわしらの勝てる相手ではないということを信じておる。だが、わしの義務《ぎむ》としては、わしを頼《たよ》りにし、またわしもその禄《ろく》を食《は》んでいるドリタラーシュトラ王の息子《むすこ》たちのために闘わねばならぬ。わしは全身全霊《ぜんしんぜんれい》をかけて彼らのために尽くそうと思うが、運命はいかんともなしがたい。パーンドゥ兄弟は、必ずや怒り《いか》を胸に燃やして亡命先から戻《もど》ってくるであろう。わしにはそれがどれほどの怒り《いか》かよくわかる。

なぜならわしは、ドルパダに対する腹立ちの故に、彼を王位からひきずり落とし、侮辱《ぶじょく》したことがあるからだ。執念《しゅうねん》深く復讐《ふくしゅう》を誓《ちか》った彼は、このわしを殺す息子《むすこ》を授《さず》けてもらうべく犠牲祭《ぎせいさい》を催《もよお》した。ドリシュタデュムナが、そうして授《さず》かった息子《むすこ》だということだ。運命のおもむくまま、今や彼はパーンドゥ兄弟の義兄弟であり、無二の親友ともなっている。すべてがあらかじめ定められたとおりに動いている。おまえたちのやり方も同じ方向に進んでおり、あまり先がないようだ。一刻《いっこく》も猶予《ゆうよ》せず、までできるうちに善行《ぜんこう》を積んでおくことだ。犠牲祭《ぎせいさい》を大々的に催《もよお》し、罪なき楽しみを求め、貧《まず》しき者に施《ほどこ》しをするがいい。因果応報が十四年目におまえたちを襲《おそ》うであろう。だからドゥルヨーダナよ、ユディシュティラと和睦《わぼく》せよ――というのがおまえに対するわしの助言《じょげん》だ。だがもちろん、それを受け入れるかどうかはおまえの自由だが。」

しかしドゥルヨーダナには、このドローナの言葉は気に入らなかった。

一方、サンジャヤがドリタラーシュトラ王に尋《たず》ねた。「王様、何故あなたはくよくよなさっておられるのでございますか。」

盲目《もうもく》の王は答えた。「パーンドゥ一家を傷つけておいて、何で予《よ》が心静かにしておられようぞ。」

サンジャヤが言う。「王様のおっしゃいますことは、まことにもっともでございます。不幸な運命の犠牲者《ぎせいしゃ》は、まず善悪の判断力をまったく失い、正道を踏《ふ》みはずしてしまいます。すべてを破壊《はかい》する〝時〟は、棍棒《こんぼう》をとって人間の頭を撲《なぐ》るわけではありませんが、人間の判断力をこわし、気狂いのように自滅《じめつ》の行為をとらせます。王様の御子《ごし》息《そく》たちは、パンチャーラの王女にひどい侮辱《ぶじょく》を加え、自《みずか》らを破滅《はめつ》の道へと置いてしまわれました。」

ドリタラーシュトラが言う。「予《よ》は正しき人の道や国政の道を踏《ふ》まず、愚《おろ》かな息子《むすこ》の言うまま誤《あやま》れる道を辿《たど》ってしまった。そなたの申すように、われらは奈落《ならく》への道を急いでいるやもしれぬ。」

ヴィドゥラはよくドリタラーシュトラに熱心に忠告し、こう言っていた。「あなた様の息子《むすこ》は大変悪い事をしでかしました。正法子《ダルマプトラ》ユディシュティラは完全に騙《だま》されたのです。あなた様の御子《みこ》たちを正しい道に導き、悪の道から引き離すのは、あなた様御自身の義務《ぎむ》と思いますが、今からでも遅《おそ》くありません。

あなた様が与えられた王国をパーンドゥ一家に戻《もど》されてはいかがでしょう。森からユディシュティラを呼び戻《もど》され、彼と和解《わかい》なされては？　ドゥルヨーダナがもし道理を聞きわけないようでしたら、力ずくでも彼を抑《おさ》えるべきかと思います。」

ヴィドゥラがこう言った時、ドリタラーシュトラは初めのうちは悲しそうに黙《だま》って聞いていた。というのは、ヴィドゥラは自分よりも賢《かしこ》く、しかも自分のためによかれと思って言ってくれるのだということを知っていたからである。しかし何べんも同じ説教《せっきょう》を聞かされているうちに次第に我慢《がまん》ができなくなっていった。

ある日、ドリタラーシュトラはもうこれ以上我慢《がまん》しきれなくなり、「ヴィドゥラよ！」と大声でどなってしまった。「そなたはいつもパーンドゥ兄弟の肩をもち、予《よ》の息子《むすこ》たちの悪口を言って、われわれの方の良き面を見ようともせぬ。ドゥルヨーダナは予《よ》の血肉《ちにく》を分けた子じゃ。何で彼を見捨てられようぞ。人情や人の性《さが》に逆《さか》らうがごとき忠告をして何になろう。予《よ》はそなたへの信頼《しんらい》を失ったから、もうそなたには用はない。もしそなたが望《のぞ》むならパーンドゥ兄弟のもとへ行っても苦しうないぞ。」そしてヴィドゥラに背を向けて奥へと入ってしまった。

ヴィドゥラは、これでクル一族の滅亡《めつぼう》は避《さ》けられぬものとなったことを悟《さと》って悲しくなり、ドリタラーシュトラの言うがままに、快足の馬に曳《ひ》かせた車を駆《か》って、パーンドゥ一家の住む森へ行ってしまった。

ドリタラーシュトラは自責《じせき》の念にかられた。彼はこう反省した。「予《よ》はいったい何ということをしたのだろう。賢《かしこ》きヴィドゥラをパーンドゥ兄弟の陣営《じんえい》に追いやることで、彼らをいっそう強力にさせてしまった。」こう考えると、彼はサンジャヤを呼び寄《よ》せ、ヴィドゥラに自分で後悔《こうかい》していることを知らせ、不幸せな父親が不用意に口にしてしまった言葉を許《ゆる》し、また戻《もど》ってくるよう懇願《こんがん》してくれと頼《たの》んだ。

サンジャヤは急いでパーンドゥ一家の住んでいる隠所《かくれが》に行き、彼らが鹿の皮を身に着け聖者《せいじゃ》たちに取り巻かれて坐っているのを見た。彼はヴィドゥラをそこに見つけたので、ドリタラーシュトラ王の言葉を伝えるとともに、盲目《もうもく》の王はもしヴィドゥラが帰らないなら傷心《しょうしん》のあまり死ぬかもしれぬと付け加えて言った。

正法の権化《ごんげ》である心やさしきヴィドゥラは、その言葉を聞いて感動し、ハスティナープラへと戻《もど》っていった。

ドリタラーシュトラはヴィドゥラを抱《だ》きしめ、二人の間のわだかまりは、互いに相手を思い合って流す涙によって、すっかり消え去ってしまった。

ある日のこと、聖者《せいじゃ》マイトレーヤがドリタラーシュトラの宮殿《きゅうでん》を訪《おとず》れ、大変丁重《ていちょう》な歓迎《かんげい》を受けた。

ドリタラーシュトラは聖者《せいじゃ》に祝福してくれるようしきりに頼《たの》んでから、こう尋《たず》ねた。

「聖者様《せいじゃ》。あなた様はきっとクルの密林の中で、私の愛する子供たち、パーンドゥ兄弟にお会いになったことと思います。彼らは元気でございましょうか。お互いに案じ合う気持は、少しも薄《うす》らぐことなく彼らの心の中に続いておりましょうか。」

マイトレーヤが言う。「わしはカーミヤカの森で偶然《ぐうぜん》ユディシュティラに会ったが、その土地の聖者《せいじゃ》たちが彼に会いに来ていた。わしはハスティナープラで起《おこ》った出来事を聞いたが、ビーシュマやあなたのような人がおりながら、そんなことを起《おこ》してしまったことに驚《おどろ》いてしまったのじゃよ。」

のちほどマイトレーヤは、やはり宮殿《きゅうでん》にドゥルヨーダナを見かけたので、パーンドゥ兄弟は彼ら自身強いだけでなく、さらにクリシュナやドルパダとも縁故《えんこ》があるので、ドゥルヨーダナ自身のためにも彼らを傷つけることなく和解《わかい》してはどうかと忠告した。

強情《ごうじょう》で愚《おろ》かなドゥルヨーダナはただにやりと笑い、嘲《あざけ》ったように自分の腿《もも》をぴしゃりとたたいた。そして両足で地面をほじくりながら、一言も答えず顔を横に向けてしまった。

マイトレーヤは怒《おこ》ってしまい、ドゥルヨーダナをにらみつけてこう言った。「おまえは、おまえのためを思っている人間を嘲《あざけ》って腿《もも》などをたたいておるが、それほどまでに傲慢《ごうまん》な男だとは思わなかった。おまえの腿《もも》はビーマの鉄矛《かなほこ》で砕《くだ》かれ、おまえは戦場で死んでしまうであろう。」

これを聞いたとたんドリタラーシュトラはとび上がって驚《おどろ》き、聖者《せいじゃ》の足下にひれ伏し許《ゆる》しを乞《こ》うた。

だがマイトレーヤは、「わしの呪《のろ》いは、あなたの息子《むすこ》がもしパーンドゥ兄弟と和解《わかい》するなら実現せぬが、それ以外は必ず実現するであろう。」と言い、怒《いか》りをこめ、大股《おおまた》でその場から出て行った。

マハーバーラタは大昔の物語ではあるが、人間の性質というものは昔も今も変わりはない。今日でさえ、男女老若にかかわりなく、怒《いか》りと憎《にく》しみの感情は気弱な人間を苦しめ、滅《ほろ》ぼしてしまいかねないのだ。もしわれわれがこの章を読んで深く考えるなら、自分が何かのことで怒《おこ》りそうになった時、それを思いとどまらせ、愚行《ぐこう》や犯罪から己《おの》れを救うこととなるであろう。

第二十七章　クリシュナの誓《ちか》い

シシュパーラがクリシュナによって殺されたという報《しら》せが、シシュパーラの友人のシャールヴァのもとに届《とど》くやいなや、彼は大いに怒《いか》り、大軍を動かしてドワーラカーを包囲《ほうい》した。クリシュナはまだドワーラカーに帰国してはいなかったので、年老いたウグラセーナが都の守備《しゅび》の責任者となっていた。

マハーバーラタに叙述《じょじゅつ》されている包囲攻撃《ほういこうげき》の模様《もよう》は、今日の戦争の攻撃《こうげき》の模様《もよう》と非常によく似ている。

ドワーラカーは屈強《くっきょう》な守備隊《しゅびたい》によって固められた島の上に建《た》つ要塞《ようさい》であり、攻《せ》めるに難《かた》く守《まも》るに易《やす》い構造をなしていた。たくさんの兵舎が並び、食糧も武器も豊富にあり、守備兵の中には名だたる勇士が数多く入っていた。籠城《ろうじょう》の間、ウグラセーナは兵士たちに飲酒《さけ》と遊興《あそび》を厳《きび》しく禁止した。橋という橋は壊《こわ》され、領界内への船の入港は禁じられた。要塞《ようさい》の周囲の濠《ごう》には長い鉄釘《てつくぎ》が植え込まれ、町の城壁も補修《ほしゅう》された。町に通じるすべての入口には有刺鉄線《ゆうしてっせん》が張られ、そこでの出入りは許可書《きょかしょ》の提示や合言葉で厳重《げんじゅう》に規制《きせい》された。かくして自然条件によって既《すで》に難攻不落《なんこうふらく》となっているこの町をさらに補強《ほきょう》すべく、あらゆる手が打たれたのである。兵士の賃金も値上げされた。志願者《しがんしゃ》たちには、兵士として採用《さいよう》される前に厳格《げんかく》な試験が課された。

籠城《ろうじょう》はあまりにも厳格《げんかく》に推《お》し進められたため、守備隊《しゅびたい》は大変な難儀《なんぎ》を味わうこととなった。クリシュナは、帰国して自分の愛する町の人々が難儀《なんぎ》している様《さま》を見て心を痛《いた》め、ただちにシャールヴァを攻撃《こうげき》して打ち負かし、彼の軍隊の包囲《ほうい》を解《と》かしめた。この時になってはじめてクリシュナは、ハスティナープラでの出来事、骰子賭博《さいころとばく》のこと、パーンドゥ兄弟の追放《ついほう》のことなどを知ったのである。ただちに彼はパーンドゥ兄弟の住んでいる森へ向かって出発した。

クリシュナといっしょに出かけた多くの人々の中には、ボージャ族やヴリシュニ族をはじめチェーディ国の王ドリシュタケートゥ、またパーンドゥ一家に忠実なケーカヤ族などが入っていた。

ドゥルヨーダナの不実な行為を聞いた時、彼らはみな義憤《ぎふん》を感じ、大地はきっとそうした邪悪《じゃあく》な人間の血を飲み干すであろうと叫《さけ》んだ。ドラウパディーは聖クリシュナのそばに寄り、涙声を時々すすり泣きでとぎらせながら、自分の受けた虐待《ぎゃくたい》について物語った。

彼女は言う。「わたくしは、たった一枚の着物を身につけたまま観衆の面前に曳《ひ》きずり出されました。ドリタラーシュトラの息子《むすこ》たちはわたくしに耐《た》えられないほどの侮辱《ぶじょく》を加え、わたくしのもだえ苦しむのを見てほくそ笑んでおりました。彼らはわたくしが彼らの奴隷《どれい》になったものと思い、そんなふうにわたくしを呼び、扱いさえしました。ビーシュマやドリタラーシュトラでさえ、わたくしの素性《すじょう》や彼らとの姻戚《いんせき》関係を忘れてしまっていました。

ああジャナールダナ様、わたくしの夫たちでさえ、わたくしが例のみだらな無頼漢《ぶらいかん》どもにからかわれたり、下品《げひん》な辱《はずかし》めの言葉を浴びせられたりするのを防ごうとしなかったのでございます。ビーマの体力もアルジュナの神弓ガーンディーヴァも何の役にも立ちませんでした。そのような挑発《ちょうはつ》を受けた場合、ふだん弱虫であるような人でさえ勇気をふりしぼり、下卑《げび》た無礼者《ぶれいもの》を打ち殺してしまうものですのに。パーンドゥ兄弟は人々に知られた勇士たちですのに、ドゥルヨーダナをまだ生かしておくなんて！　パーンドゥ皇帝の義理の娘であるわたくしは、髪《かみ》の毛《け》をつかまれ曳《ひ》きずり廻されました。五人の英雄《えいゆう》の妻たるわたくしは、最大の恥辱《ちじょく》を加えられたのです。ああマドゥスーダナ様。あなた様までがわたくしをお見捨てになったのでございますね。」

彼女はそれ以上言い続けることができなくなり、身を震《ふる》わせながらそこに立っていた。悲しみの感情が彼女を圧倒《あっとう》してしまったからである。

クリシュナは深く心を動かされ、さめざめと泣くドラウパディーを慰《なぐさ》めた。彼は言う。「そなたを苦しめた連中は、負け戦の血溜《ちだま》りの中で果ててしまうであろう。涙をぬぐいなさい。そなたの受けたひどい仕打ちに対し、充分に仕返ししてやることを私は誓《ちか》う。私はありとあらゆる方法でパーンドゥ一家を助け、そなたを皇后《こうごう》にしてやろう。天が崩《くず》れ落ち、ヒマーラヤの山が二つに裂《さ》け、大地が粉々になり、涯《はて》知れぬ大洋が干上がろうとも、私の言葉に変わりはない。心得ておくがよい、私の言ったことは必ず実現する。誓《ちか》ってよい。」

こう言ってクリシュナはドラウパディーの前で厳《おごそ》かに誓《ちか》ったのである。この誓《ちか》いは、のちにわかるように、経典《きょうてん》に述《の》べられているごとく、神が権化《ごんげ》として地上にお生まれになった目的と完全に一致する。すなわち聖典《せいてん》には「正義を守り、悪を滅《ほろ》ぼし、正法をしっかと維持《いじ》せんがため、代々《よよ》われは地上に生まれん。」とある。

ドリシュタデュムナも自分の妹を慰《なぐさ》め、因果応報がどんな形をとってクル一族を襲《おそ》うかを語ってやった。彼は言った。「おれがドローナを殺し、シカンディンはビーシュマを討《う》つ。ビーマは邪悪《じゃあく》なドゥルヨーダナとその弟たちの生命を奪《うば》い、アルジュナが御者《ぎょしゃ》の息子《むすこ》カルナを殺す。」と。

聖クリシュナが言った。「この災難《わざわい》がそなたにふりかかった時、私はドワーラカーにいなかった。もしいたなら、決してこんな不正な骰子《さいころ》勝負などさせなかったであろう。たとえ招待《しょうたい》されていなくとも、私はその場へ踏《ふ》みこんで、ドローナやクリパやその他の長老たちに彼らが何をなすべきかを思い起《おこ》させたであろう。どんな犠牲《ぎせい》をはらってでも、私はこんな人を破滅《はめつ》させるような骰子《さいころ》勝負は阻止《そし》したのに。だがシャクニがそなたたちを欺《だま》していた時、私は私の町を包囲《ほうい》していたシャールヴァ王と戦っていた。

彼を打ち負かしたのちになって初めて、私はこの骰子《さいころ》勝負のことや、それに続いて起《おこ》った下劣《げれつ》な話を聞いたのだ。そなたたちの悲しみをすぐにも取り去ってやれないのは残念だが、しかし壊《こわ》れた堤防《ていぼう》を修理《しゅうり》する前には、どうしても少しくらいの水は洩《も》れてしまうものだと、よく言うではないか。」

こうしてクリシュナはそこを去り、アルジュナの妻スバッドラーとその子アビマンニュを連れてドワーラカーへ帰っていった。一方、ドリシュタデュムナはドラウパディーの息子《むすこ》たちを連れ、パンチャーラへと帰っていった。

第二十八章　パーシュパタ

森に住みはじめた最初の頃、ビーマとドラウパディーは、時々ユディシュティラと口論《こうろん》した。二人はよく、悪に対して義憤《ぎふん》を感じるのは武士としては当然の感情で、もし他人に軽蔑《けいべつ》され侮辱《ぶじょく》されてもなお黙って辛抱《しんぼう》しているとすれば、その人はもはや武士としての価値はない、と言い張った。そしてその主張の正しいことを示すため、有力な権威書を引用して激《はげ》しい議論を展開した。一方のユディシュティラは、自分たちが約束したことは守らねばならず、忍耐《にんたい》こそが最高の徳目であるときっぱり答えた。ビーマは我慢《がまん》しきれず、すぐにでもドゥルヨーダナを攻め滅《ほろ》ぼし、王国をとり戻《もど》そうと、かっかしていた。彼は森の中におとなしく住みつづけていくのは武士らしくないと考えていた。

ビーマはユディシュティラに言った。「兄者《あにじゃ》は、ヴェーダの真言《マントラ》を唱《とな》え、意味もわからずにただその音だけに満足している人のような話し方をしておられるが、兄者《あにじゃ》の頭はちとどうかしてしまったのではござらぬか。兄者《あにじゃ》は武士として生まれながら武士らしい考え方や振舞《ふるまい》をせず、婆羅門《バラモン》のような気性をもっておられる。しかし経典《きょうてん》は、武士に対して厳《きび》しくあれ、進取《しんしゅ》の気性をもつべしとしていることは、兄者《あにじゃ》も知っておられるはず。ドリタラーシュトラの心の邪《よこしま》な息子《むすこ》どもに勝手なまねをさせておくべきではござらぬ。人を欺《だま》すような敵を打ち負かさぬ武士など、武士として生まれた甲斐《かい》はござらぬ。

これが拙者《せっしゃ》の意見であるが、もしわれらがそのような敵《てき》を殺《ころ》すことで地獄《じごく》へ行くというなら、その地獄《じごく》は拙者《せっしゃ》にとってはまさに天国でござる。兄者《あにじゃ》の忍耐《にんたい》は、火よりも激《はげ》しくわれらの感情を燃え立たせ、アルジュナと拙者《せっしゃ》とを夜となく昼となくじりじりさせ、眠らせてはくれませぬ。やつら悪党《あくとう》どもは詐欺《さぎ》によってわれらの領土《りょうど》を手に入れ、権力をほしいままにしているというのに、兄者《あにじゃ》は飽食《ほうしょく》した錦蛇《にしきへび》のように、ただだらっと横になっておられる。兄者《あにじゃ》は、われらは約束《やくそく》を守らねばならぬと言われるが、世に聞こえたアルジュナがどうやって人に知られずこっそり生きていくことなどできましょうか。ヒマーラヤの山々を一握りの草の葉で隠《かく》すことなどできるはずがありませぬ。獅子《しし》のような勇猛心《ゆうもうしん》のあるアルジュナやナクラやサハデーヴァが、なんで隠《かく》れてなぞおりましょうや。有名なドラウパディーが他人に見つからずに歩き廻ることなど果たしてできましょうか。

たとえこんな不可能《ふかのう》と思われることをわれらが何とかやったとしても、ドリタラーシュトラの息子《むすこ》どもは、必ずやスパイを使ってわれらを探《さが》し出すに違いありませぬ。されば、われらのこうした約束《やくそく》も実行は不可能《ふかのう》であり、われらを再び十三年間追い出すために課《か》されたのにすぎぬということになるのではござるまいか。ごまかされてした約束《やくそく》など約束《やくそく》にはならぬという拙者《せっしゃ》の言い分は、経典《きょうてん》によってもまた裏付けられるところでござる。さような約束《やくそく》を破る償《つぐな》いとしては、疲《つか》れた牡牛《おうし》に投げ与える一握りの草だけで充分でござろう。兄者《あにじゃ》は、われらの敵を討《う》つことを即座《そくざ》に決意すべきでござる。武士の果《はた》すべき務《つと》めとして、これにまさるものはござらぬ。」

ビーマは自分の見解《けんかい》を述《の》べつづけて倦《う》むことを知らなかった。ドラウパディーもまた、ドゥルヨーダナやカルナやドゥッシャーサナの手によって自分の受けた辱《はずかし》めについて言及《げんきゅう》し、ユディシュティラを不安にさせてしまうような言葉を経典《きょうてん》の中からしばしば引用した。ユディシュティラは、時々ありふれた政治の格言をもって二人に答えたり、敵方と自分たちの両者の間の力の差を口にしたりした。

彼はよくこう言った。「敵方にはブーリシュラヴァスをはじめ、ビーシュマ、ドローナ、カルナ、アシュワッターマンなどの支持者がおり、ドゥルヨーダナとその弟たちは戦争の玄人《くろうと》です。多くの藩王《はんおう》も強大な太守《たいしゅ》も、今や敵方についています。ビーシュマもドローナも実際にはドゥルヨーダナに対して何の敬意《けいい》も抱《いだ》いていませんが、彼を見捨てるようなまねはせず、戦場では彼の側《がわ》に立って自《みずか》らの生命を投げ出す覚悟《かくご》でいます。カルナはあらゆる武器《ぶき》を使いこなす、勇敢《ゆうかん》で腕《うで》の立つ戦士です。戦いの結果は予測がつかず、成功するかどうかはわかりません。急《せ》いては事を仕損《しそん》じるだけです。」このように言って、ユディシュティラは弟たちのいら立ちをどうにか抑《おさ》えることができたのである。

のちほど、聖ヴァーサの助言《じょげん》により、アルジュナは、天津神《あまつかみ》たちより新たなる武器《ぶき》を授《さず》けてもらうべく苦行《くぎょう》を積みにヒマーラヤへと旅立った。アルジュナは兄弟たちに暇乞《いとまご》いしたのち、パンチャーラの王女に別れを告《つ》げに行った。

彼女は言った。「ダナンジャヤよ。あなたのご使命が無事遂《と》げられますように。また、あなたがお生まれになった時、母上のクンティー妃はあなたのためにいろいろなことをお望みになりましたが、すべて実現されますよう神様にお祈《いの》り申《もう》し上げます。私たちの幸福《しあわせ》も生命《いのち》も名誉《めいよ》も繁栄《はんえい》も、すべてがあなたの肩にかかっているのです。新しい武器《ぶき》を手にしてお帰りくださいい。」パンチャーラの王女ドラウパディーは、こうした縁起《えんぎ》のいい言葉を餞《はなむけ》に彼を送り出したのである。

ここで注目すべきことは、縁起《えんぎ》をかつぐ言葉を声に出したのは妻のドラウパディーではあるけれども、祝福した主体は母のクンティー妃であるということである。というのは、「あなたがお生まれになった時、母上のクンティー妃があなたのためにお望みになったすべてが成就《じょうじゅ》されますよう、神様にお祈《いの》り申《もう》し上げます。」と言っているからである。

アルジュナは、深い森を通り抜け、インドラキーラという山に辿《たど》り着き、そこで一人の年老《としお》いた婆羅門《バラモン》に会った。苦行僧《くぎょうそう》はほほ笑んで、やさしくアルジュナに話しかけてきた。「お若いの！　そちは甲冑《かっちゅう》を身につけ武器《ぶき》を携《たずさ》えているが、誰じゃな。ここは武器《ぶき》などいらぬところじゃ。怒《いか》りや感情の昂《たか》ぶりを抑《おさ》えてしまっている行者《ぎょうじゃ》や聖人《せいじん》の住む場所で、武士の恰好《かっこう》をしているそちはいったい何を求めようというのかな。」

年老《としお》いた婆羅門僧《バラモン》というのは、実は神々の王インドラ天であって、息子《むすこ》のアルジュナに会うのを楽しみにやって来ていたのである。

アルジュナは父に一礼《いちれい》して言った。「わたくしは武器《ぶき》を求めております。どうぞ武器《ぶき》をお与えくださいませ。」

インドラ天がこれに応じて言われた。「ダナンジャヤよ。武器《ぶき》など手にして何になろう。何かほかの楽しみを求めたらどうじゃ。あるいはこの世よりもっと高い天界へ行ってみたらどうじゃ。」

アルジュナは答えた。「おお、神々の王よ。わたくしは楽しみも天界も求めるつもりはございませぬ。わたくしは、妻のパンチャーラ王女や兄弟を森の中に残したままここにやって参《まい》りました。ただ武器《ぶき》を手にしたい一心からでございます。」

千眼《せんがん》の神インドラ天は言われた。「もしそちが三眼《さんがん》の神シヴァ神のお姿を見、その恩寵《おんちょう》を得ることができたなら、そちは望みの武器《ぶき》を手にすることであろうぞ。シヴァ神を念じて苦行《くぎょう》するがよい。」こう言われてインドラ天は姿を消された。そこでアルジュナは、ヒマーラヤの山岳《さんがく》に赴《おもむ》き、シヴァ神の恩寵《おんちょう》を得べく苦行《くぎょう》を積んだ。

ところで猟師《りょうし》の姿をし、配偶神のウマー女神を伴《ともな》ったシヴァ神は、獲物《えもの》を求めて森に入ってきた。獲物《えもの》を追跡《ついせき》して大騒《おおさわ》ぎとなった時、一頭の猪《いのしし》がアルジュナめがけて突っこんできたので、彼は自分の持っていた弓のガーンディーヴァでそれを射《い》たが、それとまったく同時に猟師《りょうし》のシヴァも自分の弓ピナーカにつがえた矢でそれを仕留めた。

アルジュナは大声で叫んだ。「おぬしは何者？　お内儀《ないぎ》とともにここの森をうろついているわけは？　私が狙《ねら》った獲物《えもの》を射《い》るとは不届至極《ふとどきしごく》でござろう。」

猟師《りょうし》は少し軽蔑《けいべつ》したように答えた。「獲物《えもの》のいっぱいいるこの森は、ここに住むおれたち夫婦のものだ。おまえさんは森の住人と言えるほど頑丈《がんじょう》ではないようだし、おまえさんの身体《からだ》つきや身のこなしからは、軟弱《なんじゃく》で贅沢《ぜいたく》な暮《くら》しぶりが知れようというもの。むしろおれのほうから、おまえさんがここで何をしているのか聞きたいわ。」そしてさらに彼は、自分の矢が猪《いのしし》を射止《いと》めたのであって、もしアルジュナがそうでないと言い張るのなら、腕《うで》ずくで決着《けっちゃく》をつけようかとさえ言った。

アルジュナはむっとした。彼は跳《と》び上がり、蛇《へび》のような矢を雨霰《あめあられ》とシヴァに向かって射《い》かけた。ところが驚《おどろ》いたことに、これらの矢はこの猟師《りょうし》には何の効果《こうか》もないかのようで、山の峯《みね》から吹きおろす風にあおられる雨のように、みな吹きとばされ一本も刺《さ》さらずに落ちてしまった。矢が一本も無くなってしまうと、アルジュナは今度は弓でシヴァにかかっていったが、猟師《りょうし》はそんなものは意にも介《かい》せず、アルジュナの手からあっさりと弓をもぎ取ってしまい、大声で笑いだした。

森の中のごく普通の猟師《りょうし》のよう見える男に、たわいもなくむざむざと武器《ぶき》を取り上げられてしまったアルジュナは、ますます驚《おどろ》き、いったいこれはどうしたことかと訝《いぶか》しんだが、それでもひるむことなく、彼は刀を抜いて闘いを続けた。だが刀は猟師《りょうし》の鉄のように硬《かた》い骨格に触《ふ》れて粉々に砕《くだ》けてしまった。最後はこの見知らぬ大敵と取っ組み合いで闘う以外に方法はなくなってしまった。しかしこれによってもまたアルジュナは猟師《りょうし》にはかなわなかった。猟師《りょうし》は鉄の留金《とめがね》のようにきつく彼を締《し》めつけたので、アルジュナはもうどうしようもできなくなった。

完全に打ちのめされ、負かされてしまったアルジュナは、今やこれまでと観念《かんねん》して神のお助けを乞《こ》い、シヴァ神を一心《いっしん》に念じた。するとそのとたん、一条の光が彼の苦しみにゆがんだ心の中に射《さ》しこみ、この猟師《りょうし》がいったいいかなる御方《おかた》かということが

シヴァ神から武器を授けられるアルジュナ

ぱっとわかったのである。

彼は神の足下にひれ伏《ふ》し、後悔《こうかい》と畏敬《いけい》のあまり、とぎれとぎれしか出ない声で、神の許《ゆる》しを乞《こ》い願った。「許してつかわそう。」とシヴァ神はほほ笑んで言われ、ガーンディーヴァを、アルジュナが奪《うば》われたほかの武器《ぶき》とともに返してくださった。さらにまた神は、世にも不思議《ふしぎ》なパーシュパタという武器《ぶき》をアルジュナに授《さず》けられた。

恐るべき闘いで打ちのめされてしまったアルジュナの身体は、三眼《さんがん》の神が御手《みて》を触《ふ》れられることで再び元どおりとなり、以前よりも百倍も強く輝《かがや》かしくなった。「天界へ行き、そちの父なるインドラ神に敬意《けいい》を表するがよかろう。」とおっしゃり、シヴァ神は沈《しず》みゆく夕日のように視界《しかい》から消え去った。

アルジュナは、喜びのあまり思わず叫《さけ》んだ。「シヴァ神の尊顔《そんがん》を拝《はい》し、御手《みて》に触《ふ》れていただいたのは、まことであろうか? これ以上の幸せがまたとあろうか?」と。

その瞬間《しゅんかん》、インドラ天の御者《ぎょしゃ》であるマータリが馬車をひいて現われ、アルジュナを神々の王国へと連れていった。

第二十九章　不幸は昔よりありしもの

　バララーマとクリシュナは従者《じゅうしゃ》たちとともに森の中のパーンドゥ一家の住居にやって来た。自分の見た光景《こうけい》に深く心を痛《いた》め、バララーマはクリシュナにこう語った。

「クリシュナよ、善悪《ぜんあく》がこの世では逆の結果を生んでいるようにわしには思えてならぬ。というのも、悪人《あくにん》のドゥルヨーダナが絹衣や黄金で身を包《つつ》んで王国を支配《しはい》しているというのに、善人《ぜんにん》のユディシュティラは、樹皮を身につけて森の中に住んでいるからだ。そのような不当《ふとう》な繁栄《はんえい》や、不当《ふとう》な艱難《かんなん》を見て、人々はもはや神への信頼《しんらい》を失ってしまっておる。経典《きょうてん》にある善《ぜん》への讃美《さんび》も、この世における善悪《ぜんあく》の実際の結果を見ていると、何かしらじらしいような気がする。ドリタラーシュトラは、死の神と対面《たいめん》することになった時、いったいどうやって自分のしたことを弁護《べんご》し、言い逃《のが》れようとするであろうか。罪《つみ》もないパーンドゥ兄弟が、犠牲祭《ぎせいさい》の火から生まれた神聖《しんせい》なるドラウパディーとともに森の中に暮《くら》しているさまを見て、山々や大地でさえ泣いているではないか。」

そばに坐っていたサーテャキが言った。「バララーマよ。嘆《なげ》き悲《かな》しんでいる場合ではござらぬ。パーンドゥ兄弟に対してわれらがなすべき義務《ぎむ》を、ユディシュティラがわれらに頼《たの》むまでは何もせずに待っていてよいものでござろうか。貴殿《きでん》やクリシュナやほかの親類縁者《しんるいえんじゃ》一同がおられるというのに、何故あってパーンドゥ兄弟は森の中で貴重《きちょう》なる時を無為《むい》に過《す》ごさねばならぬのでござるか。われらの力を合わせドゥルヨーダナを討《う》とうではござらぬか。ヴリシュニ族の軍隊を有するわれらは、クル一族を攻《せ》め滅《ほろ》ぼすだけの力は充分もっていると存《ぞん》ずる。カルナの自慢《じまん》する弓術《きゅうじゅつ》の裏をかいて、彼の首を切り落とす必要などどこにござろう。戦場において堂々《どうどう》とドゥルヨーダナとその支持者《しじしゃ》たちを殺し、もしパーンドゥ兄弟が自分たちの約束《やくそく》を守って森にいたいと言うのなら、息子《むすこ》のアビマンニュに王国を渡《わた》そうではござらぬか。そうすることはパーンドゥ兄弟たちのためにもなり、勇者《ゆうしゃ》としてのわれらにふさわしい行為《おこない》であると存《ぞん》ずる。」

この言葉をじっと聞いていたヴァースデーヴァ（クリシュナ）が言った。「おぬしの言うことはもっともだ。しかしパーンドゥ兄弟は、自分たちの手でかちとったものではないものを、他人の手から受けとることは潔《いさぎよ》しとしないであろう。勇者《ゆうしゃ》の一族の生まれであるドラウパディーとしても、そんなやり方には耳をかそうともしないであろう。ユディシュティラはなおさらのこと、愛情や恐怖の故に正義の道を踏みはずすようなことは決してすまい。定められた追放の期間が過ぎた時、パンチャーラ国の王をはじめ、ケーカヤやチェーディやわれわれは力を合わせ、パーンドゥ兄弟が敵を征服《せいふく》するのを助けることとしよう。」

ユディシュティラはクリシュナのこの言葉に大喜びし、こう言った。「聖《せい》クリシュナは私の気持をよくわかってくださっています。真理というものは、力や金よりもはるかに偉大なるものであり、いかなる犠牲《ぎせい》をはらってでも守られなくてはなりません。だが王国はそうではありません。聖《せい》クリシュナがわたくしたちに戦ってほしいと望まれる時、私たちはいつでもそういたしましょう。ですからこの際は、時が熟《じゅく》したならふたたび私たちが会うことを信じ、ヴリシュニ族の勇士たちにはひとまず国へ帰っていただきたいと思います。」

こうしてユディシュティラは彼らに暇《ひま》を出し国元へ帰らせた。

ところでアルジュナはヒマーラヤ山岳《さんがく》に入ったままなかなか戻《もど》ってこないので、ビーマの心配《しんぱい》といら立ちはもうこれ以上耐《た》えられないというところまでいった。

彼はユディシュティラに言った。「われらがアルジュナに頼《たよ》らず生きてはいけぬということを兄者《あにじゃ》もよくご存じのはず。しかるに彼はここを去ってもうだいぶ経《た》つというのに、何の音沙汰《おとさた》もござらぬ。もし彼が失われるようなことにでもなれば、パンチャーラの国王であろうと、サーテャキであろうと、いや聖《せい》クリシュナでさえ、われらを救《すく》うことはできますまい。拙者《せっしゃ》にしても彼亡《な》きのち、なお生き続けていくことはとうていできませせぬ。これもみな、かの気狂いじみた骰子《さいころ》勝負のため——われらの悲しみも苦しみも、また敵の勢力が強くなったのも、すべてそれから端《たん》を発《はっ》しているのでござる。

そもそも森に住むことなど、武士に課《か》された務《つと》めではござらぬ。われらはただちにアルジュナを呼び戻《もど》し、聖《せい》クリシュナの助けをかりて、ドリタラーシュトラの息子《むすこ》たちと戦うべきでござる。腹黒いシャクニやカルナやドゥルヨーダナが殺されぬかぎり、拙者《せっしゃ》の腹の虫はおさまらぬでござろう。この武士として当然なすべきことをなし遂《と》げたのち、兄者《あにじゃ》が望まれるなら、ふたたび森に戻《もど》り苦行《くぎょう》生活を送るのもよろしかろうと存《ぞん》ずる。謀略《ぼうりゃく》を用《もち》いた敵を謀略《ぼうりゃく》で殺すのは何ら罪《つみ》でもござらぬ。

アタルヴァ・ヴェーダの経典《きょうてん》の中に、時間を短縮することのできる呪文《じゅもん》があると聞いたことがござるが、もしもそうした手段《しゅだん》で十三年間を十三日に縮《ちぢ》めてしまうことができるなら、そうしてもよろしいではござらぬか。そして拙者《せっしゃ》が十四日目にドゥルヨーダナを殺すことを許していただきたいのでござる。」

ビーマのこうした言葉を聞いた正法子《ダルマプトラ》ユディシュティラは、ビーマをやさしく抱擁《ほうよう》し、彼のはやる心を抑《おさ》えようとした。

「弟よ、十三年の歳月が過ぎたなら、ただちにガーンディーヴァという武器《ぶき》をもつ勇《ゆう》者《しゃ》のアルジュナとおぬしは、ドゥルヨーダナに戦《いくさ》を挑《いど》んで打ち滅《ほろ》ぼすがいい。だがその時までは我慢《がまん》してくれぬか。罪《つみ》に溺《おぼ》れているドゥルヨーダナとその支持者《しじしゃ》たちは、けっして逃《のが》れることはできないのだから。それはわたしが保証《ほしょう》する。」

悲《かな》しみに打ちひしがれた兄弟がこんなふうに言い争っている時、偉大なる聖者《せいじゃ》ブリハダシュワがパーンドゥ一家の隠《かく》れ家《が》を訪《たず》ね、丁重《ていちょう》に迎《むか》え入《い》れられた。

少し経ってからユディシュティラは聖者《せいじゃ》にこう申《もう》し上げた。「おそれながら聖者《せいじゃ》様、私たちを欺《あざむ》いた敵の連中は、私たちを骰子《さいころ》勝負に誘《さそ》い、王国も財産《ざいさん》もみな騙《だま》しとった上、私の弟たちや妻のパンチャーラの王女や私を森の中へと追いはらってしまいました。神様から武器《ぶき》を授《さず》けていただくためずっと前にここを発《た》って行ったアルジュナも、まだ帰ってきておらず、私たちみんなが彼のことをひどく心配し、会いたがっております。彼ははたして神様の武器《ぶき》を手にして戻《もど》って参《まい》りましょうか。帰るといたしましても、いったいいつになりましょうか。この世で私ほど辛《つら》い悲《かな》しい思いをした人間はけっしていなかったのではございますまいか。」

偉大《いだい》なる聖者《せいじゃ》はお答えになった。

「悲《かな》しみについていつまでもくよくよと考えるのはよろしくない。アルジュナは神より授《さず》かる武器《ぶき》を携《たずさ》えて戻《もど》るであろうし、そなたの敵も時機《じき》がくれば打ち負かすこととなろう。そなたは己《おの》れほど不幸な者はこの世にはいまいなどと申《もう》しておるが、それは間違いじゃ。もっとも、不幸な目に遭《あ》った者は誰でも、とかく己《おの》れの悲《かな》しみを最大のものだと言い張る傾向があるが。それは、身をもって感じたことは、見たり聞いたりしたことよりも強い衝撃《しょうげき》を受けるからじゃ。

そなたはニシャダ国のナラ王の話を聞いたことがあるかな。森の中の生活においてさえ、ナラ王はそなたよりもはるかに悲《かな》しい目に遭《あ》うているのじゃ。彼は骰子《さいころ》勝負でプシュカラに騙《だま》され、自分の財産《ざいさん》や王国を失った上、追放《ついほう》されて森へ入らねばならなかった。しかもそなたよりさらに不幸なことに、彼には自分と苦楽をともにしてくれる兄弟や婆羅門《バラモン》僧など一人もいなかったのじゃ。また暗黒の世の神霊《しんれい》たるカーリー神の影響《えいきょう》で、彼は善悪《ぜんあく》の見境《みさかい》さえつかなくなり、自分が何をしているかもわからずに、いっしょについてきた妻を捨て去り、森の中をたった一人で、ほとんど気狂いのようになりながらさまよい歩いたのじゃ。

ところでそれに比べてそなたの場合はどうじゃ。そなたには勇《いさま》しい弟たちがおり、忠実な妻がおり、数人の学識《がくしき》ある婆羅門《バラモン》僧がおって、苦境《くきょう》にあるそなたを皆で助けているではないか。そなたの心も何ら狂ってはいない。自分をみじめに思うのももっともじゃが、そなたはナラ王ほどひどい目にはあってはおらぬ。」

この時、聖者《せいじゃ》はナラ王の生涯《しょうがい》を物語られたのであるが、その物語はこのマハーバーラタの中の二十八章分の長さに相当《そうとう》する。聖者《せいじゃ》は最後にこうおっしゃって物語を終えられた。

「おお、パーンドゥ王の息子《むすこ》よ。ナラ王はそなたよりもさらに辛《つら》い悲《かな》しみに襲《おそ》われたが、それらをすべて克服《こくふく》し、ついには幸せに生涯《しょうがい》を閉《と》じることができた。そなたは曇《くも》りなき知性をもち、最も親愛なる者たちとともに住んでもおる。そなたは正法《しょうほう》について深く思念《しねん》して多くの時間を過《す》ごし、ヴェーダやヴェーダーンタに精通《せいつう》した婆羅門《バラモン》僧たちと清らかな会話を交わしてもいるではないか。さればそなたは毅然《きぜん》としてあらゆる艱難《かんなん》や試練《しれん》に耐《た》えねばならぬ。なぜなら、それが人間誰しもの運命なのであり、なにもそなただけに与えた特別の運命ではないのだから。」

こう言って、聖者《せいじゃ》ブリハダシュワはユディシュティラを慰《なぐさ》めたのである。

第三十章　アガステャ

インドラプラスタでユディシュティラとともに住んでいた婆羅門《バラモン》僧たちは、みな彼について森へやって来た。しかしそんなに大勢の人間を抱《かか》えてやっていくことは大変なことであった。

アルジュナがパシュパタを求めて出かけたあと、しばらくしてローマシャという名の婆羅門聖者《バラモンせいじゃ》がパーンドゥ一家の住む場所にやって来た。彼はユディシュティラに、大勢の人間を連れていろいろな場所を動き廻るのは難しいであろうから、従者《じゅうしゃ》の数を最小限に減《へ》らしてはと勧告《かんこく》した。かねてよりその困難《こんなん》さを感じていたユディシュティラは、従者《じゅうしゃ》たちに対し、貧《まず》しくて辛《つら》く苦しい生活にあまり慣《な》れていない者や、忠節心を示すだけのために随《したが》ってきた者は、ドリタラーシュトラのもとに帰ってもよし、あるいはもし望むなら、パンチャーラの国王ドルパダのもとへ行ってもいいということを告げ知らせた。

こうして大幅《おおはば》に数の減《へ》った従者《じゅうしゃ》たちとともに、パーンドゥ一家は、のちほど聖地《せいち》巡礼《じゅんれい》の旅に出発し、聖地《せいち》一つ一つにまつわる物語や伝承《でんしょう》を聴いていくこととなる。アガステャの話もそうしたものの一つである。

伝えられるところによると、ある日のことアガステャは、頭を下に垂《た》らして逆立《さかだ》ちしている何人かの祖霊《それい》に会ったので、彼らはいったい何者で、どうしてそんな不愉快《ふゆかい》な恰好《かっこう》をとっているのかと問うた。

そこで彼らはこう答えた。「わしらはおまえの祖先《そせん》じゃ。もしおまえが結婚をし子供をつくってわしらに恩返《おんがえ》しをせぬのなら、おまえの死んだあとわしらを供養《くよう》してくれる者などは一人もおらぬということになる。それ故わしらは、おまえを説得《せっとく》してわしらをこの危険《きけん》から救《すく》ってもらおうと、こうした苦行《くぎょう》をすることにしたのじゃ。」これを聞いてアガステャは結婚することを心に決めた。

ところでヴィダルバ国の王には子供がなく思い悩《なや》んでいた。そこで王はアガステャのところへ頼《たよ》っていき祝福を求めた。願いを聴きとどけたのちアガステャはこう言った。「王は美しい娘の父親となるであろうが、その娘は自分に嫁《とつ》がせねばならぬ。」と。

やがて王妃は女の子を一人産み、彼女はロープパームッドラーと名づけられた。彼女は年とともに類稀《たぐいまれ》な美しさと魅力《みりょく》を備《そな》えた乙女《おとめ》に成長し、武士階級《クシャットリヤ》の間では誰一人知らぬ人のない存在となった。しかしどこの王子もアガステャを恐《おそ》れ、求愛しようとはしなかった。

時を経《へ》て聖者《せいじゃ》アガステャはヴィダルバ王のところにやって来て、王の娘との結婚を求めた。

王は心をこめてやさしく育て上げた姫を、森の中で原始的な生活を営む聖者《せいじゃ》に嫁《とつ》がせることには気が進まなかったが、もし拒絶《きょぜつ》して聖者《せいじゃ》の怒《いか》りを招《まね》いてはと恐《おそ》れ、悲《かな》しみに沈《しず》んでしまった。父のこの様子《ようす》にひどく心配したローパームッドラーは、父の不幸の原因をさぐりあてるや、自分は聖者《せいじゃ》と結婚してもいい――いや結婚したい――と申し出た。

王はこれでほっとし、やがてアガステャとローパームッドラーの結婚式が挙行《きょこう》された。

姫《ひめ》が聖者《せいじゃ》に随《したが》って出発しようとする時、聖者《せいじゃ》は彼女に高価な衣裳《いしょう》や宝石《ほうせき》を放棄《ほうき》するように命じた。ローパームッドラーは素直《すなお》に自分の高価な宝石《ほうせき》や衣裳《いしょう》を侍女《じじょ》や従者《じゅうしゃ》たちに分け与え、自身は鹿《しか》の皮と樹皮でできた衣を身にまとい喜々として聖者《せいじゃ》のあとに随《したが》った。

ローパームッドラーとアガステャがガンガードワーラで修行《しゅぎょう》と瞑想《めいそう》のうちに歳月を過《すご》していくうち、二人の間には強い変わらぬ愛が育《はぐく》まれていった。そして夫婦生活を営むにも森の草庵《そうあん》には何ら隠《かく》しごとをする必要のないことから、ローパームッドラーの慎《つつし》み深さは次第《しだい》に薄《うす》れていった。ある日のこと、彼女は顔を赤らめながらおずおずと自分の胸《むね》のうちを夫に明かした。

彼女はこう言った。「わたくしの願いは、わたくしが父の王宮《おうきゅう》におりました時に持っていた立派《りっぱ》な寝具《しんぐ》、美しい衣裳《いしょう》、高価な宝石《ほうせき》があるならばということであり、あなた様もまたすばらしい衣服や装飾品《そうしょく》をお持ちなってほしいということでございます。そうなった上で、二人で心ゆくまで人生を楽しもうではございませんか。」と。

アガステャは笑いながら答えた。「私にはそなたの願いを叶《かな》えてやるような金もなければ物もない。私たちが森の中で物乞《ものご》いをしながら生きていることを、まさか忘れたわけでもなかろう?」

だがローパームッドラーは、夫の霊力《れいりょく》を知っているので、さらにこう言った。「あなた様は苦行《くぎょう》によって得たお力で何でもおできになります。あなた様が心の中で思われるだけで、全世界の富《とみ》を手に入れることができるはずです。」と。

アガステャは、もちろんそれはできるが、しかしもし彼が苦行《くぎょう》の功徳《くどく》を金品のような儚《はかな》いものを得るために費《ついや》してしまったならば、自分の霊力《れいりょく》などすぐになくなってしまうであろう、と言った。

彼女はそれに対して、「そんなことはわたくしもいやでございます。わたくしの望んでおりますことは、わたくしたち二人が安楽《あんらく》に暮《くら》すのに充分なだけの富《とみ》を、普通の方法であなた様が手に入れられるということでございます。」

アガステャは妻の願いに同意し、普通の婆羅門《バラモン》僧として各地の王に布施《ふせ》を願うべく旅立った。

アガステャはまず富裕《ふゆう》だと評判《ひょうばん》の高いある王のもとを訪《おとず》れた。聖者《せいじゃ》は王にこう言った。

「私は富《とみ》を求めて参《まい》りました。他人に迷惑《めいわく》を及ぼすことなく、私の望むものをご寄進《きしん》くだされい。」

その王は国の収支状況《しゅうしじょうきょう》を説明《せつめい》した上で、聖者《せいじゃ》が適当《てきとう》と思われるだけを自由におとりくださいと申《もう》し上げた。だが聖者《せいじゃ》は収支決算《しゅうしけっさん》から余剰《よじょう》のないのを見てとった。普通一国の歳出額は常に歳入額と帳尻《ちょうじり》が合うようになっている。このことは今も昔も同じであったように思われる。

これを見てアガステャは、「この王から寄進《きしん》を受けると国民に迷惑《めいわく》をかけることになるから、ほかを探《さが》そう。」と言い、そこを立ち去ろうとした。王は、自分も聖者様《せいじゃさま》のお伴《とも》をいたしますと言い、二人でほかの国へ行ったが、そこでも事情は似たり寄ったりであった。

作者のヴャーサはこのようにして、一国の王たる者は公共《こうきょう》のために必要な経費以外は国民に税金を課してはならぬことと、公《おおやけ》の税収入の中から何がしかの贈与《ぞうよ》を受けることはそれだけ国民の負担《ふたん》を重くすることになるのだという処世訓《しょせいくん》を、例を挙げて書き記している。アガステャはそこで、邪悪《じゃあく》な阿修羅《アスラ》のイルヴァラのところへ行って望みを叶《かな》えたほうがよさそうだと考えた。

イルヴァラとその弟のヴァータープはかねてより婆羅門《バラモン》に対して執念《しゅうねん》深い憎しみを抱《いだ》いていた。そして彼らは婆羅門《バラモン》を殺すために一風《いっぷう》変わったやり方を考えていた。それは、イルヴァラがまずある婆羅門《バラモン》を饗宴《きょうえん》に招き、大いに歓待《かんたい》する。それから魔法《まほう》の力で弟のヴァーターピを山羊《やぎ》に変え、その山羊《やぎ》を料理して客に食べさせるのである。昔は婆羅門《バラモン》たちも肉を食べていたものである。

饗宴《きょうえん》が終わると、イルヴァラは呪文《じゅもん》を唱《とな》えてヴァーターピを外へ呼び出す。というのは彼はいったん殺した人間を生き返らす術《じゅつ》を心得ていたからである。すると食物として運の悪い婆羅門《バラモン》の胃袋に入っていたヴァーターピは、もとの姿となって残忍《ざんにん》な哄《こう》笑《しょう》とともに胃を裂《さ》いて跳《と》び出してくる。もちろんそうすることで客を殺してしまうわけである。こんなふうにしてすでに多くの婆羅門《バラモン》が死んでいた。

さてイルヴァラは、アガステャが近くまで来ていることを知って大いに喜んだ。何故なら、彼はこれはいい婆羅門《バラモン》が自分の手中に陥《おちい》ったものだと感じたからである。そこで彼は、この聖者《せいじゃ》を丁重《ていちょう》に迎《むか》え、いつものように饗宴《きょうえん》の準備《じゅんび》をした。聖者《せいじゃ》は山羊《やぎ》に形を変えたヴァーターピを腹一杯食べ、あとはイルヴァラがヴァーターピを呼び出して胃を裂《さ》く光景《こうけい》を待つばかりとなった。そこでいつものとおりイルヴァラは呪文《じゅもん》を唱《とな》え、叫《さけ》んだ。「ヴァーターピよ、出てこい。」

アガステャはほほ笑んだ。そしてお腹《なか》をさすりながら言った。「ヴァータピよ、世の中が平穏《へいおん》になるよう私の胃の中で溶《と》けておしまい。」と。イルヴァラは恐《おそ》れおののきながら気狂いのように何度も叫《さけ》んだ。「ヴァータピよ、出てこい。」と。

だが一向《いっこう》に何の返事もなく、聖者《せいじゃ》はそのわけを話して聞かせた。ヴァータピはもうとっくに消化してしまっており、それは前述のような悪行《あくぎょう》があまりにも多くくり返されたためである、ということを。

阿修羅《アスラ》はアガステャに平伏《へいふく》し、彼の望む富《とみ》を献上《けんじょう》した。こうしてやっと聖者《せいじゃ》はローパームッドラーの願いを叶《かな》えてやることができた。

アガステャはまた妻に、普通の息子《むすこ》を十人もつのと、十人力を備《そな》えた息子《むすこ》を一人もつのと、どちらを望むかと尋《たず》ねた。ローパームッドラーは、一人の類《たぐい》なく高潔《こうけつ》で、学識《がくしき》のある息子《むすこ》をもちたいと答えた。物語は展開し、やがて彼女は、そのように有能な息子《むすこ》に恵《めぐ》まれることとなる。

第三十章　アガステャ

アガステャはヴィンデャ山に……

かつてヴィンデャの山々がメール山（須弥）を羨《うらや》み、背伸びを始めて太陽や月や星々の行路を遮《さえぎ》ろうとしたことがある。この危険な状態を防ぐことができず、神々はアガステャに助けを求めた。そこで聖者《せいじゃ》はヴィンデャ山のもとへ行き、こう言った。「最もすぐれた山であるヴィンデャ山よ。私がそなたを越《こ》えて南へ行き、再び北へ戻《もど》るまで背伸びするのを止《や》めてはくれまいか。私が北へ戻《もど》ったのちなら、そなたは好きなだけ伸びてもかまわぬが、それまでは待っていてほしい。」と。

ヴィンデャ山はアガステャを尊敬《そんけい》していたので、彼の依頼《いらい》に応じた。ところがアガステャは、それきり北へは戻《もど》らず南に定住してしまったので、ヴィンデャ山は今日まで背伸びするのを止《や》めたままでいる。こんな話がマハーバーラタの中で語られている。

第三十一章　リッシャシュリンガ

人間が、もし肉体の歓《よろこ》びというものをまったく知らずに育ったなら、純潔《じゅんけつ》の生活をたやすく営めるであろうと考えるのは間違いである。無知によって保護《ほご》されている貞《てい》操《そう》などは、つぎの話がいみじくも示すように、まことに脆《もろ》いものである。この話はラーマーヤナでも語られているが、しかし細部は同じではない。

天地創造主のブラフマーのごとく輝《かがや》かしき存在であったヴィバーンダカ聖人《せいじん》は、息子《むすこ》のリッシャシュリンガとともに森に住んでいた。息子《むすこ》は、父親を除けば、男であろうと女であろうと、およそ人間というものにお目にかかったことがなかった。

ある時、アンガという国が悲惨《ひさん》な飢饉《ききん》で苦しんだ。雨不足で穀物《こくもつ》は枯《か》れ、食料不足で人々が死んだ。あらゆる生物《いきもの》が困《こま》っていた。国王のローマパーダは婆羅門《バラモン》たちに近づき、王国を飢饉《ききん》から救《すく》う手段《てだて》はないものかと相談した。婆羅門《バラモン》たちは答えた。「すぐれたる王よ。完全な童貞《どうてい》の生活を送っているリッシャシュリンガという名の若き聖者《せいじゃ》が一人おります。彼をこの王国にお招《まね》きなさい。苦行《くぎょう》の功徳《くどく》によって彼は、どこでも雨と豊作《ほうさく》をもたらす力をもっております。」と。

王は廷臣《ていしん》たちと、聖者《せいじゃ》ヴィバーンダカの草庵《そうあん》からリッシャシュリンガを連れてくる手段《しゅだん》について話し合った。そして廷臣《ていしん》たちの助言《じょげん》により、都で最も魅惑《みわく》的な遊女らを集め、彼女らにリッシャシュリンガをアンガの国に連れてくるという使命を託《たく》した。

遊女らは途方《とほう》にくれた。なぜなら、一方では王の命に従わないわけにはいかず、また一方では聖者《せいじゃ》の怒《いか》りを招《まね》くことを恐《おそ》れたからである。だがとうとう彼女らは心を決め、神様が助けてくださることを信じて、飢饉《ききん》に襲《おそ》われた自分たちの国を救《すく》うという善行をなし遂《と》げるために出発した。彼女らは、聖者《せいじゃ》の草庵《そうあん》に派遣《はけん》される前、この大事業を遂行《すいこう》するにふさわしいだけの装備《そうび》をした。

　この遊女隊の指揮者《しきしゃ》は、一艘《いっそう》の大きな船に人工の草木を植えて美しい庭園をつくり、その中央に模擬修行所《もぎしゅぎょうじょ》をもうけさせた。彼女はその船をヴィバーンダカの草庵《そうあん》の近くの川に停泊《ていはく》させたのち、遊女らは胸《むね》をわなわな震《ふる》わせながら草庵《そうあん》を訪《おとず》れた。

　幸いなことに聖者《せいじゃ》は外出していた。これは好機とばかり一人の美しい遊女が聖者《せいじゃ》の息子《むすこ》に近づいた。

　彼女はリッシャシュリンガにこう話しかけた。「大聖者様《だいせいせいじゃ》、御機嫌《ごきげん》うるわしう。草木の根や果物《くだもの》に不自由はございませぬか。森の聖者《せいじゃ》たちのご修行《しゅぎょう》は満足のゆくほどお進みでございますか。あなた様の御尊父《ごそんぷ》の名声はますます高くなっておられますか。ヴェーダに関するあなた様の御勉学もお進みでございますか。」これは、その当時の聖者《せいじゃ》同士が互いに挨拶《あいさつ》を交わす時の言葉であった。

　若き隠者《いんじゃ》はこれまでにかくも美しい人間の姿を見たこともなければ、かくも甘い声の響きを聴いたこともなかった。しかしその美しい姿を目にした瞬間《しゅんかん》から、彼の心の中には、人とつきあいたい、特に異性と交際したいという本能的な憧《あこが》れの気持が、今まで女性というものを一度も見たことがないのに、働きだしたのである。彼はその女を自分と同じような若き聖者《せいじゃ》であると考え、不思議《ふしぎ》な抑《おさ》えがたい喜びが心の奥底にわき上がってくるのを感じた。

対話者をじっと見つめながら彼は答えた。「あなた様は賢《かしこ》き未婚《みこん》の修行者《しゅぎょうしゃ》のようにお見受けいたしますが、どなた様でいらっしゃいますか。あなた様に心からなる敬礼《けいれい》を捧《ささ》げます。あなた様の隠所《かくれが》はどちらでございますか。どんな修行《しゅぎょう》をお積みでございますか。」そして彼はこうした場合に必ず差し出すいろいろなものを彼女に贈呈《ぞうてい》した。

彼女は彼に言った。「ここから三ヨージャナ（約二十七哩）ほど離れたところに私の修行所《しゅぎょうじょ》がございます。私はあなた様のために果物《くだもの》を持ってまいりました。私はあなた様の敬礼《けいれい》を受けるだけの資格《しかく》はございませぬが、私たちの間の作法《さほう》に従ってあなた様に同様の挨拶《あいさつ》と敬礼《けいれい》を捧《ささ》げたいと思います。」

彼女は彼をやさしく抱擁《ほうよう》し、自分の持参《じさん》してきた菓子《かし》を食べさせ、馥郁《ふくいく》たる花輪で彼の身体を飾《かざ》り、酒をすすめた。彼女はもう一度彼を抱擁《ほうよう》し、これは大切な客人をもてなす際の自分たちの挨拶《あいさつ》のしかたなのだと言った。彼はその挨拶《あいさつ》のしかたを実に気持ちいいやり方だと感じた。

間もなく聖者《せいじゃ》ヴィバーンダカの帰宅《きたく》を恐《おそ》れたその遊女は、護摩火《ごまび》を焚《た》く勤行《ごんぎょう》の時間がやってきたからと言ってリッシャシュリンガに暇乞《いとまご》いをし、草庵《そうあん》をそっと抜け出した。

ヴィバーンダカが草庵《そうあん》に帰ってきた時、彼はそこらじゅうに菓子《かし》が散らばっているのを見てびっくりした。というのは草庵《そうあん》の中は掃除《そうじ》されぬままになっていたからである。灌木《かんぼく》もつる草もひき倒されて乱雑になっていた。息子《むすこ》の顔にはふだんの輝《かがや》きがなく、どんよりしていて、激情《げきじょう》の嵐にかき乱されたかのようである。草庵《そうあん》でやらなければならぬふだんの簡単な務《つと》めも忘れられていた。

ヴィバーンダカはいささか当惑《とうわく》して息子《むすこ》に尋《たず》ねた。「おまえは聖《せい》なる焚木《たきぎ》をまだ集めてきていないようだが、いったいどうしたのかね。いったい誰がこの見事な灌木《かんぼく》やつる草を倒したのだ。乳牛からは乳《ちち》を搾《しぼ》ったかい。誰かがやってきておまえに食べさせたり飲ませたりしたんだろう？　誰がこんな変な花輪をおまえにくれたんだ。何故おまえは浮かぬ顔をしているんだね」と。

無邪気《むじゃき》で正直《しょうじき》なリッシャシュリンガは答えた。「すばらしい姿をした一人の若き修《しゅ》行者《ぎょうしゃ》がここに来られました。その方の立派《りっぱ》さと声の美しさは言葉ではうまく言い表わせません。その方の声を聴き、その方の眼を視ただけで、わたくしの胸のうちは何とも言えぬ楽しさといとおしさでいっぱいになってしまいました。その方がわたくしを抱擁《ほうよう》された時——それがその方の挨拶《あいさつ》のしかたのように思われますが——わたくしはいまだかつて味わったことのないほどの——おいしい果物《くだもの》を食べた時ですら感じたことのなかった——強い喜びを経験《けいけん》いたしました。」と。そして彼は父親に、その美しい訪問客の姿や美しさやしぐさについて詳しく述べた。

リッシャシュリンガはさらに憧《あこが》れるような目つきでこう言い足した。「わたくしの身体はあの若き修行者《しゅぎょうしゃ》といっしょにいたいという思いで熱くなりそうです。わたくしは行ってあの方を探し出し、何とかここにお連れしたいと思います。あの方の信仰《しんこう》深

美しい遊女とリッシャシュリンガ

さやすばらしさを父上にどうやって説明《せつめい》したらいいでしょう。わたくしの胸《むね》はあの方との会いたさでいっぱいです。」

リッシャシュリンガがこのように、今までとは別人のように自分の憧《あこが》れや心の乱れを口にした時、ヴィバーンダカは何が起《おこ》ったかを察《さっ》した。彼は言った。「息子《むすこ》や、おまえの見たのは若い修行者《しゅぎょうしゃ》ではなく、よくあることだが、われわれを迷わし、われわれの難行《なんぎょう》や苦行《くぎょう》を妨《さまた》げようとする悪意にみちた邪神《じゃしん》だったのだよ。やつらは目的をとげるためには、いろんな手練手管《てれんてくだ》を使うからな。これからはやつらを近づけてはいけないよ。」そのあとヴィバーンダカは、こんなひどいことをした曲者《くせもの》を見つけ出そうと三日間も森の中をさがしたが、目的を達することができず帰宅《きたく》した。

またある日のこと、ヴィバーンダカが草木の根や果物《くだもの》をとりに草庵《そうあん》を出た時、例の遊女はまたもやそっとリッシャシュリンガの坐っている場所にやって来た。遠くから彼女の姿を見つけるや否や、リッシャシュリンガは跳《と》び上がり、漏《も》れ口のできた貯水《ちょすい》池《ち》から閉《と》じこめられていた水がどっと外へとび出すかのように、彼女を迎《むか》えるため勢いよく走りだした。

このたびは、あれやこれやの科白《せりふ》回しをする間もあらばこそ、リッシャシュリンガのほうから彼女に近づき、しきたりどおりの挨拶《あいさつ》をしたのち、こう言った。「おお、若く美しき修行者《しゅぎょうしゃ》よ、わたくしの父が戻《もど》る前にあなたの修行所《しゅぎょうじょ》へまいりましょう。」

これこそがまさしく彼女の願っていたことであり、そのためにこそ彼女は必死にいろいろと工夫《くふう》してきたのである。二人はいっしょに、修行所《しゅぎょうじょ》に見えるように造られた船に乗りこんだ。若き聖者《せいじゃ》が中へ入ると同時に船はともづなをほどき、この歓迎《かんげい》すべき荷をのせたまま滑《すべ》るように流れを下り、アンガ王国に到着した。期待どおり、若き聖者《せいじゃ》は楽しい面白い船旅も味わえたし、アンガに着いてからは、世の中のことについて、森にいた時よりもさらに多くいろいろと知ることができたのである。

リッシャシュリンガの到来《とうらい》にローマパーダは大いに喜び、この嬉しき客人を、彼のために特別にしつらえた贅沢《ぜいたく》な大奥の部屋へと案内した。婆羅門《バラモン》僧たちが言っていたように、リッシャシュリンガがこの国に足を踏み入れたとたん、雨が降《ふ》り始め、川という川、湖という湖は満水となり、人々は狂喜した。ローマパーダは娘のシャーンターをリッシャシュリンガに娶《めと》らせた。

こうしてすべてが計画どおりにいったものの、王は内心不安《ふあん》であった。というのはヴィバーンダカが息子《むすこ》をさがしに来て、自分に呪《のろ》いをかけるのではないかと恐《おそ》れていたからである。そこで王は、ヴィバーンダカの怒《いか》りを宥《なだ》めるため、彼が来るだろうと思われる道々に牛などの家畜《かちく》を並べ、牛飼《うしかい》らに自分たちは、リッシャシュリンガ様の召使《めしつかい》であって、主人の御尊父《ごそんぷ》に敬意《けいい》を表するために迎《むか》えに出ていること、それ故何なりとあなた様の仰《おお》せのとおりにいたします、ということを自ら告《つ》げるように命じた。

自分の息子《むすこ》が草庵《そうあん》のどこにもいないので、腹を立てたヴィバーンダカは、これはもしかするとアンガ国王の仕業《しわざ》かもしれぬと思った。そこで川や村をいくつも越《こ》え、怒《いか》りの焔《ほのお》で王を焼き殺さんばかりの勢いで都へ迫《せま》ってきた。しかし旅の道すがら、いたるところで彼は自分の息子《むすこ》の所有になる立派《りっぱ》な牛を見かけ、息子《むすこ》の召使《めしつかい》たちにうやうやしく出迎《でむか》えられたので、都に近づくにつれ彼の怒《いか》りの気持も次第に薄《うす》らいでいった。

そして都に着いた時、彼は丁重《ていちょう》な出迎《でむか》えを受け、王宮《おうきゅう》に連れていかれるが、そこには息子《むすこ》が天上界の最高神のような形で坐っているのを見た。息子《むすこ》のそばには妻のシャーンター姫がおり、彼女の美しさに彼の心もすっかりなごんでしまった。

ヴィバーンダカは、王を祝福した。彼は息子《むすこ》に、こう命じた。「この王の喜ぶようなことをすべてしてあげるがいい。だが男子が一人生まれたら、また森のわしのところに戻《もど》ってくるのじゃぞ。」と。リッシャシュリンガは父親の命じたとおりにした。

ローマシャはユディシュティラに次のように言ってこの話を終わっている。「ダマヤンティーとナラ、シーターとラーマ、アルンダティーとヴァシシュタ、ローパームッドラーとアガステャ、ドラウパディーとそなたの場合と同じように、シャーンターとリッシャシュリンガも時が来ると森に隠退《いんたい》し、互いに愛し合い、神を礼拝《らいはい》しながら生涯《がい》を過《す》ごした。これがそのリッシャシュリンガの隠所《かくれが》じゃ。ここの水で沐浴《もくよく》して身を清めるがよい。」と。

パーンドゥ一家はそこで沐浴《もくよく》をし、神に祈禱《きとう》した。

〈著者略歴〉
チャクラヴァルティ・ラージャーゴーパーラーチャリ
1878 ～ 1972。英領インド時代のマドラス州（現タミルナドゥ州）生まれ。政治家、独立運動家、弁護士、作家。インド独立後、最後のインド連邦総督を務めた。

〈訳者略歴〉
奈良 毅（なら・つよし）
1932 ～ 2014。秋田県秋田市生まれ。東京外国語大学名誉教授。東京大学大学院言語学科修士課程修了。カルカッタ大学比較言語学科博士課程修了、同大学 Ph.D.。東京外国語大学アジア・アフリカ言語文化研究所教授、清泉女子大学教授等を歴任。著書に『ベンガル語会話練習帳』他。訳書に『不滅の言葉』（共訳）他。『タゴール著作集』の訳者の1人を務める。

田中嫺玉（たなか・かんぎょく）
1925 ～ 2011。北海道旭川市生まれ。日本女子大学家政科中退。『不滅の言葉』（共訳）、『神の詩—バガヴァッド・ギーター』等の翻訳者。著書に『インドの光　聖ラーマクリシュナの生涯』がある。

マハーバーラタ（上）　**第三文明選書9**

2017年7月31日　初版第1刷発行
2019年8月24日　初版第2刷発行

著　者　チャクラヴァルティ・ラージャーゴーパーラーチャリ
訳　者　奈良 毅・田中嫺玉
発行者　大島光明
発行所　株式会社　第三文明社
東京都新宿区新宿 1-23-5　郵便番号　160-0022
電話番号　03(5269)7144　（営業代表）
03(5269)7145　（注文専用ダイヤル）
03(5269)7154　（編集代表）
URL　https://www.daisanbunmei.co.jp/
振替口座　00150-3-117823
印刷所　図書印刷株式会社
製本所　株式会社 星共社

ISBN 978-4-476-18009-1